余一一 著

时光是张默白片

SHIGUANG SHI ZHANG MO BAI PIAN

广西人民出版社

图书在版编目（CIP）数据

时光是张默白片 / 余一一著.—南宁：广西人民出版社，2015.8
ISBN 978-7-219-09388-7

Ⅰ.①时… Ⅱ.①余… Ⅲ.①长篇小说–中国–当代 Ⅳ.①I247.5

中国版本图书馆CIP数据核字（2015）第078562号

监　　制　白竹林
责任编辑　梁凤华
责任校对　周月华
印前制作　麦林书装

出版发行　广西人民出版社
社　　址　广西南宁市桂春路6号
邮　　编　530028
印　　刷　广西大一迪美印刷有限公司
开　　本　880mm×1230mm　1/32
印　　张　9
字　　数　200千字
版　　次　2015年8月　第1版
印　　次　2015年8月　第1次印刷
书　　号　ISBN 978-7-219-09388-7/I·1784
定　　价　26.80元

版权所有　翻印必究

目录
CONTENTS

第一章　那一场惊天动地的暗恋　　001

第二章　爱情不分先来后到　　029

第三章　不是你的强求不来　　061

第四章　如果爱像水龙头　　085

第五章　珍爱生命，远离曹默　　113

第六章　遗憾是胸口的朱砂痣　　136

第七章　回忆是会呼吸的痛　　166

第八章　我爱的人跟爱我的人　　198

第九章　错过也是一种美丽　　229

第十章　世间最美的相遇　　256

番外之曹默　　274

第一章　那一场惊天动地的暗恋

1.

邹书白再见到曹默，既在意料之外，又在情理之中。

这天，她接到好友程明静的电话，对方在电话那头感叹："六儿，高晓峰终于要向我求婚了。"

邹书白从对方有气无力的语调解读到，对方真正想表达是：高晓峰终于还是向我求婚了，该死！而不是：高晓峰终于向我求婚了，太好了！

邹书白接到这个电话的时候正在学校里上她的成人进修课，她哪里还是读书的料，瞌睡打得像小鸡啄米似的，自己都觉得寒碜。她对这条消息并不感到意外，按照高晓峰目前的状态，上演这一出戏是早晚的事情，但乍一听还是有些惊讶。她抹了抹脸上的口水印，嘿嘿笑了笑，"是已经求了，还是准备求？"

"没求,但是快了,他最近行为古怪,连戒指都买好了。"

邹书白想起老四,心里有些不是滋味,但她不想扫兴,便问:"那你是准备答应了呢,还是要再考验考验他?"

对方马上提高了音调:"六儿,你还不了解我吗?你是存心的,是不是?"

邹书白有些心虚,她并不想叫程明静难堪。程明静跟老四两人最后没能成,错并不在程明静,但程明静先一步找到了第二春,在道义上总要吃些亏。邹书白肯定是偏袒程明静的,但潜意识里,总是不由自主地把老四当成了受害者。

邹书白想了想,接着问:"你是没想好要不要结婚,还是没想好要不要跟高晓峰结婚?"

"有区别吗?"

当然有区别,如果求婚的人是老四,你是不是就答应了?这话邹书白只在心里问问,没敢真的说出来。

老四有没有向程明静求过婚,邹书白不知道。她从前没想过去问,觉得婚姻于他们俩来说是多么自然不过的事呀,不过是时间早晚和心情好坏的问题,总觉得应该是他们哪一天一觉醒来,无事可干了,突然记起来两人还没去民政局扯过证呢,便在买菜的途中,顺道去登记了,跟吃饭喝水似的理所当然。

因为,在那个年纪,都还是觉得爱情是大过法律的,如果没有爱情,光凭一张证件又有什么用?

后来想问,却无奈时过境迁,又有些不好开口了。邹书白认识他们两人快二十年了,见证了两人的爱情从萌芽到明朗,从浓烈到起伏,直至最后结束的整个过程,中间的分分合合与对错纠缠,已经不是三言两语就可以讲得清，不是谁对谁错就可以道得明的。

一段感情谈了十几年，谈的人不累，看的人都累了，最后没能修成正果，难免叫人唏嘘，终究应了一句老话：有缘无分。

他们两人十几年的感情，终究是没能修成正果，按照时髦的做法，邹书白是不是应该感叹一句，自己再也不相信爱情了？

邹书白继而想到自己，如果那个时候自己跟……是不是最后也难逃分道扬镳的命运？

想必是邹书白唏嘘过头忘了形，引起了台上口若悬河的讲师的注意，对方望了她一眼，非常潇洒地指了指外面，意思是打电话请到外面去打。对方越是豁达，越发显得邹书白不知好歹，引得教室里的其他人纷纷扭头朝她看。邹书白憋得脸通红，"我在上课，下了课我去找你。"

邹书白挂了电话，收到程明静微信上传过来的一张收据的照片，下面写着：找东西的时候，不小心从他抽屉里翻到的，藏得很严实。

邹书白看了一眼照片，心下了然，难怪程明静会说高晓峰要向她求婚了，××珠宝城，价格39800元，不是戒指是什么？！

邹书白回了对方一个坏笑，写道：39800元？他一个月也才赚6000多，不容易了，看来他对你还是不错的，要不你就答应了吧。

对方回了一个衰的表情，没有再说别的话。

婚姻大事，也不是旁人能够帮忙做决定的，程明静一向比邹书白有主见，邹书白相信她一定不会在这种关键问题上行差踏错。

手机刚被收起没一会儿，就又开始震动了，这次来电的是"求婚"事件的另外一位当事人——高晓峰。

邹书白心想：这两人这么有默契，不做夫妻可惜了。这人说起话来没完没了，邹书白不敢再造次，乖乖溜到走廊上接电话。

电话里传来高晓峰兴奋难耐的声音："邹书白，我想找你帮我一个忙。"

对方所为何事，就算不说，邹书白也能猜出个一二了，但她不能做程明静的叛徒，只得装糊涂道："什么忙，你说吧！"

"再过两周是明静的生日，我想给她一个惊喜，你们俩是一起长大的，平时跟连体婴似的，她的喜好你是最清楚的了，可不得找你帮忙。"

邹书白继续装傻，"什么惊喜呀，能不能先透露一下？"

对方嘿嘿笑了笑，"到时候你自然就知道了，提前告诉你了，你肯定管不牢自己的嘴，万一跟明静讲了，我的计划岂不是都泡汤了？"

"你嫌我大嘴巴，干吗还来找我帮忙？"

对方想辩解，被邹书白打断，她也懒得跟对方贫，反正是什么惊喜她也都已经知道了，她说："好了，你的那些小算盘，我也不想知道，需要我做些什么，直接说就是了。"

高晓峰认识邹书白的时间比认识程明静的时间长，跟她自然也不客气，打趣道："脏活累活哪敢劳烦您呀，给您派的都是最轻松的活。生日那天她还得上班嘛，我不能去接她，要劳您接她下班，然后……"

对方的确是精心计划过的，这一番唠叨直把邹书白听得起了鸡皮疙瘩，"兄弟，你说了这么多，我怎么记得住呀？那天可是周五，时间掐得这么紧,堵车的时间你算没算?"

"放心,我精确计算过的,绝对差不了。你什么也不用记,到时候我自然会提醒你。"

这点倒是真话,高晓峰别的优点没有,但做事绝对细心。

事情就算是定下来了,邹书白正要挂掉电话回去上课,被电话那头的高晓峰叫住,"对了,书白,那天的生日会,我想邀请几个明静的同事、朋友也一起参加。同事很好找,但是朋友,我就只知道你了。我听说你们从小一起长大的有个关系很铁的六人党,所以我才计划着,邀请除了你们两个之外的其他四个人也来参加。"

其他四个?邹书白心里咯噔一下。这其中自然也包括了老四郑童,邹书白不知道程明静届时会不会答应高晓峰的求婚,但她知道,如果他把老四请来了,这事一定成不了。这样的馊主意也只有高晓峰才想得出来,如果哪天他知道了程明静跟老四的过去,怕是肠子都要悔青了。

邹书白自认不帮着高晓峰和老四任何一边,但她却不能眼睁睁看着这样的悲剧发生,于情于理,她都有义务拦一把,"算了吧,他们都不在H市,又都挺忙的。"

高晓峰并不是一头热,他说:"我也想过,把四个人都找来有点不太现实,那就只找一个代表,就是你们的那个老大,我见过你们的照片,就是长得很黑很瘦的那一个,叫什么来着,我一时想不起来了。"电话那头的人急得抓耳挠腮。

叫曹默。邹书白无声苦笑了一下,没有出声。

"对了!叫曹默!你把他的联系方式给我,我去跟他联系,我们就请他一个人就行了,来回路费由我出,他就只当是来H市旅游了一趟。"电话那头的人越讲越兴奋,见这头的邹书白半天没吭声,忍不住就问了:"你说呢,书白?"

曹默?是的,曹默!邹书白已经三年没提过这个名字了,但是这个名字带给她的强烈冲击却是一点不减。

三年了,她一直在刻意过滤这个名字,她知道自己可能永远没办法把这个名字从她生命中剔除,而她原本以为,经过这几年的努力,有关这个名字的记忆已经被她揉成了小小的一团,放在了身体里最不起眼的地方,再也无法对她造成伤害。可这会儿高晓峰只是随口一提,之前压抑的一切又重新释放了出来,记忆不断膨胀,大了些,再大了些,压得她喘不过气来。曾经的那些努力,压根就是白费了。

是的,邹书白只是一个不留神,那些早已被压箱底的记忆,就像是发了芽的种子,重新上了发条的闹钟,突然间就冒了出来,枝芽上长满了密密麻麻尖针似的小刺,刺得她连说话的欲望都没有,疼得她连呼吸都觉得异常艰难。

邹书白分析起别人的感情生活头头是道,可一旦轮到自己,就完全没了章法。

她不怨他,邹书白至今一点也不怨恨曹默。是她自找的,人家已经说得够清楚明白了,是她自己非不信那个邪,非要拿自己的血肉之躯往人家枪口上撞,最后撞得头破血流是她活该,最后无计可施只能一个人灰溜溜地逃走,也是她活该,怨不得别人。

高晓峰等得急了,连声问:"书白,你还在吗?你倒是说话呀,我这主意行不行啊?"

"在呢！"邹书白深深吸了口气，平复自己声音的波动，她说，"不太好吧，人家也挺忙的，好久没有联系了，就这么邀请他，不太好吧？"

"你们不是很好的朋友吗？就算不常联系，关系肯定也是铁得旁人没得比的。"不过高晓峰也没想强求，"不过你说得也对，没准人家那天有事走不开，这样吧，我再盘算一下！"

听了高晓峰这么说，邹书白并没有松口气的感觉，相反另一种让人无力的伤感油然而生。她知道是自己自私了，他们几个人多少年青梅竹马的情谊，就是因为她，硬生生变得生分了。特别是程明静，她本是最崇拜老大曹默的，就是因为邹书白，因为怕邹书白伤心，不得不跟曹默断了联系。

邹书白不敢再往下想，她不想因为她的自私，而让程明静原本可以很完美的求婚，留下瑕疵。

三年了！三年没有跟曹默联系，从前的邹书白肯定想不到自己真的能做到。

然而，就算这次她勉强逃过去了，那下次呢？她跟曹默，难道真的就要老死不相往来了吗？

2.

邹书白挂了电话，整个人像脱了力一般，身心俱疲，再没心思回去上课。

这种自费的进修班不比在大学的时候，出勤率不达标，是拿不到结业证书的，时间白费，努力白搭，银子更是白花了，不过时间、努力、金钱这些东西跟曹默比起来，顿时全都变得一文不值了。

邹书白已经阔别学校好多年了，哪还有心思学习，她早该料到报这个进修班是个错误的选择。她就是太闲了，年纪轻轻不找个人谈恋爱，平日里除了上班就是宅在家里，可不就是太闲了。

她开着自己的红色速腾在街上漫无目的地游荡。她还没想好要不要把高晓峰的计划对程明静如实相告，更不想对方知道她对曹默仍旧余情未了，但程明静眼睛毒得很，难保不会从她的言行举止察觉出一点猫腻，当然她也无法以现在的状态回去给对方当参谋，干脆连家也不回了。

三年了，她仍旧没做好再见他的准备。三年了，她总以为自己已经把他忘得差不多了，可是高晓峰不过是提了一下他的名字，她便难过得像是被刀割一般，什么豁达，什么坚强，在曹默面前统统都不管用了。

她打电话给自己多年来最忠实的追求者谢晖，说："大情圣，有空吗？出来吃个饭吧？"

谢晖有些不情愿，"邹书白，上回我躺在医院里半条命都没了，你连看都没来看我一眼，现在又来叫我吃饭。不带你这么支使人的吧？"

邹书白没心情跟对方调侃，"怎么我听说你只是得了小感冒，可没有你说的这么严重！渝湘隆吃火锅，你爱来不来！"

谢晖最后还是去了，他知道，他一时半会儿还难以拒绝邹书白，就跟邹书白可能永远也没办法拒绝曹默是一个道理。

这世界上所有惊天动地的暗恋，其实情节都差不多，归根结底都是一厢情愿。

谢晖赶到火锅店的时候邹书白早已经开吃了,一大锅的香辣虾已经被她吃了大半,桌上虾壳堆得到处都是,那女人手上、嘴巴上都是红油,模样真是吓人。

啧啧啧,谢晖吓得直咂嘴,心里直犯嘀咕:平时穿着挺正经打扮挺齐整精神挺正常的一漂亮姑娘,怎么吃起东西来这般吓人?这幸亏是在包间里,要是在外面大厅,还不得引来旁人围观了!

谢晖拣了双干净点的筷子,在锅里抄了抄,里面只剩下为数不多的残虾,不禁抱怨道:"哪有你这样请客的,不等客人到自己就开始吃了?"

邹书白又剥了一只虾丢进嘴里,含糊着回:"我怎么知道你要来!"说话的间隙,还有虾皮从她嘴里飞出来。

谢晖不禁摇头,把手上的筷子放下了,"你好歹说歹说也算是大家闺秀,这吃相,也太不文雅了吧?"

邹书白也不生气,想起一个段子,自己笑了出来,对谢晖道:"你有没有听过一句话,你喜欢一个人时,他吃屎你都觉得他是可爱的,你不喜欢一个人时,他吃什么你都觉得他在吃屎。"说完,冲谢晖耸了耸肩,像是在说:看吧,你还是不够喜欢我。

谢晖气得七窍都要生烟了,好好的一个姑娘,吃饭时把屎字挂在嘴里,像个什么样子,也亏得她还吃得下东西。他一边摇头一边骂:"疯吧,疯吧,你就疯吧。"

邹书白咧嘴笑得开心,她才不稀罕当什么大家闺秀,她只想当个疯丫头。

是的，人人都说她是大家闺秀，只有那个人知道，她是不要命的疯丫头。那个时候，跟着他们几个在一起，她什么惊天地泣鬼神的事没干过？他们激她不敢拽牛尾巴，她便拽给他们看；他们激她不敢上树掏蜂窝，她便掏给他们看；他们激她不敢下河捉螃蟹，她便捉给他们看……当真是野得连自己姓什么都忘了。

一想到曹默，邹书白便再也笑不出来了，更加没了胃口，她最喜欢的又香又辣的红油大虾，嚼在嘴里，也顿时失去了味道。

三年了，那人过得怎么样，她从来不敢过问。

谢晖拿了热毛巾给邹书白擦手，又唤服务员收拾台面，重新换了鸳鸯的锅底，另外点了几个菜。

他说："书白，说实话，我估计现如今这个世界上也只有我见了你的本尊还这么不嫌弃你，要不你就跟着我凑合着过得了？我虽然没钱没势，长相也比不上那些电影明星，但综合来讲，各方面条件也不算差，以后结了婚你要是想继续工作就继续工作，要是不想工作，那就我来养着你。我哥已经给我妈生了一个孙子，在这方面你也不必有压力。就算你不想生孩子，也没人会逼你。你喜欢小孩子，我就喜欢；你不喜欢小孩，我就不喜欢。再说了，大家认识这么多年，彼此知根知底，我的家人、我的朋友、我的同事你统统都认识，你也不怕我骗你，你到处都可以申诉，随随便便散播点谣言就可以让我臭名远扬，我想干点破烂事都没那个胆。我爸妈那么喜欢你，你要进了我们家的门，他们肯定向着你，陪着你一起贬低我……"

邹书白终是没有忍住笑出声来，一边连连摆手制止对方继续说下去,激动地道:"我刚吃的东西还堵在嗓子眼,你别逼着我吐出来。"

谢晖气急,拍桌子吼了一句:"拜托你认真听我讲一回行不行?"他这一吼,邹书白也吓着了。他从来不曾在邹书白面前这么大声过,估计真是逼急了。

谢晖怎么都不甘心,问她:"我追了你这么多年,你怎么一点不动心呢?"

邹书白惨然一笑,反问:"我拒绝了你这么多年,你怎么还不死心呢?"

邹书白笑,不是笑谢晖,是笑她自己,因为同样的话,她自己也曾问过曹默。

那个时候,她也很卑微,卑微得恨不得抱着曹默的大腿,只为博取对方多一点的同情,以为对方怜悯了,她便能听到她想要的答案。她问:"老大,我追了你这么多年,你怎么一点都不动心呢?"

他们是生死与共的"好兄弟",曹默对她这个"六弟"关照有加、无微不至。那个时候曹默总喜欢坐在老家的旧城楼上,眺望着远方,一望就是大半天。邹书白爬不上城楼,只能站在下面仰头看着他。也只有这个时候,邹书白才觉得他们之间的距离是那么的遥远。

年少叛逆的曹默抽着烟,看着她时似笑非笑,"我拒绝了你这么多年,你怎么还不死心呢?"

年少的邹书白不解世间疾苦,仍哭得肝肠寸断,难以言语的凄惨:"可是我爱你呀!"

曹默转过头去,晚风吹着他的衣角,他的背影是寂寥的,跟他有过多少个女友并没有多少关系,跟他平日里的乖张不羁大相径庭,半响才听他说了一句:"可惜我不爱你!"

又走神了?又走神了!谢晖弹了几个响指才把邹书白的魂给找回来,他放弃了,自暴自弃地说:"我没准下个月就找个人结婚去了,到时候你可别后悔。女人过了25岁,选择的余地可就少了,到时候程明静也嫁了,剩你一个人我看你怎么办!"

是的,谢晖说的邹书白也体会到了,邹书白以前并不乏追求者,特别是读书的时候,也曾收情书收到手软,走到哪里都有人回头,周围总跟着一些献殷勤的人。而这两年,追求者是越发的少了。虽然这些追求者中,也不乏个别优秀的,但邹书白却从来没想过要找其中一个试着交往看看,因为在她看来,他们统统少了一样东西——诚意。你刚拒绝了他,他便转而去追求你的同事、你的室友去了,与追求你用的是同样的招数,这样的人,不试也罢。

别人都说邹书白要求太高,其实她想找什么样的人,再清楚不过了。她不求名不求利,只想找一个像她痴恋着曹默一样痴恋着她的人,然而这种看似简单的东西,往往最难实现。这么多年,谢晖是对她最长情的一个了,然而终究只落了一个朋友的名分。

爱情这回事,谁也说不清。谢晖跟她初中就认识了,两人认识的时间不比曹默认识她的时间短多少,已经是很难得了。他跟邹书白之间也有情谊,但与曹默跟她之间的情谊比起来,却是天壤之别。终究只能应了一个词——有缘无分。

邹书白摇头,语气坚定:"我不后悔,我祝你幸福。"

谢晖一咬牙,骂她:"邹书白,你太狠心了,难怪至今找不到对象,都是报应。"

邹书白问谢晖:"高晓峰要向明静求婚的事情,你也知道了?"对方点头,语气不善,"他自以为隐藏得很好,实际就差没拿着个喇叭,四处去广播了,就怕别人不知道他捡了个宝,要结婚了似的,还给我派了一堆的活!"

谢晖说完暗暗苦笑,他心知这顿饭不是白吃的,邹书白如果不是从别人那里受了刺激,是绝对不会想到他的,而他呢,心甘情愿被人利用。

邹书白正想笑,却听那边谢晖顿了顿,接着又道:"我听说他还想邀请曹默他们,你没关系吗?"

邹书白再笑不出来了,心里涩涩的。她不过是想找个不知情的人,说一些不相干的话,一起好好吃上一顿,总以为肚子饱了,脑子便会迟钝一点,回忆才不会那么活跃。但是她的圈子是这样的小,一个消息从诞生到传开,似乎只要几秒钟的工夫。就像她迷恋曹默,没有人不知道;就像谢晖迷恋她,也没有人不知道。

邹书白怔了怔,努力挤出一个笑脸,挑起一块毛肚在嘴里细嚼慢咽,"我没关系啊,早晚是要见的,我也已经看开了。"这毛肚煮老了,怎么嚼也嚼不烂,切得又大了些,想直接咽了,却又毛刺刺地卡在嗓子眼里咽不下去。

谢晖知道邹书白没有那么洒脱。他虽说要对她死心,但却见不得邹书白失魂落魄的样子,这会儿已经后悔刚刚一时气急,把那些话说出来,便伸手拍了拍对方的胳膊,以示安慰和歉意。

邹书白觉得自己挺失败的，连谢晖都看出来了，她对曹默仍旧余情未了，难道她表现得真的有那么明显？

邹书白不甘心，她不过是爱错了人，还不需要别人如此来可怜同情她。她受够了别人欲说还休的眼神，任何时候提到曹默便想到她这个受害者，当下一咬牙，便有了一个主意：与其一辈子畏首畏尾，不如豁出去算了，就当是置之死地而后生。

邹书白打定了主意，当即拿出手机，把曹默的电话号码发给了高晓峰。这个号码她一直没有存，也不需要存，但是那也是很久以前的号码了，不知道现在还有没有用，而高晓峰最后会不会打这个电话，也是未知。

或许，这才是最好的，把一切留给高晓峰，留给天意。

3.

是嫁呢还是不嫁呢？程明静为这个问题纠结着，邹书白在这种事情上毫无经验可言，当不了军师，也就只能起些推波助澜的作用。

在遇见高晓峰之前，程明静曾规划过自己的人生，28岁之前结婚，29岁之前怀孕，30岁之前生小孩，40岁之前打拼，40到50岁做个职场的恶毒妇人，50岁之后辞职环球旅行，60岁修身养性，70岁开始慈言善行，80岁之前寿终正寝。

不过，这个人生规划是更改修正之后的，她原来的规划是25岁之前结婚，26岁之前怀孕，跟老四分手后，她把计划往后挪了几年。

年纪小的时候，觉得25岁已经是人生大敌了，无论如何，都要在25岁之前把自己嫁掉。后来到了25岁,发现自己并没有想象中老得无可救药,又觉得30岁才是底线,仿佛过了30岁,就真的没人要了。

邹书白还记得,程明静制订这计划时,刚跟老四打完电话,她躺在床上情意绵绵地回味够了,又抬脚顶了顶上铺睡意蒙眬的邹书白,无比威武地道:"我跟老四商量好啦,25岁之前结婚,26岁之前生小孩。"言下之意,邹书白好准备红包了。

然而没过多久,她跟老四便分开了,究其原因,说是性格不合,之后便是无休止的分分合合,然后,他们最终都没能改掉自己的性格,再后来,她改掉了自己的人生规划。

他们认识二十几年,性格不合?邹书白会信她才有鬼,但程明静骨头硬得很,邹书白挖不出真相来,只得接受了这颇为官方的鬼话。

邹书白安慰说:"你只要在28岁之前结婚都行,还有两年的时间呢,不必急着答应!"

程明静却没有那么乐观,"但是2017年属鸡,2018年属狗,我总不能生只鸡,生只狗吧?而且我怀孕之前,还想过两年两人世界呢!"是的,如果是跟老四结婚,这两年是不需要的。

邹书白明白了,程明静是准备好了结婚,只是还没准备好要不要跟高晓峰结婚,便改口说:"其实高晓峰人品不坏,各方面条件也都不错,在我们公司,垂涎他的人可不少,错过这村可就没这店了。趁着对方秀色可餐、自己风华正茂的时候嫁掉,再不济,还能留下几张漂亮的婚纱照。"

程明静没心情跟邹书白打趣,一脸的愁苦,没有回话,显然仍在纠结。

高晓峰是典型的当代H市人，长相虽谈不上出众，但是很会打扮，品性风流倜傥，温文精致，可惜文有余而武不足，没有大智大慧，小聪明却能信手拈来，贪图享受，能说会道，没什么事业心，但生来家境殷实，够他一辈子吃喝不愁。爱吃爱玩爱浪漫，也会吃会玩会浪漫。论吃，没有他不知道的地方；论玩，没有他不熟的地方；论浪漫，没有他下不去的狠心——花银子。

他跟邹书白是一个公司的，认识邹书白的时间比认识程明静的时间长，他们俩认识还是邹书白搭的线。

那是半年多前的事了，邹书白公司举行员工运动会，可以邀请家属参加，程明静是羽毛球高手，被作为邹书白的"家属"列在了运动员名单里，并最终取得单打第二名的佳绩。兴许是见识了程明静在赛场上的飒爽英姿，高晓峰对她一见钟情，随即由邹书白牵线搭桥，对程明静展开轮番热烈攻势。

在这件事情上，高晓峰可谓占尽天时地利人和，那会儿子程明静与老四分手已经有一段时间了，自觉复合无望，但却没有勇气向前看，而高晓峰的出现，恰如一剂猛药，让程明静彻底下定决心挥别过去——最快摆脱旧恋情的方法，莫过于开展一段新恋情，所以高晓峰能最终能抱得美人归，并不算意外。

正是高晓峰的出现，让程明静与老四的那段过去，彻底成了过去。

总的来说，高晓峰属于那种大毛病没有，小毛病不断的类型，条件虽然不错，但却不是邹书白的菜。邹书白虽不喜欢他，但却难逃小女子心性，对于高晓峰不追求她而追求程明静这件事，始终有些耿耿于怀。

她曾问过高晓峰这个问题，"我比明静到底差在哪里？"见高晓峰一副不怀好意的表情，她赶忙申明："放心，我对闺蜜的男人没兴趣，我想知道自己差在哪里，将来也知道怎么提高自己。"

高晓峰想了想，没有直接回答，而是反问她："刘德华和梁朝伟，你喜欢谁？"

邹书白答："梁朝伟！"

对方又问："布拉德·皮特和汤姆·克鲁斯，你喜欢谁？"

邹书白毫不犹豫，"布拉德·皮特！"

对方随即摊开双手，一副真相已经了然的表情：没有谁好谁坏，萝卜白菜，各有所爱而已。

邹书白明白了，自己是对方的刘德华和汤姆·克鲁斯，她想到曹默，不由得有些伤感，是不是她也只是他的刘德华和汤姆·克鲁斯，而永远也成不了梁朝伟和布拉德·皮特？那么他的梁朝伟和布拉德·皮特，又该是何许人也？

高晓峰最终还是联系到了曹默，对于高晓峰的安排对方表示受宠若惊，只可惜那天他还另外安排，不过他也说了，待事情结束之后他会尽量赶过来。

高晓峰对邹书白说起这事，自是绘声绘色。邹书白正在洗碗，一直背身对他，尽量不让对方看出她的真实想法。

他没换号码？是的，他向来问心无愧，自然没必要换号码，他也从来没说过要跟她绝交，说绝交的人是她，换号码的也是她。

这样的消息，对邹书白来说可谓是喜忧参半：喜的是，她跟曹默已经三年未见了，她也很想知道对方过得好不好；忧的是，三年了，她好不容易才放弃执念开始自己的生活，她怕再见到曹默，她这三年的努力就都白费了。

程明静最终还是决定不接受高晓峰的求婚，她同邹书白想了各种各样可以拒绝他的理由，并且加以演练。

程明静说：我们认识的时间太短了，对彼此还不够了解……

邹书白答：我知道你就是我要娶的人，这就够了……

程明静说：我们都还没见过家长，对他们不尊重……

邹书白答：你同意我的求婚，我们马上去见家长……

程明静说：结婚要慎重，结了我可就不离了……

邹书白答：还没结婚就想离婚的人，我还不求呢……

等等。

总之，不管是什么理由，都站不住脚，都会对对方造成一定的伤害。如此，最好的办法，就是打乱高晓峰的计划，不给他开口求婚的机会。虽然是治标不治本的主意，但好歹能拖延一段时间，程明静也有更多的时间去思考要不要嫁。

而如此"惨无人道"的事，程明静没办法自己去做，重任终落在了邹书白肩上。

邹书白一脸惶恐，"这招也太损了吧，我还想给自己积点德呢！"奈何，敌不过程明静的软磨硬泡，终究还是答应了。

两人算是商量定了，事后，邹书白问程明静："真的，你为什么不答应？"

程明静顿了顿,继而回给对方一个不言而喻的惨淡笑容。

是啊,如此简单的问题,又何必去问呢?

程明静忘不掉老四,就跟她忘不掉曹默是一个道理,然而,再怎么忘不掉,生活该继续的还是得继续,又有多少人嫁给了当初自己执意要嫁的那个人?

4.

到了程明静生日那天,一切都在有条不紊地进行着——吃饭、唱K、切蛋糕。

而曹默,一直没有出现。邹书白没有去问,她不敢去问。这些天,她过得提心吊胆,她渴望见到曹默,又害怕见到曹默,这两种情绪在她心里盘旋拉锯,使得她方寸大乱。

不过,她还不敢忘了自己的使命。

高晓峰本来是计划在唱完生日歌,程明静许了愿之后向她求婚的,而邹书白得抢在高晓峰求婚之前,先将蛋糕抹在程明静脸上,大家都知道,程明静很是爱干净,最不喜别人抹她蛋糕,她会借势大发脾气,弄得场面极其尴尬,如此,便坏了求婚的气氛。

然而,就在大家唱完生日歌,大家都静下来等候程明静许愿的时候,包间的门却被推开了,同时伴随着一个声音:"对不起,我来晚了。"

他背光而来,影影绰绰的烛光照不清他的脸庞,只衬得他的身形越发高大。

众人都在猜测着来者是何人,而邹书白却一眼知道,来人不是曹默。当然，程明静也是知道的，因为邹书白看见程明静的身形不经意地晃了晃，这时她多半已经猜到，来者是老四郑童。

两相对望，众人一阵短暂的沉默，耳边只剩下KTV里沉闷的音响声，邹书白最先打破沉默，清脆地唤了一声："四哥！"

郑童揽着邹书白的肩，对她笑笑，见到程明静双手合十，做祈祷状，不禁一脸歉意，"你在许愿吗？不好意思，我来得真不是时候。"

程明静缓缓放下双手，努力挤出一个笑容，"没关系，我已经许好愿了！"

郑童望了她一眼，微扬了扬嘴角，眼睛里有一种说不清道不明的情愫，分不出是开心还是难过，他说："生日快乐，五！"

程明静抬眼看着他，眼里明晃晃的，声音却仍是镇定的，她说："谢谢！谢谢你能来！"

郑童轻点点头，没有与程明静对视，而是别过脸去，转而与一旁的谢晖热络地打招呼，又对高晓峰说了些恭维打趣的话，场面热闹而轻松。

他说："兄弟，不好意思，我们老大本来是计划过来的，结果临时出了点事，来不了了，这不，特地派了我过来，还请兄弟多包涵！"

计划被打乱，高晓峰急得好似热锅上的蚂蚁，又怕郑童说漏了嘴，使劲朝对方使着眼色。

高晓峰眼见气氛一发不可收拾，不得不振臂高呼，努力想让众人把目光聚集在他身上，一边抹了一把额头的细汗，一边大声道："大家静一静，听我说几句。"

邹书白有些失神，摸不清自己是高兴还是失望，但有一点是肯定的：曹默今晚不会来了。

然而失神归失神，她还没忘记自己的使命，她知道高晓峰要有所动作了，正想按照之前的计划，上前搞破坏的时候，却被程明静给拦在了身后。程明静对她使了一个眼色，意思是不用她管了。

邹书白愣了愣：难道这一会儿工夫，程明静已经改变主意，准备答应高晓峰的求婚了吗？

正是这一愣神的功夫，高晓峰已经捧出戒指，单膝跪地向程明静求婚了。

只见他深情款款地道："明静，在遇见你之前，我从不相信什么一见钟情，但你让我知道，有些人，生下来就是要相互吸引的。我们在一起的时间虽然不长，但我对你的心意，却一天比一天更加坚定。你给了我前有未有的快乐和满足，我从来不知道，我还可以这么幸福，你让我觉得我之前的那二十几年，全都白活了！我不知道该怎么感谢你，也不知道要怎么向你表达我的心意，思来想去，唯有用自己的行动证明。明静，嫁给我吧，我会努力让你像我一样幸福的！"

高晓峰就是高晓峰，求婚也不忘贫嘴，但他一向是个贪玩爱自由的人，肯收心跟程明静步入婚姻，确实是下了狠心的。这一番话，也不可谓不真心。

整个包间里，大多是程明静和高晓峰的朋友，听到这里，无一不是欢呼雀跃，一边击掌，一边齐声对程明静喊："答应他，答应他……"

邹书白仍旧有些糊涂，一边跟着众人击掌，一边下意识望了老四郑童一眼,后者并不看她,而是一直盯着程明静,接着便听见程明静回答了一句:"我愿意!"

老四的脸上有着难言的失望,但这种失望转瞬即逝,随即又被另一种欢喜代替,他与其他人一起,上前恭贺这对准新人。

众人欢笑之余,不忘起哄,又是一阵齐声喊:"亲一个,亲一个……"

高晓峰倒不含糊,凑上前便想亲一口,倒是程明静比较含蓄,躲着不肯让高晓峰亲,惹急了,倒把邹书白推到了前面。

邹书白一面躲闪,一面看着程明静开怀大笑的样子,不像是假的,到底还是开心的吧,邹书白心想。

众人打闹着,程明静的电话响了,程明静看清来电后,下意识看了周围一眼,不见邹书白,可能邹书白去了洗手间还没回来。她又看了看老四和谢晖,表情有些不自然:"曹默打来的!"

"愣什么,赶紧接啊!"一旁有些喝高了的高晓峰,正扯着嗓子唱着歌,催促道。

程明静微叹了口气,随即接通了电话,"喂,老大!"

包间里太吵了,那头说着什么,程明静捂着另外一只耳朵,仍旧没有听清,不得不开通了免提,一边招呼高晓峰小点声,一边朝电话那头大声喊道:"老大,你说什么?我听不见!"

那头的人笑笑,学着程明静大声回了句:"现在听见了吗?"

"现在听见了!"程明静大笑,接着又道,"老大,我订婚了!"

那头的人听上去并无意外,但声音却是欢喜的,他说:"我知道,恭喜你!"恭喜之后,竟然又补充一句,"对了,一直没机会告诉你，我也订婚了！"

程明静有点傻眼，不光是她，一旁围着一起听电话的谢晖也有些傻眼，倒是老四看上去显得平静，像是早就知道此事。

谢晖正想追问，抬头却见邹书白正站在门口，不知道她有没有听见刚刚电话里曹默的话，不由得心里一紧，脱口便道："书白回来了，欢迎欢迎！"

这话显然是说给程明静听的，程明静了然，赶忙关了免提。

邹书白笑着甩了甩手上的水滴，一边凑上来问："跟谁打电话呢？"

程明静捂着话筒笑了笑，"一个同事，这里面太吵了，我去外面接。"

邹书白点了点头，转眼又跟老四聊天去了。谢晖见她神色如常，想是没有听见刚刚电话里曹默说的话，一颗心这才落了地。

5.

因为第二天不用上班，众人闹到很晚才散。高晓峰喝高了，程明静得送他回去，便安排了谢晖送邹书白回家。邹书白料想她跟郑童还有话说，倒也没有异议。

老四帮程明静叫好了车，帮后者搀着神志不清的高晓峰上了车。

程明静跟着上了车，接着又回头问老四："你住哪里？我跟书白明天过来找你。"

老四躬身冲她摆摆手，"别过来了，我明天一早就走了。"

程明静禁不住有些焦虑，"明天是周末，干吗这么急？玩两天再走!"

老四笑笑,"没什么好玩的,也不是没玩过。"是的,他是跟程明静分手后,才离开H市的,两人谈恋爱的时候,早把H市能玩的地方都玩了个遍。

程明静脸色暗了暗,顿了顿,终究也没有挽留,"那随便你吧!"

老四点点头,语气一如既往的温和,"嗯,等你摆酒那天,我会再过来的。"

程明静不禁苦笑,淡淡回了一句:"好,定好了日子通知你!"说罢,嘱咐司机开车。

邹书白是开车来的,但这会儿只能打车回去了,谢晖叫出租车先去了邹书白的去处,谁料到了目的地后,他也跟着邹书白一起下车了。

邹书白回头看他一眼,"你下车干什么呀?你家又还没到。"

谢晖嘿嘿一笑,"送佛送到西,我还是看着你进屋吧!"

邹书白皱了皱眉,她并不想谢晖有事没事围着她转,"不用,我自己进去就行了!"

谢晖连连摆手,"那不行,明静交代的事,万一有点什么闪失,我罪过可就大了!"

程明静对付谢晖很有一套,谢晖对她的话言听计从,邹书白也就由着他去了。

谢晖本想着,他好心送邹书白回家,对方怎么也得有点表示,谁料对方进屋之后就把他堵在了门外,丁点邀请他进屋的意思也没有。

"我到了,你赶紧回去吧!"

谢晖讨了个没趣,好在他早就习惯了,不争这一点半点,嘱咐对方锁好门窗,随即转身离开。刚走没几步,便听见身后有敲门声,他疑惑着回头,身后没人,敲门的应该是邹书白。

邹书白没有开门,隔着门低声问他:"谢晖,你还在吗?"

谢晖走回两步,心下不免迟疑,跟着拍了拍门,一边问:"还在呀,怎么了?"

邹书白声音低低的,她说:"我有话问你。"

邹书白的声音听上去有些惆怅,不似她平时的模样,谢晖心里一凉,已经料到了什么,随即道:"你先开门,有什么话,等我进去说。"

邹书白没有开门,而是继续问:"明静今天是不是在跟曹默打电话?"

谢晖料想邹书白听到了他们之前的通话,却又不知道她究竟听到了多少,要是让邹书白知道曹默已经订婚,那她不得……谢晖不敢继续往下想,只得佯装糊涂道:"他们通电话了吗?什么时候的事,我怎么不知道?"

屋里的人声音软软的,透着哭腔,"连你也要瞒着我?"

谢晖叹口气,平心而论,邹书白对他并不好,然而他却知道,对方过得也不好,她虽然面上常常在笑,但心里比谁都苦,谢晖终究是舍不得她太伤心,好声劝道:"书白,你想开点,早晚会有这么一天的。"

屋里的人立即没有回话,良久才问了一句:"他要结婚了,是不是?"

谢晖嗓子也有些哽咽，半天才挤出一个字："嗯。"

简简单单的一个字，却将邹书白彻底击垮，她无力地瘫坐在地上，不知道该怎么办，仿佛从不曾像现在这么难受过，捂着嘴不敢哭喊，却再也忍不住流下泪来。

她知道会是这么一个结果，她不敢当面质问谢晖，是不想对方看见她狼狈的样子。

三年了，她一直压抑自己，连想念都不敢明目张胆，三年来她一直挂念对方过得好不好，却不曾想，是这样一个好法。

十几年了！邹书白从小就喜欢曹默，追了他十几年，从乳臭未干的小丫头，追成了亭亭玉立的大姑娘，耗费了自己所有的青春，倾注了自己所有的热情。可是曹默却从来没有真正喜欢过邹书白，他不止一次拒绝过她，他告诉她他们之间没有可能，但她不死心，她总以为自己还有机会。

曾经那样失望、那样绝望的时候，曾经一气之下远走他乡的时候，甚至是曾经发了誓要忘记对方重新开始的时候，她都不曾像现在这么失望，潜意识里，她总以为自己还有机会，只要他还没结婚，她就还有机会，可见，那时的失望跟现在的失望比起来，简直都可以忽略不计。

他怎么会结婚呢？他不是说他谁也不爱的吗？是的，谁都知道，万人迷曹默隔三岔五就要换一个女朋友，在他眼里，兄弟如手足，需相伴一生，得小心珍重；女人如衣服，总是旧不如新，不值得他多花心思。

这话若从别人嘴里说出来，邹书白压根不会信，但是谢晖不一样,他们认识十多年,谢晖从来没骗过她。

谢晖只听到里面哐当一声,像是有什么东西倒了,除此之外,却是连一点哭声也没有听到,这倒让他有些慌了,忙连声道:"书白,你怎么了?!你别难过,先开门好不好?"

邹书白像是断了线的木偶,眼睛空洞洞的,没有一点神采,说话也没了以往的灵气,她无力地控诉:"你们都瞒着我?你们为什么要瞒着我?!"

谢晖有苦无处诉,心想,他瞒她也是为了她好,但这会儿却不得不如实告知:"我们也是刚刚才听说,明静打电话给他说了订婚的事,他便说他也订婚了……"说到一半,终究是不忍心再说下去。

屋里越发静悄悄的,谢晖知道邹书白还在门口一直没有挪动,他抬起手想敲门,终究还是落了下去,他也有些怕,他并不知道怎么面对此刻的邹书白。她的伤心,她的无助,是他最无能为力的。

谢晖颓然靠在门上,半哀求地道:"书白,你开门让我进去好不好?"

邹书白哪里还有力气说话,但她知道,如果她不说,对方是不会走的,只得极力忍着哭腔,道:"我没事,你走吧,我想自己待会儿。"

谢晖没有走,呆呆地站在门外,手足无措,眼圈也跟着有些红了。天知道他多希望自己就是曹默,也就只有他曹默才能这么狠心,这么多年,一如既往、一而再再而三地伤害一个这么亲近这么深爱着他的人。谢晖何尝不明白,他们几个都明白,曹默就是她邹书白的命,他结婚了,她的命也就没了,所以他们都不敢让她知道,但是……

邹书白呆呆地瘫坐在地上,她实在没有东西可以依靠了,便死死地抱着一旁的鞋柜,既不哭天喊地,也不怨天尤人,只是一个人默默地流着泪。她不让谢晖进屋,是不想靠着谢晖的肩头哭,而宁愿自己一个人抱着脏兮兮的鞋柜,默默地伤心,静静地流泪。

他们都明白?不,他们都不明白,这么多年,她一门心思地把所有的精力都放在一个人身上,其中的深情,没有人可以明白。

这么多年,她能坚持到底的只有一件事,就是爱他,她把这件事情做到了极致,却没有讨到应有的结果。

第二章 爱情不分先来后到

1.

邹书白在家躺了两天,注意,是躺不是睡,因为她眼睛一直是睁着的。期间她一次床都没下过,吃喝拉撒睡,当真是什么欲望都没了,整个人的身体机能就像完全停止了一样。

程明静不敢阻拦,她对这情形太熟悉了,三年前,邹书白只身一人来到这里投奔她的时候,也是这副情形。那次邹书白也是这样在床上躺了两天,期间任凭她好说歹说怎么劝怎么骂怎么折腾,邹书白就是一句话不说,滴水不进。但是两天之后她就好了,写简历,找工作,面试,上班,像个正常人一样一日三餐,按时就寝,梳妆打扮,热衷说笑,正常生活。

这便是邹书白发泄的方式,发泄出来就好了。她痴恋了曹默这么多年,失望早已经不是一次两次了,她早就找到了一套自我排解痛苦的方法，否则她也活不到现在。

三年了，邹书白再没提过曹默的名字，程明静本来以为她都已经好了，谁知道只是面上好了，病根没除，曹默就是她命中的那个结，解不开，就只能越勒越紧。

程明静打电话骂谢晖："你怎么就这么管不住自己的嘴呢！"谢晖有嘴说不清，一个劲地道歉，程明静没有继续埋怨下去，因为她知道再埋怨也没有用，这事邹书白早晚是要知道的，"病发"的时候他们几个知根知底的人都在她身边，帮衬着她，反倒是不幸中的万幸。没准书白的"病"就是要来一剂这样的猛药，这次扛过去了，便能真的痊愈了。

到了第三天，邹书白一大清早起来，洗漱梳妆穿衣打扮，给自己和程明静做了早餐，吃过之后，紧接着上班去了，若不是自己的那份早餐仍旧摆在餐盘里，模样跟平日里做的一点不差，程明静真要怀疑自己起床之后看见的一切只是幻觉。

程明静随即接到已经是未婚夫的高晓峰打来的电话，对方问："好了？"

"好了！"她说。

高晓峰大喜，"太好了！这样一来，我们可以全身心准备我们的婚礼了。"

程明静心里一紧，面上却只有应下了。

几天之前，她还在想着要怎么拒绝高晓峰的求婚，如今，却真是要嫁给他了？她这么做，究竟是对还是错？

邹书白像往常一样，坐着加长的公车去上班，她坐在最后排靠窗的位置,漠然地看着窗外永不停息的车水马龙,行色匆忙的各路行人,光怪陆离的时新建筑。她在这里生活了三年,第一次觉得这个城市对她来说,是这样的陌生。她觉得自己就是一个辛勤忙碌的小卒子,每天沿着既定的轨迹不停地转呀转呀,突然有一天她停下来,这才发现自己已经没有了目标,所有的辛苦全都是徒劳。

从前,她至少还是有目标的,虽然那个目标是那样的遥不可及。

三年了,她从不曾真正融入这个城市,她怀念的,是梅城小镇的羊肠小道,是废旧的城楼,是外婆家枇杷树上的金黄枇杷,是浅而清澈的河流……可是一晃眼,那些东西,已是那样的遥远。

时间真的过去太久了,邹书白已经记不清她第一次见曹默时的情景,但她记得曹默跟她说的那些话,仿佛在两人分开的这些日子,睡梦里,曹默又将这些话向她重复了一遍。

那时候曹默偷偷爬到邹书白外婆家屋外的枇杷树上,双腿叉开坐在树干上,伸手去够树顶仅剩的那几颗枇杷。秋日的阳光将少年的发梢染得金黄,一望无云的蓝天印着他红扑扑的脸蛋显得格外生动,那样轻易就吸引了邹书白的目光。

邹书白怯生生地从屋子里走出来,站在树下眯着眼睛看着树上的曹默,带着不可抑制的愤怒又夹杂着一些难以言说的羡慕。这枇杷本是她的,但是她却没有胆量去摘,只能白送给别人。曹默也注意到了她,随即把摘到的枇杷放进上衣口袋,转了个身,沿着树干哧溜哧溜滑到离邹书白最近的一根小树干上,歪着头睁大眼睛问她:你是谁?你叫什么名字?怎么我以前从来没见过你?你到这里来干什么?

这一连串的问题抛过来,邹书白有些应接不暇,多年过去,她早已经不记得自己当时是怎么回答曹默的了，是的，她只记得曹默是怎么问她的，却不记得自己是怎么回答的了。也许她根本就没有回答，那时候的她，刚来到一个陌生的地方，至亲的外婆因为聚少离多的原因与陌生人没有两样，并不是出于自愿的寄人篱下的生活，使得本就敏感怕生的她，更加的不安和无助，一天一天，数着回家的日程过生活。

当然，她也渴望交朋友。每当她透过院墙的缝隙望着屋外邻居同龄的小孩，玩着一些她从未见过的游戏时，心里总是万分地神往。她抱着已经有些旧了的洋娃娃，坐在门口的小马凳上，伸长了脖子，极力想吸引他们的注意，但又难掩心里的那一点清高与害羞，不敢表现得太过明显。她多渴望有个人可以站到她面前，对她说：你好呀，愿意跟我们一起玩吗？

曹默便是这个人。

曹默问她："你不说话，你是哑巴吗？"

邹书白说："我不是哑巴。"

曹默便咧嘴笑了，似是很开心，邹书白终于跟他说话了，他又问："你住李奶奶家是不是，你一个人吗？要跟我们一起玩吗？我那边还有好几个人。"

邹书白看了眼身后的大院，外婆正在做饭，一时半会儿注意不到她，她便丢下手中的洋娃娃，跟着他一起去了。

他们来到曹默的王国———一个废弃的水厂，有四个小孩等在那里，三男一女，加上他们两个，便是四男两女。

曹默数了数自己有几个人，然后指着邹书白说："你最晚加入，从现在起，你就是小六了，以后有什么事就提我的名字，我罩着你。"

那次邹书白第一次加入一个"组织",她别提多高兴了,只觉得从今往后都有了依靠,再不用孤孤单单,再不用颠沛流离,再不用担心舅舅的恐吓。每当她哭着要回家的时候,舅舅总是吓她:城里的爸妈已经将她忘了,再也不会来接她回去。

曹默把摘来的枇杷分给另外几个人,邹书白没要,她说:"我外婆家里有很多。"

曹默笑,一点不觉得惭愧,他说:"我们这些也是你外婆家的。"紧接着,他又问她:"你住在你外婆家,是不是?我也是,我也住在我外婆家!"说完开心地咧嘴笑着。

邹书白一听这就更加开心了,原来不止她一个人寄宿在外婆家,曹默也是。这让她有了莫名的亲近感和安全感。她所不知道的,就是她还有父母,他们只是忙于生意照顾不到她,而暂时把她寄养在外婆家里,但是曹默却只有他外婆。

那一年,邹书白6岁,她读了两年的学前班,马上就要正式上小学一年级了,会写自己的名字、容易的汉字,会做简单的加减算术题,还得过一张三好学生的奖状。

那一年,曹默8岁,他没正经上过学,只断断续续听过几堂课,在不用帮外婆干农活的时候,在有些好心的老师愿意放他进教室免费听课的时候,他不会算术,他连自己的名字都不会写。

曹默说:"我要把你的名字刻在水塔上,跟我们几个的名字刻在一起。"

那座水塔是小镇最高的建筑了,曹默踢掉外婆为他缝制的黑布鞋，赤着脚，攀着扶手，一点一点爬到水塔的最高处，其他五个人因为资历不足，是不被允许攀爬这座水塔的，他们只能在塔下看着，看着曹默越爬越高，越变越小。他裤兜里兜着一大把玻璃弹子，随着他攀爬的动作还会哗啦啦作响，那声音煞是好听，只是很快就远到听不见了。

曹默在塔顶朝他们几个招手，他们也朝曹默招手，大声喊着：老大，加油！

曹默有些得意，他拿出锉刀，把邹书白的名字刻在水塔上，跟他们五个人的刻在一起。他哪里会写邹书白的名字，他不过是在阿拉伯的1、2、3、4、5数字后面，加了一个阿拉伯数字6而已。这个6写得很工整，仔细一看，似乎要比前面的2、3、4、5要稍微大一点，似乎跟曹默的1差不多大了，因为他觉得邹书白比他们都干净整洁，理应大一点。

曹默刻完之后又在水塔上面坐了一会儿，他眯着眼睛看着脚下的小镇，突然觉得这个小镇真是小呀，从东边的大山到西边的养猪场，一眼就望到头了。他第一次有了一些渴望，想知道山的后面是什么？路的尽头有什么？村里的大人们说邹书白是从城里来的，那么她肯定知道！城里在哪里？远吗？城里肯定有很多好玩的东西！邹书白玩的那种漂亮的洋娃娃，肯定只有在城里才买得到，邹书白真幸福呀！

曹默看着看着就出神了，直到下面几个人叫他，他才回过神来，反正他肚子也饿了，也该回家吃中饭了。他开始倒退着往下爬，刚爬了几步，他又返回去了，因为他想起来，他会写白字，他决定把这个字补上。可是他刚写好一个框架，却又陡然忘了白字里面到底是一横还是两横,他先写了两横,后来又觉得不对,把多余的一横给挖掉了,这样整个字的结构不免有些奇怪,但曹默已经很满意了。

曹默重回地上,最后几个梯子他没有踩,是直接跳下来的,可能扭到了脚,疼得他咧了咧嘴,但是他并不在意。

其他几个人纷纷上前来簇拥着他,问他看什么看得那么出神,他告诉他们水塔里面有鬼,他举着脏兮兮的像木炭一样黑的两只小手,做着鬼脸吓唬他们几个,其余几个都哄笑着跑开了,只有邹书白没有逃开,她被眼前的事物、眼前的人惊呆了!

那是邹书白第一次见识到曹默的世界,没有规矩,没有束缚。

2.

几个人都要回家吃中饭了,邹书白跟他们几个所走的方向不同,曹默问邹书白:"你知道怎么回你外婆家吗?"

邹书白说:"我知道。"

曹默又问她:"你敢一个人回去吗?"

邹书白坚定地点头,她说:"我敢。"她并不十分确定回去的路,想到一个人走那些小路,心里也有些害怕,但她觉得跟他们在一起后,她理应变得坚强一点,不能被人笑话。

曹默满意地点了点头,将自己亲手雕刻的随身带着的一柄桃木剑送给邹书白防身,他说:"这个可以辟邪,你收好!"接着又道,"那吃好了饭,我们再去找你玩?"

邹书白答应说好。

但是那天下午他们却没能再聚在一起玩,因为当天下午,邹书白就被父母接回了城里。记忆里,曹默只是远远地看了她一眼,朝她挥了挥手,他那被秋日的阳光晒得通红的稚嫩的小脸上,写着与实际年龄不符的落寞:她跟他不一样,她来自城里,她有父母。

多年以后,每当曹默回忆起这个下午,心中仍会泛起涟漪,当时的他并不知道,这一天的经历竟然会成了他一生的转折点,如果时光重来,当时的决定必当慎重再慎重。

邹书白被父母左右牵着,一边走一边不停回头看着身后的曹默几人,似乎很想与他们挥手告别,但她等了很久才等到父母来接她回去,实在又舍不得放开他们的手。

他们那时都还小,并不知道这样的分别对于他们来说意味着什么,不过在这今后的十多年里,他们依旧是聚少离多,有的是时间去细细体会其中的滋味。

那次分别之后,他们再见面已经是半年以后的事情了。半年,说长不长,说短不短,相对于他们相识之后的漫长岁月,这半年可能显得有些微不足道,但对于当时的他们来说,半年的时间是那样的漫长。

或许正是因为思念太久,所以每次重逢才显得格外美好。

邹书白是踩着时间点进的办公室,同事们看见她就像看见鬼似的,跟她关系最为要好的小慧拉着她左看右看,眼泪在眼眶里直打转,基调煞是凄惨哀婉:"书白,你没事吧?你这副样子,怎么像死过一回似的?你可别吓我!你是不知道,打你电话打不通,又不知道你具体住在哪里,我们都急死了,还以为你出了什么意外,都准备报警了呢!"

邹书白有气无力地在自己的位子上坐下,一边打开电脑,一边冲邻座的小慧勉强挤出一个笑脸,"病了一场,不过现在都好了!"

小慧赶紧去拉她,"别急着开电脑了,佟巫婆正找你呢,这几天季度检核正是忙的时候,你假都没请一个就这么凭空消失了两天,我看她那样子,不把你生吞活剥了是不会善罢甘休的。"

邹书白不以为意,拣了支笔、一个本子就要往经理的办公室去,小慧还在感慨:"我本来还想着,要怎么给你伪装一下,显得像是生过大病的样子,不过就你现在这副模样,我看是不用再伪装了。"

邹书白冲她吐了吐舌头,"别为我担心了,大不了就不干了,她还能控制我的人身自由,控制我的思想不成?"

邹书白敲了敲上司办公室的房门,探着头说:"经理,您找我?"

对方一看是邹书白,不由得上扬了嘴角,一副皮笑肉不笑的表情,合上手中的文件,走到办公桌前,一边招呼邹书白上前,一边慢悠悠地道:"哟,终于知道回来上班啦?你是不是也太不懂得见外了,真把公司当成自己的家了,想来就来,想走就走?"

邹书白自知理亏,低着头小声说了句:"对不起。"

"也别说我不给你解释的机会,说吧,怎么回事?看你四肢健全,应该不是磕着碰着了。难不成吃坏了肚子?食物中毒?急性肠炎?急性阑尾炎?别傻站着了,总得挑一个吧,否则你这么平白无故地消失,叫我这个当领导的情何以堪?"

邹书白岂会听不出对方的揶揄,她接连翘了几天班,音信全无,这会儿四肢腱全地出现,对方心里自然不爽,骂她几句,也在情理之中。邹书白撇了撇嘴,没有回话。

邹书白越是不作声,对方越发觉得她在心虚,只见佟巫婆摇头叹息道:"不是对你们这辈人有成见,只是你们现在的年轻人,真的是少了一点责任心,少了些干劲,上班就是聊QQ,刷微博,逛淘宝,泡论坛,叫你们做点事,就像大难临头了似的,这里做不来,那里不会做。不会做不会学呀?工作要少,待遇要好,升职空间要大,上班要晚,下班要早,加班要少,考核分要高,加薪要多。你告诉我,天底下哪有那么容易的事?真有这么好的差事,我都想辞职去做!你说说你自己,你是笨吗?你是懒吗?你是不用心!自己平时不多思考,非得等到别人推一下,你才能动一下,大好的年华不用在刀刃上,该努力的时候不努力,该积累的时候不积累,等真有一天天上掉馅饼了,你连接都接不住,到时候有你后悔的!你现在年轻觉得无所谓,以后30岁呢?40岁呢?跟你同龄的人一个个事业有成,你还想顶着专员的头衔,听比你年纪小的人指挥,一天到晚就只能做些整整文件写写会议纪要之类的芝麻绿豆大小的事情,挤着公交车来上班?你甘心吗?你好意思吗……"

对方巫婆的名号不是白得的,念起咒语来,没有个把小时是不会停的,可就算是忠言逆耳,邹书白也早已经听得耳朵起茧,再也奈何不得她分毫了。

然而,坏就坏在她在床上躺了整整两天,油水未进,身体机能明显变差,虽说早上吃了些东西,但显然撑不了这么久,于是听了四十分钟的说教之后,她华丽丽地——晕倒了。

当邹书白睁开眼睛,发现整个办公室的人都在围着她看,甚至包括佟巫婆。

小慧喂她喝了一口红糖水，掰了一块巧克力塞进她嘴里。

佟巫婆显然也没料到会出现这种变故，脸色有些不太好看，她虽喜欢唠叨喜欢教训人，却不想担上虐待下属的名声，她对邹书白说："你身体不舒服要早说呀，实在撑不住，就回去休息吧！"

邹书白无力地摆了摆手，嚼了两口巧克力，露出一口黑牙，"没事，我就是一口气没缓过来，歇一会儿就好。"

对方别过脸去，"你硬要留下来上班也行，那新款面霜的测试报告？"

邹书白咬咬牙，"中午之前交！"

对方点头，"那四季度的促销方案？"

邹书白再咬咬牙，"下班前交！"

佟巫婆这才心满意足地离开。

其他围观的人纷纷暗自咂舌，对着邹书白说了一些安慰、关怀的话，接着也就散了。

直到佟巫婆走远了，小慧才开始痛骂，"你都这样了，她还逼着你干活，这个老巫婆也太没人性了！测试报告我帮你写，你脸色都没缓过来，现在还是惨白，先休息会儿！"

邹书白摇头，问她："巧克力还有吗？"

一向对零食不太感冒的邹书白什么时候主动讨吃讨喝过？这可把对方吓着了，把抽屉里的存货全都奉献出来给了她。邹书白有些不好意思，说："我没事，报告还是我自己来写吧，你忙你的，她没从我这里讨到好，接下来很可能会找你们的碴。"

小慧不放心，"你到底怎么啦？刚刚可把我吓死了，你躺在那里，整张脸都没了血色，按太阳穴、掐人中统统不管用，就是没反应。"

邹书白尴尬地笑笑，"哪有那么严重！"转而又道，"其实，刚刚我是装的，我算计好了，一旦进去早晚是要横着出来的，与其任她宰割，不如自己掌握主动！"

对方这才恍然大悟，冲她竖起大拇指，"你牛！"

邹书白笑笑，打开电脑，开始工作。

邹书白正一头栽进工作里，忽然接到一个陌生的来电，对方问："你是邹书白女士吗？"

女士？邹书白难得接到这么正式的电话，怕是什么难惹的机构，赶忙说是。

谁料确认身份之后，对方语气变得不善，怒冲冲地质问道："昨天晚上经济学的课你怎么又没来听？你已经连着三节课没来了，这门课的学分你还想不想要了？"

邹书白听到这里，想也没想就挂掉了电话，她心知自己已经缺了太多的课，已经到了不是她想不想要，而是对方愿不愿意给的阶段了。

邹书白挂了电话，全身心投入到工作之中，她突然觉得忙碌挺好的，忙碌可以麻痹她的神经，分散她的注意，让她失去思考人生的力气，也就不用担心没有目标就活不下去。

忙碌还可以盘踞她的大脑，让她放弃对过去的回忆，忘记有关曹默的伤痛，忽略对未来的恐惧。

3.

忙碌的时候，时间总是过得很快，转眼就到了程明静跟高晓峰举行婚礼的日子。

虽然程明静一向比邹书白有主见，但邹书白还是不止一次问过程明静："明静，你真的要嫁给高晓峰吗？"

好吧，其实她更想问的是：程明静，你不是真的要嫁给高晓峰吧？

但与知晓高晓峰求婚时的犹犹豫豫不同，程明静每天欢欢喜喜地筹备婚礼的事，似乎是下定决心要嫁了。

程明静的分析结果如下：我不嫁给他，又能嫁给谁呢？如果我要在30岁之前生小孩，就得在29岁之前怀孕，怀孕前至少得有半年的准备时间，翻过年我就27了，哪里还有时间去重新认识一个人，更要到谈婚论嫁的地步？再说，女人年纪越大，可供选择的余地越小，他高晓峰其实也不赖，现如今剩女这么多，这两年我不想嫁他，过两年他还不一定想娶我呢……

邹书白听着程明静的话，有一种唇亡齿寒的感觉，程明静好歹还有一个替补的对象，她却连替补也没一个，如何不让人心忧。

婚礼的准备过程是一个非常复杂的工程，双方父母见面、商量婚期、跑婚庆市场、选礼服、拍婚纱照、找策划……其中的艰辛曲折，不说也罢。

然而，随着大喜之日的临近，两位新人没有累垮，倒是她邹书白一天天地消瘦，晚上睡不好，白天没精神，像个游魂一般早晚在这个城市里游荡，似乎随时都可能倒下，而后在某个臭水沟里被早起的清洁工人发现,第二天登上社会版新闻:妙龄女子因减肥跌臭水沟致死。

是的,没有点话题哪叫新闻,哪有点击率?幸得她每天都是公司、家两点一线,出不了什么大事。

她怕什么?不外乎是怕在婚礼上再见到曹默,这样她这三年的努力,没准就都白费了。她甚至想过逃跑,但是身为伴娘,她自然是逃不掉的。她跟程明静从小一起长大,彼此如亲姐妹一般,她也不想错过了她的婚礼。

新娘都是暴躁的,一向有主见的程明静更是如此,邹书白原本还以为程明静平日里已经够凶残暴戾的了,现在才知道,她从前实在是低估了她。

什么,手套不见了一只?去找,去找,去找!

什么,新娘捧花是粉色的?白色,白色,白色!

什么,司仪还有没到场?打电话,打电话,打电话!

……

邹书白本以为,程明静在行礼前会有些犹豫,会因为没能跟老四修成正果而感到可惜,现在看来,这是程明静此刻所有烦恼的事情中,最可以忽略不计的事。

邹书白觉得跟新娘程明静的诸多烦恼比起来,自己的那点烦恼,因为不敢见曹默的那点烦恼,简直不值一提。她尽量把自己缩小缩小再缩小,这样暴躁的新娘才能看不见她,才不会因为她伴娘礼服的颜色不对,她的发型跟鞋子不配套,而对她诸多挑剔。

她在阳台上遇上同样把自己缩成一团的高晓峰,对方看着她,苦笑着问:"邹书白,你说我是不是做错了,现在后悔还来不来得及?"

邹书白一脸同情地摇了摇头,"恐怕是不行了,除非你想找死。"

高晓峰眉毛眼睛耷拉下来,都快要哭了,"你说我怎么这么命苦啊?我跟她交往这么久,清楚她从来都不是温柔贤惠一族,但也没有这么夸张呀,怎么结了婚,就全变了呢?简直就是母老虎和河东狮啊!我是不是前世造了什么孽呀?"

邹书白这会儿显得异常平静,她缓缓地摇了摇头,郑重地道:"晓峰,你错了,你们还不算正式结婚呢,我可以肯定地说,结了婚会更恐怖的,她很可能就是个母夜叉!"

高晓峰扯开嗓子,夸张地抱着邹书白,尽情干号:"书白!"

邹书白笑出声来,等他情绪稍缓之后,她才定定地说了句:"放心好了,你们会幸福的。"

高晓峰也笑,拍了拍邹书白的头,"你也会的,丫头!"他一边说一边冲屋里正在发飙的新娘子摆了一个OK的手势,对方松了一口气,嘴角露出欣慰的笑容。接着下一秒,新娘子接了一个电话,也不知电话那头说了些什么,总之她脸一黑又继续发飙去了,那声音之狂暴,让高晓峰不由得浑身一个冷战。

女人呀,看看就好,娶不得!

邹书白心想:多好,还是有人成双成对的,程明静终于还是按照自己的时间表把自己嫁出去了。她感到由衷地欣慰,看,月老并不是没有在干活,他只是没有照拂到她而已。

邹书白一直以来都不曾怨天尤人,因为她知道是自己修为不够。

婚礼特地选在周末举行，然而从典礼开始，到典礼结束，曹默都没有出现，邹书白心里酸酸的，有些庆幸，又有些失落，心想：曹默是不是不来了？曹默会不会不来了！她也不知道自己到底是希望对方来，还是希望对方永远不要来。

原本属于曹默的位置现在还空着，程明静跟高晓峰看着都挺着急，但念及邹书白就在跟前，也不敢打电话询问，只能在心里暗暗地急，这个时候了，大家都不想节外生枝。

新娘丢捧花的时候，邹书白躲得远远的，但程明静哪里会放过她，直接朝着她的方向就丢过去了。邹书白本能地接住了，但接到手后，又像握着烫手山芋似的，恨不得马上就丢出去。她见身边还站着一个年轻的女孩子，那人也像她一样，没有去争捧花，她赶忙把捧花强行给了她。

那人笑了，估计从来只看过为争新娘捧花争先恐后的，却没看过这么急急地要把捧花送出去的，虽有些局促，但还是笑着道了句："谢谢！"

程明静上来瞪了邹书白一眼，"你干吗不要？"

邹书白撇了撇嘴，耷拉着脑袋没说话，她不想这个美好的传统因为她而终结了。

程明静忙得跟什么似的，恨不得自己是八脚章鱼，哪有空理会她这伤春悲秋的小心思，"走吧，陪我去换衣服，马上要开席了。"

衣服很快就换好了，一切都挺顺利，谁料程明静突然大叫一声，把一旁的邹书白吓了一跳，还以为出了什么大事，原来是配这件礼服的项链不见了。

这会儿工夫，上哪里去找？邹书白弱弱地问："还用刚刚那条珍珠项链不行吗?"话还没说完,就被程明静狠狠瞪了一眼,对方那眼神,恨不得从她脸上剜个洞出来,她一个激灵,马上抖擞精神重新表明立场:"找,必须找,非它不可!"

在哪里呢?邹书白努力回想着:"项链放在化妆包里,化妆包放在手提袋里,手提袋里找过了,没有!"说到这,她苦着脸,小心翼翼地看了程明静一眼,对方回瞪她一眼,她便马上又恢复了精神,掰着手指头,从头开始回忆,细节,细节!

"项链放在化妆包里,化妆包放在手提袋里,手提袋一直是我提着,我跟你坐的同一辆车,中途的时候我们拿出来补妆,补完妆我们——车里,一定是在婚车,我去拿!"

邹书白提着斗篷似的小礼服,跑得比兔子还快。婚礼策划书上写得明明白白,首饰归她负责的,如今她弄砸了,只怕程明静会怪罪下来,把她摁在地上打。

"小六!"

邹书白顺利找到项链,正要往回赶,突然听见有人叫她,她寻着声音望过去,只觉得有光刺伤了她的眼睛,她赶忙拿手挡住,这无意识的举动纯粹出自自身的防御系统,是的,还不等她脑子做出反应,身体本能地已经预感到了危险。

她转过身去不让自己看向来人,理智告诉她必须逃离,奈何脚步难以跟上,只能语无伦次地大叫着:"你快走,你快走,我不能见你,不能见你。"

曹默踏着西边最后一缕夕阳而来,全身上下染着金色的光边,整个人犹如天神下凡一般,灼灼发光的眼神,坚毅俊朗的面容,温和无害的笑容,没有一样不是诱惑,但只有邹书白知道,那其中没有一样不是掺着毒的。

邹书白在心里暗暗叫苦,早就说了,不能见,不能见,这一见,她这三年的苦就白受了。

4.

曹默上前来拿掉邹书白捂着眼睛的手,笑着问:"好好的,你捂着眼睛干什么?"

邹书白睁开眼,还没来得及看清面前的人,先看见了手上的化妆包,她暗叫一声不好:程明静还等着她的项链呢,晚一点,她连自己怎么死的都不知道。

她来不及跟对方解释,提着裙子赶紧跑,对方不明所以,只得跟着她跑。

但还是晚了,程明静早就守在电梯口等着她了。邹书白没赶上电梯,一口气跑上5楼来的。尽管如此,程明静看见她的时候,还是恨不得把她当场掐没气了,随即她看见了邹书白身后的曹默,先是一愣,随即敞开笑颜,"老大,你终于来了!赶紧进去坐吧,酒席马上开始了,六儿知道你坐在哪里,让她带你去!"

程明静一边说话,一边就着邹书白的手把项链戴上,接着凑到曹默跟前拍了拍对方的肩,抿着唇,表情很是郑重,代表的是久别重逢的喜悦,"我忙呢,先进去了,你们自己招待自己,还像从前一样!"

程明静走了,邹书白也要跟着走,被曹默拉住,对方笑眯眯地看着她,"六儿,你看见我跑什么呀?"

  跑什么?他难道会不知道?没有比他还会装蒜的人了!邹书白恨恨地想,一边喘着粗气,一边在心里暗骂自己,你这个姑娘到底长了个什么猪脑子?都这时候了,还以为自己能够躲得掉?她心里害怕,但还是忍不住偷偷看了曹默一眼。三年了,她已经三年没见过曹默了,两人认识这么多年,这是他们分别最长的一次。

  对方似乎是长高了?还是变得成熟了,所以显得高了些?面孔跟三年前也有些不一样了,仿佛三年前还只是少年的身材跟脸庞,处处透着稚气和强撑的气场,而如今已经是标准的青年才俊一个了,虽不似少年时那般柔和讨好,却多了一股刚强与坚毅。

  三年前他还穿不得正装,唯一一套用来找工作的西装穿在身上显得空落落的,像是借来的,而如今,西装笔挺的他显得格外的信心满满、器宇轩昂,像是能左右人的思想似的,否则邹书白也不会巴不得凑上前去一点,只为了跟他亲近一点,再亲近一点。

  当然,不管他变成何等模样,都不会影响邹书白对他的迷恋。这便是全新的曹默:全身上下,无一不是光鲜的、帅气的、魅惑的。不愧是我们的老大,邹书白心里暗暗地想。

  事到如今,邹书白只能逼着自己坦然去面对,她也不知道该说些什么,脑子不够用,只得胡乱找了些话来说:"老大,你以后别叫我小六了,听着像个太监的名字。"

  曹默笑了,"你又不是男的,像太监怕什么?你都这样计较,叫人家老二、老三怎么办?再说,叫了这么多年,都习惯了,怎么改呀?"

邹书白不过这点要求，对方却这么多理由，可想是完全吃定她了。邹书白从前最没个性，最好打发，可她这次却很坚持，"就算不是男的，这名字也不好听，像人家打麻将叫牌似的。"

对方又笑了，耸了耸肩，无所谓地道："那行，我叫他们以后都改口叫你书白。"

是的，只要不是要他以身相许，他什么都会答应邹书白。在他眼里，邹书白跟其他的2、3、4、5没有区别，都是他的兄弟。在他眼里，爱情的寿命很短，比不上兄弟情谊，他没有兄弟姐妹，他们其余五个，就是他的亲兄弟。

"就你事情多！"他摸着邹书白的头，眉眼之中，尽是久别重逢的欢喜，尽是早已习惯了的宠溺，哪怕分开多时，这份宠溺也不会消逝。只是，这种欢喜，这种宠溺，跟邹书白对他的欢喜、看他时的迷恋又是完全不同的。

是的，只要曹默哪怕再恶劣一点点，邹书白都可以忘记他重新开始，但是他没有，他的一切都是那样的完美，就只除了一点，他不爱她。

曹默跟邹书白进了场。谢晖今晚难得看见邹书白不是忙得团团转、不是一脸找不到东南西北的茫然的时候，想要上来跟她打声招呼，夸一夸她今晚真漂亮，夸一夸她真能干，没准能够博得她开心一笑，但当他看见她身后的曹默之后，生生止住了脚步。曹默来了，他便要退场了，他深谙其中的道理。

谢晖苦笑，他只是比曹默晚了几年认识邹书白而已，那也已经是很长很长的时间了，足有十几年那么长，但人生有的时候就是这样残酷，他一次晚了，便永远都晚了。

曹默也看见他了,扬手跟他打招呼,他回给曹默大方得体的一笑,一口苦酒暗暗吞进肚子里。

邹书白没有看见他,她一直闷着头走路,眉头微蹙。她在想她自己的事情,谢晖知道,她想的事一定跟曹默有关,因为她脸上的表情充满着矛盾,既开心,又难过,既欣喜,又失望,这些矛盾,只有曹默才能给予她。

曹默跟邹书白刚落座,新郎新娘便上前来向他们敬酒。也记不清有多少年了,自从长大后大家各奔东西,他们这个六人组总是聚少离多,每次都凑不齐,难得终于有个正经的由头大家可以重新聚在一起,邹书白拿手指点着数,"1、2、3、4、5,怎么又少了一个啊?"

程明静撇着嘴,怪声怪气地回了句:"三哥没来,说是在出差,赶不过来了。"

邹书白显得比她还要失望,她说:"怎么可以不来呢,我们当初都说好了的呀,不管身在哪里,只要……"感觉她说着说着都要哭了。

大家都用同情的眼光看着她,那该是多少年前的陈年往事了,大家都长大了,有了自己的生活,有了现实的压力,儿时的戏话,又有几个人还当真,也就只有邹书白而已。

可是邹书白怎能不当真?两小无猜的情谊,这是她最珍贵的东西了,在她看来,就算曹默将来会娶妻生子,有他自己的生活,但是因为他们过去的情谊,她永远会是曹默心中最特别的那一个。

大家知晓她的心思,同情她,却又都舍不得告诉她真相,反倒是希望她可以再天真几年。

程明静及时转换话题，指名道姓警告邹书白："邹书白，你别喝醉了，你待会儿还要干活。"语气不善，显然还在为她之前办事不力耿耿于怀。

邹书白头点得跟小鸡啄米似的，"一定一定。"

一旁的曹默看不下去了，"小五，你这样就不对了，不能因为我不在，就这么苛待我们六儿呀！"

程明静心里一声冷笑，心想着，在座的谁不知道，到底是谁在苛待她！但嘴上却说："是是是，我错了我错了，我有自知之明，甘愿自罚一杯，先干为敬！"说完一口气把满杯的红酒都干了，喝完一手扶着脑袋往高晓峰身上靠，嘴里娇嗔道："老公，我不行了，不行了。"

其他的人都在为她鼓掌，个个把杯子里的酒都干了，只有邹书白一个人边喝边在那里抿嘴偷笑，新郎新娘的红酒是她特别准备的，兑了差不多有一半多的可乐，更别提新娘酒杯里那硕大的一颗樱桃占了酒杯差不多一半的空间，哪有那么容易醉。

那些人不愿意放过程明静，说大家这么多年没见，非拉着她再干一杯，他们都精明得很，不让她倒自己手上的酒，拿起桌上的酒瓶给她倒。

邹书白也不拦着，一个人在一旁幸灾乐祸地看着，暗自偷笑，她指着身旁的一个空位，"既然三哥不来，那么这个位置是谁的呀，怎么还有人没来呀？"

其他几人都愣在那里，没有说话。老二还在给程明静倒酒，眼看酒都要溢出来了，还是没有人回话。

邹书白正觉得奇怪呢，马上就有个声音回答她："这个位置我来坐吧，不好意思，去了趟洗手间。"邹书白拿眼一瞧，对方正是之前接她捧花的那个女孩子，她顿时心生好感，冲对方友好一笑。对方眼光落在她身上，也冲她笑了笑。

邹书白还没笑完呢，下一秒，她就再也笑不出来了，她眼睁睁看着曹默走到对方跟前，牵着对方入座，笑着向其他人道："还没来得及向大家介绍吧，这位是我未婚妻，林淑琴。"说完，指着他们几个一溜圈数过来，"这是我常跟你说起的，儿时的几个兄弟，老二，老四，小五，小六，老三今天没来，否则就齐了。你们愣着干什么，快叫嫂子呀！"

大家都被曹默逗乐了，只有邹书白怎么也笑不出来，不是那个位置没人坐，而是她把人家的位置给占了。

来人笑笑，亲昵地拍掉曹默圈在她腰间的手，"你上来得晚，我早已经自我介绍过了。"

位置是早就安排好的，程明静跟其他几个人显然也是早就知道的，邹书白手上还拿着喝酒的玻璃杯，原本浑圆光滑的玻璃杯像是突然变得刺手似的，刺得她皮肉生生地疼，似是要刺进她的骨头里。

又只有她不知道，又只有她不知道！

5.

邹书白知道，自己再不能自欺欺人了。她以为只要自己糊涂一点，就能忘掉对方已经有了未婚妻的事实，她以为自己还可以像从前一样，怀抱哪怕一点点的希望，继续奋斗着，祈祷着，前进着，哪怕不能拥有他，一直追随着他也是好的，然而，这一丁点的希望也终究是要破灭了。

老二最先接上话茬，他提高音调道："嫂子？曹默，你也太不厚道了吧，就是因为当初你们比我野了一点点，硬要我们叫了你这么多年的老大，现在居然又要我们叫嫂子，不行，不行，肯定不行。这个道理怎么都说不通……"

是的，那个时候大家排名论辈，并不是比年纪，比力气，而是比谁的胆子大，他们几个之中，显然是曹默最野，因为他没有父母管他，所以没有那么多禁忌，而女孩子毕竟是女孩子，程明静再要强也只排了个第五，而邹书白，她连争的资格都没有，不光是因为她最晚加入，还因为她最没有好胜心。

其他人也跟着起哄，都站在老二这边，老二士气大涨，接着又说："要我们叫嫂子也行，喝酒，喝酒，必需喝酒，至少三杯！"

曹默不忍扫他们的兴，笑着道："可以，可以，不就是三杯嘛！你们嫂子不能喝，我代她喝！"说完，自斟自饮，满满三杯红酒很快下了肚。

其他人一边鼓掌一边叫好，却不打算这么轻易就放过他们，"你代喝？不行不行，我们又不是叫你嫂子，凭什么你代她喝？一定要她自己喝。我们都是自己喝的，是吧？你看，我们的五呀六的，她们也都是女的，但她们都是自己喝的。你不能有了媳妇就忘了兄弟，你自己的女人是女人，我们的妹子就不是女人啦？"

曹默面露难色，"老二，你这话不对，我对你们可都是一视同仁的，从不偏袒谁。但她是真的不能喝，她身体不好，一点酒都不能沾。要不我再喝三杯，算是赔罪，这样总没话说了吧！"曹默说完，又是三杯酒下了肚。

邹书白只是看着,她看得清清楚楚,曹默喝的绝对是实打实的红酒,不是她掺兑的那些,因为她兑的那些,酒瓶上她做了记号,她认得出来。她甚至尝了一口自己杯子里的酒,苦的,涩的,的确是酒呀。她把一整杯都喝了,再无怀疑,真的是酒呀!

她何尝不知道,红酒入口虽好,但后劲大着呢,她不是没见过他喝醉时的样子,看起来好辛苦。他的未婚妻怎么不拦着他呢?她一口酒都不喝,她真娇气呀!他一口酒都不让她喝,她真幸福呀!

邹书白还是不明白,曹默怎么就有了未婚妻了呢?他不是隔三岔五就换一个女朋友的吗?女人对他来说不是只是衣服吗?他还是自己认识的那个曹默吗?邹书白原以为,这么多年,曹默之所以不接受她,只是因为他把她当成"好兄弟",不想因为恋情不成,失去她这个"好兄弟",然而看着他对未婚妻的细心呵护,邹书白这才知道,他并不是不能爱人,他只是不爱她而已。

邹书白突然想到谢晖,谢晖一直觉得,他输给曹默,只是因为曹默比他先认识了邹书白,但是林淑琴呢?邹书白比林淑琴先认识曹默十几年,但是她却输给了林淑琴。

所以,爱情没有先来后到一说。爱情是弱肉强食,是优胜劣汰,适者生存。

新郎新娘去了别桌敬酒,林淑琴拉着邹书白的手,亲热地道:"你就是小六啊,曹默经常提到你。"

曹默经常提到你?不知道为什么,这话在邹书白听来,显得格外的伤感,这就像是在告诉她,从今往后,他们才是亲人,而她只能是个外人了。

邹书白不知道该跟对方说些什么,她想了想,最后说了句:"我从来没见过你,我敬你一杯酒吧。"曹默是快乐的,甚至比她从前见到的任何时候都要快乐,纵使邹书白不愿意承认,但她必须感激面前的这个人,是她给了曹默这些快乐。邹书白接着又说:"你不能喝不用喝的,我一个人喝就好。"说完,手一扬,杯子就见底了。

林淑琴不知道她的酒量,只能劝她,"你喝慢一点,别喝醉了!"

邹书白笑笑,嘴巴紧紧抿在一起,"没关系,今天高兴。"

老二仍在笑话曹默,"老大,你别学着老四一样,怕老婆呀!"随即看了老四一眼,似乎又觉不妥,这话他以前是用来打趣老四和程明静的,而如今程明静……转而又道:"你以前可不是这样的,你以前那是多洒脱呀!"

曹默也笑:"女人是一回事,老婆又是另外一回事。"他说这话时,看了邹书白一眼,抿了抿嘴,像是在同情她,但是他的眉眼之间又尽是笑意。不对,他看的是坐在邹书白旁边的未婚妻林淑琴。

邹书白坐在这对甜蜜的恋人之间,有些手足无措,实在不知道该做些什么才好,只好又倒了一杯酒喝了一口,接着又喝了一口,她从来没醉过,没准喝醉的感觉也挺好。

邹书白刚把杯子放下,便听到程明静在另外一桌召唤她,她知道自己今晚是有任务在身的,赶忙抱着一瓶特制的酒,屁颠屁颠地跑了过去。

程明静白了她一眼,"你人来就行,抱着一瓶酒干什么?"

邹书白有些委屈,对方火气这样大,她却什么事都干不好,"你不是叫我拿酒呀?"

程明静骂她:"你是酒还差不多!"就这还不过瘾,提着她的坎肩像提着只老鼠似的把她撂到一边,"你把我的话当成耳边风了是不是?一会儿工夫,我看你灌了自己三杯了,你是不把自己灌醉誓不罢休呀?"

邹书白也不回嘴,抱着个酒瓶痴痴地站在那里,目光呆滞,漫无目的地四处游荡,但却一直不曾离开曹默太久。她这个样子,程明静哪里还舍得再骂她。

就算是病,这么多年,能根治早就根治了!这不是病,这是咒!

程明静叹了口气,她决定来剂猛药,一步到位,程明静对邹书白说:"六儿,咱别等了,等不下去了!"

邹书白不甘心,"为什么?"

程明静都快要被她气死了,她拉着邹书白让她往曹默那一桌看,"你没看见她时时刻刻都在护着自己的肚子吗?她怀孕了!"

"怎么可能?!"邹书白回头去看林淑琴,对方身着一件宽松的毛衣,看不出有孕相,但那只一直覆在小腹上的保护着子宫的手出卖了她,这是孕妇才有的表现,母亲的本能。

邹书白连连后退了几步才稍稍稳住自己,她不敢相信自己的眼睛,鼻子陡然酸涩,眼泪在眼眶里打转,因为不想在人前落泪,才拼命忍住了。她转过身去面对柱子,不去看曹默,不去看林淑琴,她把酒瓶紧紧地抱在怀里,努力地想从这件冰冷的物件上吸取一点温暖,她紧紧咬着下嘴唇,"我不相信。"

程明静上前拍了拍她,然而这么多年,该说的话,她早就说了,当真是再也找不出其他的词来了,她说:"六儿,咱死心吧,你不会真的以为他跟他的那些女朋友在一起,只是牵牵手搭搭肩那么简单吧？他早已经不是小时候我们认识的那个老大哥曹默了，只知道调皮逃学偷果子，我们都长大了。"

邹书白眼里噙着泪，眼巴巴看着程明静，她想说，我知道，我知道我们都会长大，总有咫尺天涯的一天，但是……

是的，她心里什么都知道，她只是还没有做好心理准备而已。她知道自己无法彻底拥有曹默，却没想到，这么快就要失去他了。

6.

程明静忙得头晕眼花，哪有工夫陪邹书白寂寥感伤，只安慰了她几句就把她扔在了一边，直到酒席快要结束了，才想起她来。

程明静四处找了一圈又问了几个人，都说没有看见邹书白，这可把她急坏了，定金单还在她那里，本来还指望着她去结账的呢，当真是只会添乱！程明静同时又埋怨自己，早知道她今天晚上不会好过，干吗给她安排这么多事情，但是不给她找点事做，她又要瞎想，觉得自己被区别对待了。总之怎么做都是错。

她找到曹默他们一桌，问："你们看见六儿了吗？怎么一眨眼就不见了呀！"

曹默也很意外，"六不见了吗？好一会儿没看见她了呀，还以为她给你跑腿去了。"

程明静暗自一跺脚，今晚的打击可不小，这丫头不会是想不开吧？可别出什么事才好。

曹默劝她不要着急，"你忙你的，六儿我去找！"说完，把有孕在身的未婚妻交给老四照应。

曹默把整个酒店楼上楼下都找遍了，也没找到邹书白，电话也没人接，该不会是一个人先跑了吧？也不对，她喝了那么多酒，想是已经醉得差不多了，不可能走远，极有可能是躲到哪里睡觉去了！喝醉了会去哪里？曹默一拍脑袋，暗暗骂了自己一句。

是的，他楼上楼下各个角落都找遍了，唯一没找的，就剩女厕所了！

"有人吗？女厕所有人吗？"曹默叫了两声没人应，随即推门进去。前面几个隔间都是空的，直到最后一间了，才发觉里面好像有人。

门没有被反锁，却不能完全被推开，像是里面被人抵住了。曹默顾不得礼仪，从门缝里挤进隔间，地面上躺着的，可不就是喝得烂醉已经睡死过去的邹书白。

马桶里还有没有及时冲掉的呕吐物，气味有些难闻，地上滚着一个空酒瓶，可不就是邹书白之前拿的那一个，难怪她醉得这样狠，那酒虽然是掺了可乐的，但也是酒呀。

曹默先是愣了一会儿，而后才想起来上前把邹书白扶起来，帮她把踢掉的鞋子重新穿上。他想把她抱出去，交给程明静他们安顿，随后又觉得这样做不妥，干脆把外套脱了垫在地上，让邹书白坐在上面，而后自己也挨着邹书白坐到了一起，像两个傻瓜一样，并排坐在了卫生间狭窄的地面上。

做完这些，曹默叹了口气，默默点着了一根烟。才抽了几口，可能是那烟味呛着了邹书白，她咳嗽了几声，像是要醒了，但是眼睛却没睁开。曹默赶紧把烟掐了，上前去招呼邹书白，他把胳膊垫在对方背后，这样她不至于靠着瓷砖那么凉。

曹默轻声问邹书白:"书白,书白,你怎么样,难受吗?"这话问得多傻,醉成这样子,怎么可能不难受?

邹书白皱着眉,缓缓睁开了眼睛,勉强看清了面前的人,难掩眉眼的欢喜,像是在梦里一样,痴痴说了声:"老大,你来了!"

对方的表情这样生动,声音很是委屈,怪可怜见的,但是模样又实在是太过邋遢,让人心疼不起来,曹默忍不住笑出来,"是的,我来了。"

她说:"我好难受呀!"

曹默扯了扯嘴角,说不清是想哭还是想笑,默默回了句:"我知道,傻姑娘!"

曹默静静地坐了一会儿,他一直没有看身边的邹书白,而是看着卫生间光洁的隔板,不知道在想些什么,眼神有些空洞。他几次掏烟出来抽,都快点着了才又想起点什么,接着又放回去了。

而后他接到好友赵承书的电话,对方语气很是不耐烦,"你叫我今天晚上到酒店前台找你,我早就到了,怎么没看见人呀,到底什么事呀?"

曹默搓了搓额头,嘿嘿笑了一声,"我叫你6点到,你现在才到,还好意思埋怨。"

对方声音轻快,并无任何歉意,"我怎么知道你是不是认真的,又不是你的婚礼,我有没有必要那么准时的?到底有没有事?没事我走了。"

曹默顿了一会儿,接着沉声道:"我之前跟你说的事,就在今天了!"

"事?"赵承书半晌才反应过来,一度还以为自己听错了,"不是吧,你真要给我介绍对象?我还以为你只是说说玩呢。你省省吧,你这是在侮辱我呀,就我这条件,送上门的都招呼不过来,还用得着你给我介绍?"

侮辱?曹默心里蓦然涩涩的,心想,我把自己压箱底的宝贝都介绍给你了?你还觉得是对你的侮辱?要不是考察了你这么久,觉得你还算值得托付,也不会——他头疼得厉害,想必也有些喝多了,不想再这么没完没了地啰唆下去,留下句:"我在5楼右边的女厕所,你先上来再说吧!"

赵承书听着电话那头的忙音,不由得好笑:女厕?曹默,你这小子都干了些什么呀?

曹默挂了电话,看了一旁的邹书白一眼,她嘴里嘟囔着什么,也不知是在说梦话还是胡话,脸上流淌的不知是汗水还是泪水,盘发散了,妆也花了,礼服是皱的,身上散发着酸馊味,整个人看起来凄凄惨惨。曹默忍不住捂住眼睛,他实在看不下去了。

她说:"你怎么这么狠心呢?你又不让我爱你,你又不让我恨你,又不让我爱你,又不让我恨你……"

她说:"老大,你是从外星球来的是不是?你到地球来就是为了毁灭我的是不是?"

她说:"我左边脸上写着我很可怜,右边脸上写着救救我吧,你们怎么就看不见呢,你们怎么就看不见呢?"

曹默百般无奈,他何尝想伤害邹书白?他多希望对方能够对他死心。絮絮叨叨地问一句,他也絮絮叨叨地回一句,说:"我看见了，我看见了……"

赵承书很快到了，并且找到了他们。赵承书一进隔间，马上便捂住了鼻子，"这都是些什么味呀！"接着想也不想，同时按下了马桶的两个冲水键，把那些难闻的污秽给冲掉了。

他看着地上大咧咧坐着的两个人，姿势一个比一个放得开，当真是哭笑不得："这就是你给我介绍的好对象？曹默，你可真够义气的呀，这事你倒贴我都不干！"

曹默并不理会他说什么，直接把邹书白抱起来交到他手中，拾起地上的衣服，边走边道："我就把她交给你了，从今往后她就随你处置了，你想想办法，发挥你的魅力，只要让她别再来烦我就行。"

赵承书看着怀中醉醺醺脏兮兮的女人，整张脸都是黑的，只想敬而远之。要不是他欠曹默一个人情，这事他绝对不干。

赵承书禁不住摇头苦笑，"敢情你是要我帮你擦屁股呀，你对她承诺过些什么，她这么缠着你不放？对了，这事嫂子知不知道？我可不负责帮你圆谎。"他话还没问完，曹默已经走了，他只得作罢认栽，最后问了句最要紧的，"你好歹告诉我她叫什么名字吧？我可不想她突然醒过来，把我当成流氓对待，平白无故挨几个大嘴巴！"

赵承书远远听见有人这样回答："邹书白，她叫邹书白。"

邹书白？赵承书默念了两遍，不由得皱了皱眉，这名字听着怎么有点耳熟呀？他似乎想起点什么，不禁看了怀里的人一眼，鼻子里轻哼一声，嘴里嘟囔了一句："你就是邹书白呀！"

第三章 不是你的强求不来

1.

第二天邹书白醒来的时候,觉得头痛欲裂,恨不得一脑袋把自己给撞死,头痛,身上是酸的,连掀被子的力气都没有。她勉强把眼睛睁开了一条缝,看了看头顶的天花板,知道自己睡在酒店里,但是是怎么睡进来的,她完全不记得了。隐隐约约记得曹默找到了她,两人说了好长时间的话。但也可能是她做的梦,她常常做这样的梦,当不得真。当然,她潜意识里希望这些都是真的,这至少说明曹默还是关心她的。

她接到老二的电话,对方叫她一起吃饭,"妹子,还没醒啊,都中午了哦!大家等你吃饭,快来哦!"

邹书白想问,曹默在不在,最终还是没有问出口,怕对方笑话她。应该在的吧,想到这里邹书白又有了起床的力气。

邹书白看着镜子里的自己,再次有了撞墙的冲动,这会儿她又一心希望昨天晚上被曹默找到的那些事只是做梦,她可不希望自己这副凄惨的模样被对方看了去。

邹书白匆忙洗漱了一番,勉强把昨天发臭的脏衣服穿上了,她知道自己必须先赶回家去一趟,换身衣服,否则这副模样,她是没办法去见曹默的。而且这个时候程明静应该在忙着送客,不会在家,不用担心被她抓住大批一通。

她刚从卫生间出来便接到了程明静的电话,"书白,曹默说你住在酒店,你到底是在哪个房间啊,我过来结酒店的账,顺便把干净衣服拿给你。"程明静觉得,自己举行婚礼,可到头来还要自己伺候邹书白这鬼丫头,当真是上辈子欠了她的。

邹书白换上了干净衣服,像个标准的狗腿子,对程明静是千恩万谢百般讨好。程明静是懒得再批评她了,否则想说的话是十箩筐也说不完,她说:"我还得送几个亲戚回老家,中午不能跟你们一起吃饭了,你帮我跟他们解释一下吧。你这个房间不是我开的,待会儿你要自己去退。"

邹书白拍了拍空空的裤兜:"我怎么退呀?我兜里没钱!"

程明静翻了个白眼,"押金条不是在床头柜上压着么,你的包也给你带来了。"

"哦。"邹书白小声应了句,眉头却是蹙着的,她关心的哪里是退不退房的事,她也实在是藏不住话,终究还是在程明静出门前,怯生生地问了句:"昨天晚上是老大带我来这里的吗?"

程明静当真是懒得搭理她了,心想,自己昨晚上说的那些话又是白说了,邹书白昨晚发的那些疯也是白发了。活该她喝醉难受,活该她痛不欲生。程明静懒得再招惹她，无奈回了句："应该是吧！"程明静也没心思看对方听了这话之后，到底是欢喜多一点还是难过多一点，她要忙的事情还多着呢。

不能怪程明静心狠，关心也好，同情也罢，时间长了，终究是要淡的，几年前的时候她还能劝劝邹书白，但是这会儿，她只能是听之任之了。

邹书白拿着押金条去退房，还找回来了一些钱，邹书白记好了金额，想着总是要还给曹默的，虽然对方十有八九不会收。

前台问："发票开公司还是开个人？"

邹书白并不知道曹默在什么公司就职，只得说："个人！"

对方看了她一眼，说："只能开昨晚登记的人的名字。"

邹书白表示没关系，可当她接过发票一看，眉头却是皱的："抬头不是应该是曹默吗？这个人我不认识呀！"

邹书白这样一说，对方看着她，带着几分讥诮问："你是不是住8702？"

"是呀！"

对方笑笑，"昨天登记的就是这个名字，至于这人是谁，您都不知道，我就更加不会知道了。"接着又怪声怪气小声加了句："照理说，你没登记，应该是不能住的。"

邹书白不再自讨没趣，灰溜溜地走了。

邹书白找到吃饭的地方，老二最先发现她，远远地冲她招手，她一看曹默也在，心里顿时暖洋洋的。曹默今天没穿西装，穿了一身休闲的衣服，发型也很随意，显得年轻了许多，但跟邹书白记忆里三年前的模样相比,还是有些相距。总归是成熟了,老练了,更有魅力了。

邹书白再一看,林淑琴今天没来,于是就更加开心了。在座的还有一个人邹书白没见过,对方也没跟她打招呼,想必是他们之中谁的朋友。

邹书白走到跟前,老二给她拉开椅子,她一边落座一边看了正对面的陌生人一眼,觉得倒是有几分眼熟,像是在哪里见过。曹默笑着跟她介绍:"这位是我的合作伙伴赵承书,这位是我的青梅竹马邹书白。"

邹书白大跌眼镜,"你叫赵承书?昨晚是你带我去开房间的?"话一出口,便意识到不对,奈何说出去的话泼出去的水,再难收回来,一时又不知该怎么解释补救,急得脸都红了。

老二跟曹默很不客气地笑出声来,赵承书手拿菜单,气得一脸绿色,好不难看。他也不怕邹书白再干出什么惊天动地的事情来了,他连她最狼狈的一面都见过了,不怕更坏一点。

赵承书毫不留情地指着邹书白骂:"你说话注意一点,昨天晚上你吐了我一身,我还没找你算账呢!而且我得郑重申明,我虽然不是什么正人君子,但我很挑对象的,昨天晚上,除了必要的搀扶的动作,我可是连你的手指头都没碰一下。"

曹默一听这话,笑着推了他一把,却并没有责备的意思。

邹书白哪里还管他说了些什么,她唯一在意的,也是最让她伤心的,就是曹默把她交给了一个她见都没见过的陌生人,就那么走掉了。

邹书白打开背包,一边拿出钱包一边说:"我把房费还给你。"

一旁的曹默把她摁住了，重新帮她把包包拉上，他说："没关系，我来解决。"

一旁的老二也在游说："是呀，六儿，咱们老大现在是大老板了，咱们能沾光的时候，可千万不要手软。"

"真的？老大，你当老板啦？"邹书白禁不住替曹默高兴，但随即又有些酸涩，曹默当老板了，这么大的事，她竟然一点都不知道。因为宿醉的后遗症，她脑子里一直在嗡嗡作响，此刻越发觉得疲惫失落。

曹默抿嘴笑笑，没有说话。

菜很快上来了，多数是邹书白爱吃的。是的，曹默仍旧还是这么照顾她，但是，这些都只是他力所能及的事情罢了，再进一步就不行了。

邹书白见老二拿了筷子，已经要开动了，便问："现在就要开吃了吗？不等四哥呀？"

老二脸色有些尴尬，"老四昨天参加完婚礼就走了。"

邹书白脸色有些难看，她昨天只顾着自己伤心，倒把最伤心的人给忘了。她还想说点什么，被曹默打断，"不用管他，难受也只是一时的，回头我会跟他联系的。"

邹书白点头，她是何其相信曹默，他说交给他处理，就一定能处理好。

邹书白昨晚上忙得根本没吃什么东西，后来又吐了几次，肚子早就空了，这会儿美食当前，当然是风卷残云一般，只顾大快朵颐而将个人形象置之不顾。

坐在她对面的赵承书，一直以惊讶不已、不可置信的眼神看着她。他看着她满嘴油光跟曹默他们说着话,几下就被倒了胃口,丢了筷子。

曹默看了他一眼,问:"你吃饱了?"

对方白了他一眼,不回答。

曹默笑出来,"你怎么还没我们家书白能吃啊?"

邹书白听到自己的名字,抬头看了那两人一眼,知道他们在嫌弃她,也知道他们眼神交错,之间必定有什么不可告人的秘密,她也懒得追问,只是暗自翻了一个白眼。

饭吃好了,大家也要散了,这一散,又不知道什么时候才能再相聚,几人心里都不好受。老二是下午的车,吃了饭就该走了。只有曹默的行程她没敢问。她向他们解释了程明静跟高晓峰的情况,向他们转达了他们夫妻二人不能前来相送的歉意。

老二笑着拍了拍她的胳膊,安抚她有些忧伤的情绪,"说这些见外的话干什么?我们多少年了,哪还用理会这些?!"

邹书白心想:也对,咱们多少年了,咱们几个的情谊是其他任何人都比不上的,咱不需要计较这些。

邹书白问曹默:"老大,你什么时候走?汽车还是火车?"

老二拿筷子敲了下她的头,"六儿,你一天到晚在研究些什么呀?你怎么什么都不知道呀,老大早就转战H市了呀,就住在城西!"

邹书白蒙了,脑子里一片空白,她觉得自己像个傻子似的。她问曹默,"什么时候的事,是真的吗?"

曹默点点头,"是真的,一年多了。"

邹书白有些惨白的脸痛苦地皱成一团，显得煞是难看。她带着哭腔问："你不是在北京吗？什么时候来这边的，干吗不早点告诉我呀，怎么不来找我呀？"

"我之前去北京是出差！"曹默笑，随即平淡地解释道，"刚开始的时候公司状况不是很稳定，不想你担心，所以就没跟你说。"

是你，而不是你们，这么说，程明静也是知道这件事的。

又是只有她不知道，又是只有她不知道！邹书白觉得自己完完全全被他们几个抛弃了，像个局外人一样，什么事情都是她最晚知道。自己心心念念的曹默其实一直近在咫尺，然而对方却一次没来找过她，狠心至此，邹书白完全不敢想象。她不得不逼自己承认，自己一直视为救命稻草的"兄弟"情谊，其实正在慢慢消逝。

2.

几人来到停车场，曹默要送老二去车站，不会再返回来。眼见又要分开了，邹书白允许自己最后再贪婪一次，她轻轻抱了抱曹默，说："老大，再看见你真好。"

曹默拍了拍她的头，笑答："我也是。"接着，他把目光转向一旁早已经有些不耐烦的赵承书，"承书，要麻烦你送我们书白回去了。"

赵承书一脸惊恐，意外曹默怎么还不打算放弃。刚在餐桌上，他的态度已经非常明显，谁料曹默竟然还在努力为他创造机会。昨天晚上的经历，已经是在挑战他的极限，他自认为修行不够，消受不起面前这位"美人"。他想不通曹默到底打的什么算盘，看他们俩也不像是旧情侣，几个人之间倒是兄妹感情多一些，不明白他为什么要把这个多年不见不算亲近的干妹妹塞给自己。而且他自认为跟曹默已经两清，再无须受制于对方，要不是他一向敬重曹默的为人，在乎他这个朋友，今天他连来都不会再来的。

邹书白觉得自己从来没有这么难堪过，曹默大可以送走了老二再送她回去，干吗要把她到处塞？她并不迟钝，知道曹默是想给她介绍对象。一想到这，她的心更凉了，她又不是没人要。她赌气说："我自己打车回去。"

曹默没有理会她，而是笑着对赵承书说："怎么，叫你送个美女回家你都这么不乐意，太没品了吧？看，你再推辞，咱们的小美女都要生气了！"

老二领会其中的深意，在一旁笑着应和："是呀，赵老板，能跟我们书白这个大美女同行，可是可遇而不可求的事情。"

赵承书面露难色，这摆明是要赶鸭子上架，但邹书白毕竟是女孩子，他再不乐意也要讲些绅士风度，不能不给人家女孩子面子。

赵承书还没发话，邹书白先开腔了，她质问赵承书："我到底哪里不好了，跟我相处很困难吗，你干吗不愿意送我？"

她这一质问，倒把赵承书给问愣了，这女人从头到尾就没认真看过他一眼，怎么突然就对自己发起火来了？女人真是个奇怪的生物。

赵承书自然是很注重个人形象的，他赔笑着道："我不是这个意思，我是很想跟你同行，也要你肯答应才行，我是很尊重——"

赵承书说到这里，望向邹书白的眼睛，突然发现，那眼神是那样的惊恐委屈、感伤可怜，倒显得——倒显得有几分楚楚动人，他觉得心里有什么东西在悄然改变着，之前的厌恶偏见顿时消失了大半，相反，心里陡然生出了几分自责，生平头一次，他讲话不再头头是道而是有些急躁，他说："我是很尊重女人意见的，我当然……"

邹书白最终还是坐上了赵承书的车子，不过她一路上都没怎么说话，一直看着窗外。赵承书通过后视镜看了她一眼，不知是不是错觉，他觉得这个时候看起来带着几分伤感的邹书白很不一样，全然不似之前那副吓死人不偿命的样子，或许她正在为朋友的分别而难过。

赵承书不由得微微扬起嘴角，心想：对嘛，女孩子就是要干干净净的才可爱嘛，昨天那个样子，当真是吓人！

天气好的周末总是容易堵车，两人这么干坐着也是挺闷的，赵承书趁着等红灯的时候，回头看了看坐在后座的邹书白，问她："喂，中午你吃饱了吗？我可没吃饱！"

邹书白回头看了他一眼，眼睛睁得大大的，显然是相信了他的话，"我吃饱了呀，你没吃饱你干吗不说呀？再叫些菜嘛！"虽说是曹默请客，但她俨然把自己当成了半个主人，自觉不能亏待了客人。

赵承书一直以为她会赌气不理自己，谁知并未如此，他又问："你觉得那菜好吃吗？"

邹书白点头，"我觉得好吃呀。"

她说话时，表情很是认真的样子，刚刚那若隐若现的伤感转瞬又没了，当真是个单细胞的姑娘，脑子构造简单，一次只能思考一件事情。

她想到昨晚的事情,显得有些不好意思,"昨晚是你扶我到房间住下的吧,怪不好意思的,还没谢谢你呢!"

赵承书心想,可不止这么简单呢,别的暂且不说,光是邹书白的呕吐物蹭在他身上,那一身衣服势必毁了。他不是圣人,说是帮了大多的忙倒也未必,只是碍于曹默的情面,出于礼貌,才给她灌了些醒酒的茶水下去,又拧了毛巾给她擦脸。只是那些万恶的化妆品,想要擦干净可不容易,后来他干脆放弃了。他想不明白,年纪轻轻的女孩子,干吗折腾这些,像今天这种清清爽爽的样子多好!

陌生男女独处,本就有些尴尬,更何况还发生了昨晚的事。对于邹书白来说,昨晚的事情是往事不堪回首,而赵承书同样也羞于说出来,宁愿含糊略过。

赵承书嘲笑邹书白:"下次醉酒换个地方,别躲在厕所里,里面的味道太难闻了!还要记得喝酒前先把善后的工作做好,女孩子那么狼狈,以后要嫁不出去的。"

邹书白觉得对方说得有理,她能想象得出自己昨天晚上狼狈的模样,很自然地就"哦"了一声。她这一"哦",赵承书都不好意思再继续刻薄她了,免得别人寒碜他欺负小姑娘。

他只把邹书白送到小区门口便没再进去,也没问她要联系方式,邹书白一时自然也想不到这些,只是再三向他致谢。

赵承书可不想再听她继续谢下去,毁了他做好事的满足感,他随口问了句:"这周末是不是有经济学的课,你还去不去?"

邹书白站在车外,一边捋着头发一边弯着腰跟他说话,听到这话,她一脸的惊奇,"不是吧,你也在那里上课?"

对方一副完全被她打败的表情,但嘴角的笑意却更浓了,他问她:"你不认识我?"

邹书白摇头却并未有歉意,"那么多的同学,我哪记得谁是谁啊!"他又不是电影明星,他长得也不像电影明星。

赵承书笑笑,"那下次你记得看清楚点。"

邹书白到家时程明静不在家,她心知对方还有许多事情要忙,不会这么早回来,但她却有一些话,必须要找程明静问清楚。

程明静直到晚上10点多才到家,看上去筋疲力尽。邹书白不好意思再去打扰她,但程明静是何其了解她,叫她帮忙准备了一杯热可可,随即来到阳台坐下。

这对小姐妹难得这么正式地聚在一起谈心,邹书白原本还满腹的委屈,这会儿却又不知道从何说起了,末了只是说了句:"老大一直在这里,你们怎么都不告诉我?"

程明静叹了口气,说道:"六儿,我们几个从小一起长大,你跟老大的事情,虽然没有挑明,但我们几个都清楚。我们没有说出来,一来,是知道这事多半不会有结果,不想你太过难堪;二来,也不想因为这件事,影响我们之间的兄妹情分。我们几个是因为老大,这么多年才一直攥得这么紧,若是没有了老大,这个小团体说散也就散了。"

邹书白没说话,她将自己紧紧抱成一团,把下巴搁在自己的膝盖上。

邹书白不说话,程明静继续说着:"老大到这里一年多了,我其实早就知道,之所以没有告诉你,一来老大的生意刚刚起步,不想让你操心,二来你情绪刚稳定了些,我也不想你情绪再度波动。如果不是我结婚，可能还要瞒得再久一点。"

"六儿，不是我说你，这回你真的该放手了。老大他已经有了他的生活，你也应该有你的生活。你放手，对你对他对我们大家都好。老大是个有主见、有计划、有毅力的人，他之所以这么选择肯定有他的道理。六儿，有些事情，注定是没有答案的。"

程明静顾惜她，才把话说得这样委婉动听。邹书白心里明白，曹默一直知晓她的心意，没有选择她，自然是有原因的。到如今这样，她又何苦苦苦相逼，把自己搞得一文不值？

质问？邹书白又能够质问些什么？是的，有些事情注定没有答案，她早就应该放手的。

晚风温柔但清凉，眼泪伤人却温暖。

3.

到了周末的经济学课，邹书白戴上了眼镜，果然看得很清楚，但是她找了一圈，都没找到赵承书的影子，心想：这小子该不会没来上课吧？

转眼上课的时间就到了，授课老师都已经进场了，邹书白也就不找了，可当她抬头的那一刻，看清讲台上的人，她才猛然惊醒，嘴巴张得老大，得拿双手才能捂住。难怪她刚见赵承书时觉得他有几分眼熟，原来是这个原因。

如同往常一样，这一节课讲了些什么东西，邹书白一个字都没听进去。

下课了，其他同学都走了，只有邹书白还留在那里，她把头埋在座位上，恨不得找个地洞钻进去。

赵承书眉眼之中尽是得意，他走到她跟前，抱着双臂，好整以暇地看着她，"怎么？很吃惊？该吃惊的应该是我才对吧？我上课有那么差劲吗？我长得有那么差劲吗？上了这么久的课，你竟然连看都没看过我一眼？"

这课上了多久了，一个月还是两个月？邹书白又到过几堂，三堂还是四堂？到了之后她又认真听过几次，一次还是两次？她死死捂住耳朵，趴在那里装死，"你让我死了算了吧。"

赵承书挑了挑眉，在她前排的位子坐下，摆出一副心理医生探讨人生的态度，"你想怎么个死法，自杀？"

邹书白点了点头。

赵承书问："你有枪吗？"

邹书白摇头。

赵承书问："你有刀吗？"

邹书白又是摇头。

赵承书问："你有药吗？"

邹书白还是摇头。

赵承书便奇怪了，"你什么都没有，那你想怎么个死法？"

邹书白咬咬牙，"你走吧，我饿死我自己。"

赵承书笑，上前踢了一脚邹书白的课桌，"走吧，请我吃饭！"

邹书白一脸茫然，问："为什么？"

赵承书一脸不可思议地答："你给我造成这么大的精神损失，难道不该请我吃个饭？"

邹书白最后问他，"你明明不近视，上课为什么要戴个眼镜？"

对方理所当然答:"装斯文呗!"

邹书白明白了,这人教经济学,又热衷剥削别人,是个货真价实的资本家,还是个热衷装斯文的衣冠禽兽。

他们选了吃一家韩国餐厅吃烤肉。一来二往,两人已不像那天那么拘束。席间,邹书白问赵承书:"你多大了呀?"

赵承书一脸戒备地看着她:"你问这个干什么?"

邹书白气短,"我又不会把你怎么样,你怕什么?"

赵承书摆出一副小心翼翼的样子,惊慌失措地道:"我当然怕,现在的女孩子,一个个洪水猛兽似的,上来就问工作、问年纪,谁知道安的什么不良心思,我多少个难兄难弟,就是这么被拐走的。"

邹书白翻了个白眼,心想着:我才没兴趣拐你!

赵承书侧着耳朵,摆出一副倾听的样子,而后指着邹书白,连声道:"我听见了,我听见了,你别不承认,你比她们更恐怖,你连拐都不想拐我,还这么问东问西。"

邹书白忍不住笑出来,还大学老师呢,怎么这么会耍宝!她说:"说认真的,我有些搞不明白呀,你这么年轻,怎么就是大学老师了呢?"

对方给了她三个字:"聪明呗!"

邹书白撇了撇嘴。赵承书都想好了,她要是追问他,他怎么个聪明法,他便回她:你太笨了,跟你说不清楚。但是邹书白却没有继续追问下去。

邹书白问赵承书:"你不是曹默的合作伙伴吗?"

赵承书大口吃着肉,一点也不客气,"是呀,我是他的合作伙伴。"

邹书白就不明白了,"那你不是教书吗?"

赵承书咧嘴一笑,有些得意,"我算是技术入股吧!"

邹书白有些嫌恶的样子,"你有什么技术呀?你不是教书的吗?"在她看来,赵承书比不上曹默的一根手指头,竟然是曹默的合作伙伴,她当然嫌恶!他这样既没几把刷子又一副不务正业的调调,势必要拖曹默的后腿。

赵承书被她问烦了,吼了一句:"知识!知识就是技术,懂不懂?!"

邹书白被他吼蒙了,隔了好一会儿没说话,赵承书以为她生气了,谁料她紧跟着又问了句:"你跟曹默很熟吗?"

赵承书之所以要邹书白请他吃饭,本来只想找个机会奚落她一下,谁曾想对方脑子构造跟别人不一样,他奚落了对方也不一定懂,倒叫他吃个饭都不能安生。他也懒得回她,直接回了句:"不知道。"

邹书白不懂得看人脸色,追问道:"熟不熟你自己不知道呀?"

赵承书笑嘻嘻地看着她,"我知道,但我凭什么告诉你呀?"而后不等邹书白反应,紧接着又说,"你问完了,现在该我了!我问你,你原名就叫邹书白?"

邹书白不觉得有什么不妥,"是呀,有什么不对吗?"

赵承书故作高深地摇了摇头,"书白书白,怎么听起来像输得一穷二白呀?一听就不是个招人待见的名字,你不打麻将吧?"

邹书白气急反驳:"你名字里不是也有一个书吗?!"一边在心里暗暗地想:你的名字也不是什么好名字,赵承书,成天地输。

赵承书笑着回她："我的书是书香门第的书，你的书是什么书我就不知道了。"

最后果然是邹书白付的账，当然，这是他们一早就说好了的，赵承书就算抢着去付，邹书白也不会答应的，但是赵承书却一点想要做做样子的姿态都没有，跟平时的男孩子好大不同，多少还是让邹书白有些意外，心想着：这人真是小气呀，曹默怎么会选了跟他合伙呀！

饭后，赵承书提出送邹书白回去，邹书白说："不用了，你把我带回学校就可以了，我车停在那边。"

赵承书看见了邹书白的那辆速腾，似乎有些意外，"看不出来你还是个富二代？"

邹书白听了这话有点恼了，说："我不是富二代！"

对方不以为意，当即便问："这车是你自己买的？"

邹书白摇头。

对方又问："是男朋友送的？"

邹书白还是摇头。

赵承书随即翻了个白眼，"那你还不是富二代？！"

邹书白没办法解释，只能任由对方奚落，过了一会儿，她才想起来回骂："那你开的车比我的高级多了，你岂不是比我还富二代？"

赵承书咧嘴一笑，"但我的车是我自己买的呀！"

邹书白气结，想不出词语来反驳，只得踢了赵承书的车门一脚。

没过几天，邹书白接到赵承书的电话，问清姓名之后，她显得很是意外，兴奋地问："呀，你怎么会有我的电话？"

殊不知电话那头的人被她气得嘴歪眼斜，怒气冲冲地骂："喂，邹书白女士，你好像又没来上课啊！"

邹书白这才把以前的事情和现在联系起来，原来不久之前那个催她回去上课的电话是赵承书打的，她开心地笑着道："原来之前给我打电话的人就是你呀！"

知道也就知道了，她还非得说出来，想她也不是那种成心想让别人下不来台的人，说到底，就是二而已。电话那头的赵承书脸色有些难看，另外找了个借口骂她："你又没来上课，这学分还想不想要了？你怎么这么懒的，你！"

邹书白说："我不是懒，我忘记了。"

赵承书多半不会相信她的话，但若是知道她穿着拖鞋去上班，洗澡开成凉水，坐车坐到底站，把发给小慧的恶搞图片发给了顶头上司时，他势必就会信了。是的，甚至不需要见面，只要一想到跟曹默同处在一个空间，邹书白的磁场马上就能乱掉。

赵承书说："我们学校有这个课程的常规课，内容差不多，你过来跟那些全日制的学生一起听吧！"

邹书白嘿嘿笑着，问："这样你就会把学分给我了吗？"

赵承书冷笑一声，反问道："你觉得呢？"

邹书白权衡一番，终究还是去了，不管怎样，这课她是掏了大把钱的，不想就这么白白浪费掉。

她去晚了，偷偷从后门溜进去，坐在阶梯教室的最后面，远远地冲台上的赵承书招手示意，表示她真的到了。赵承书正在讲课，自然不会理她，但是看向她时眼睛是半眯起的，脸色并不好看！

一堂课，赵承书叫邹书白回答了三次问题，她一个都没答出来,以至于整个教室的人都在扭头看她,像看活化石一般,笼罩着悲剧色彩。

身为老师,赵承书可以义正词严地骂她:"你是不是这个学校的学生?别走错了地方,这里可是大学!"

此话一出,很多在场的学生都忍不住笑出来,要不是这会儿走出去只会让自己更加丢脸,邹书白早就走了。

赵承书可能也觉得自己玩笑开得有些过分,便半开玩笑地圆了句:"下课留下来,我请你吃饭,好好跟你讨教讨教,你在这门课上学得这么差,总该有些其他的什么特长吧,也教教我!"

邹书白愤愤不平地看着他,没有说话。

下课了,邹书白果然留下来了,她要向赵承书讨个说法!但是赵承书并没闲着,好几个女生排着队找他问问题。邹书白不由得扬起一丝坏笑,心想,原来他说的洪水猛兽就是这些人呀,等会一定要借此好好奚落他一下。

那些女学生问完了问题,又对赵承书发出吃饭的邀请,"老师,下课了,一起去吃饭吧!"

"好呀,求之不得!"赵承书笑着道,随即又一拍脑袋,朝教室后排努了努嘴,有些懊恼地道:"不行啊,还有一个特等生等在那里,需要我特殊辅导呀!"

那些女孩子看了一眼后排的邹书白,捂嘴一阵哄笑,随即搭伴离开了。

邹书白脸都气绿了,不好发火而已,等那些女学生都走了,她才一摇一晃地走上前去,怪声怪气地揶揄了一句:"看不出来你很吃香嘛,大学里做老师福利不错啊!"

但是赵承书反而恬不知耻地回了句:"那是!你是不知道,就是因为我没答应,好多女孩子草草就把自己给嫁掉了。"

邹书白白他一眼,很不客气地哼了一声,"是的呀,有你这个垫底的,也不怕再遇上一个更差的了。"

赵承书一边收拾东西,一边看了讲台前面的邹书白一眼,似是有几分惊讶,"你现在很会顶嘴了嘛!"

邹书白下巴一扬,颇有几分得意的神色,"跟你学的!"

4.

两人第三次一起吃饭,终于轮到赵承书请客了,邹书白兴致勃勃,终于逮到机会宰对方一顿了,她可不会客气,"你好歹为人师表,在课堂上当着那么多学生的面亲口许的,可不能耍赖。"此话可见她对赵承书的人品抱有很大的怀疑。

赵承书无谓地耸了耸肩,说:"我当然不会耍赖,问题是你有没有什么特长可以传授给我?不付出就想有收获可不成!"

邹书白抱着脑袋想了想,良久之后她发现自己确实没有什么特长可以传授给对方,心里挺憋屈。

赵承书也不笑话她,只安慰道:"你慢慢想,别着急,咱还有一顿饭的时间呢,宽裕得很,我对你有信心!对了,现金带够了吧?没有现金的话刷卡也行,这里很多银行的信用卡都能打折,不要着急,慢慢想!"

这回两人吃的是泰国菜,邹书白看了菜单,样样都不便宜,偏偏赵承书还都是拣最贵的点,吓得邹书白更是挤破了脑袋,发誓一定要想出一个对方没有的特长来,但她还是忍不住说:"就我们两个人,随便点几个菜就可以了吧,吃不完浪费!"

赵承书没有理会她,一口气报了四五个菜名,都是邹书白听都没听过的,吓得她摸着钱包大气都不敢出。赵承书像是压根没注意到她的异常似的,笑着回了一句:"没关系,吃不完打包!再说,难得我请客,你随便点,别客气。"说完停顿了一下,换了另一种语气,"不对,也有可能是你请客!不过我对你有信心,你也老大不小了,总该有几个别人没有的特长吧?"

邹书白假笑了两声应付过去。

吃饭的时候,赵承书问她:"我一直很想问你,婚礼那天,你为什么喝得那么醉呀?"

邹书白深深叹了口气,挖了一口蟹黄吞下去,反正都已经上桌了,这顿饭很可能是由她付账,她当然得把自己喂饱了,她一边吃一边说:"我失恋了!"

赵承书笑着道:"失恋有什么了不起,我经常失恋。"

"不是吧,你也失恋?"邹书白有些意外,又有些兴奋。这人看起来人模狗样的,又挺聪明,虽然嘴巴毒了点,但应该不至于落得经常失恋这么惨呀。失去了程明静之后,她一直急于寻找一个难兄难弟,这样才不会衬托得她有多惨。

赵承书一脸遗憾地摇了摇头,"你理解错了,我的意思是我经常让别人失恋!"

邹书白气结,埋头吃自己的菠萝饭,好一会儿没有理对方。隔了一会儿,邹书白又继续在那唉声叹气,"不管怎么样,你都比我好,因为不管你是自己失恋,还是你让别人失恋,至少都证明你曾经恋过,我是恋都没恋过。"

赵承书略微抬了抬眉,惊奇地问:"你是说你从来没有恋爱过?这是我听过的最凄惨最唯美的爱情故事,还等什么,说来听听吧!"说完,做了一个且慢的手势,"等等,我再添一碗米饭,好久没有这么好的胃口了!"

邹书白白了赵承书一眼,心想这个人的嘴巴真不是一般的贱,她但凡还有一点骨气,就该甩给面前的这个男人一巴掌,而后扭头就走。

但她心里头藏了好些个事,都快把自己给闷坏了,急需找个不那么亲近的人诉说诉说。于是慌不择路、饥不择食,贱人也都当宝了。

邹书白仔细一回想,也不对,她其实还是恋过的。

虽然曹默不止一次拒绝过她,找出的理由千奇百怪,但她总是不死心,她总想着,曹默虽然不爱她,但他也不爱别人,这说明她还有机会。她仍旧一心追随着曹默,眼睁睁看着他游戏人间,身边的人换了一个又一个。

她甚至还要帮他堵截一些死缠烂打的前女友,她跟她们讲道理,像曹默这么花心、没有责任感的男人不值得她们去爱;她跟她们讲利害,她们还这样年轻,为了一个不爱自己的男人搭上自己的清白名声不值得;她跟她们讲策略,与其继续纠缠曹默,让他更加厌烦你,不如想办法怎么把曹默和他的新女友拆散,这样也许曹默还能回心转意……只是她的这些话,可以说服她们,却说服不了她自己。

她为了他这样煞费苦心,总以为有一天能够感动他,而这一天终于也来了。

曹默终于给了她一次机会,两人试着交往了一段时间,但随之而来的背叛让邹书白终于认识到,她再也不能自欺欺人了,风流的曹默永远不可能给她她想要的爱情,于是她离开他,投奔程明静到了现在的城市。

那时候邹书白还在读大四下半学期,正在忙着找工作,而曹默比她高一年级,已经毕业了。她当然想在毕业后留在当地,跟曹默在一起,因而,当她成功拿到了当地一家知名企业的录用通知的时候,她迫不及待想要把这个好消息告诉曹默。

然而,像所有的滥俗剧情一样,当她兴冲冲地赶到曹默的小屋找他的时候,却看到了她至今都无法勇敢回忆的一幕。她做不到上前跟曹默对峙,只能转身跑开。曹默从后面追上来,她无处可逃,只得躲在垃圾桶后面,把自己缩成一团。她不敢出声,抬手捂住了眼睛,只是不想让眼泪流得太过轻易,虽然眼泪还是从指缝之间流了出来。

她一早就知道曹默的花心,然而当曹默答应试着跟她交往的时候,她以为他已经改了,她以为她可以改变他,却不过是痴人说梦而已。

然而,他大可以在拒绝了她之后再去交往别的女人,而不是以这种恶劣的方式,把她伤得遍体鳞伤。邹书白应该恨他,邹书白很想恨他,可她又实在做不到。

当曹默找到她时,她早已经哭得上气不接下气。曹默既心痛又无奈,邹书白已经怕了他,就差没有跳到垃圾桶里去了,他不敢上前，只是远远地看着她。他不解释，也没得解释，他只是说:"六儿，你干吗要这么为难自己，我早说过，我们——"说到最后，连他自己也说不下去了，连他自己都觉得残忍。

邹书白哭着质问他:"你因为受不了我太爱你了，所以才拒绝我？你别耍我了，老大，我到底哪里不好，你告诉我，我改还不行吗？"

曹默说:"你不用改，你挺好的，是我配不上你。"

是的，爱一个人的理由总是简单，不爱一个人的理由则千奇百怪，邹书白终于明白，她比所有人都先认识曹默，然而不是你的就不是你的，勉强不来。

当然，这些故事邹书白不可能原原本本地告诉赵承书，其中人物的姓名更是被她隐去了。她只是找了一个不相干的人，诉了诉憋在心中多年的苦而已。

邹书白讲完后，赵承书简单地总结了一下:"这么说，你暗恋一个人暗恋了十几年，也被他拒绝了十几年？"

邹书白点头。赵承书想了想，接着说了句:"恕我冒昧地问一句，你不是女同吧？我事先声明，我对性取向之类的问题绝对没有歧视。"

邹书白眼睛都要瞪出来了，对方赶紧摆手，"好啦，好啦，别发飙！我的意思是，你的内心很强大嘛，被同一个人拒绝了这么多次，居然还能活得这么好好的，一点寻死的念头都没有过，我赵某人不得不甘拜下风，尊称你一声'侠女'。"赵承书一边说，一边冲邹书白竖起了大拇指。

邹书白一副完全无语的表情,"你不挤对我,你会死吗?打压我能让你多块肉吗?你怎么这么讨厌啊!"

赵承书一副死猪不怕开水烫的表情,"我在夸你呀,你不挤对我你会死啊!我虽然嘴比较笨,但让我终于找到一个点来夸你我容易嘛,夸得不到位也不是我的错,小学语文没学好也是因为……"

直到邹书白被他气得都要哭出来了,他才作罢。

好在最后这餐饭还是赵承书付的账,因为邹书白终于想到了一个她有而对方没有的特长。

她问他:"你会爬树吗?"

赵承书一脸茫然地摇了摇头。

邹书白哈哈大笑了几声,她好久没有这样兴奋过,忙不迭地说:"我会,我会,这就是我的特长!"

赵承书没有回话,他只是笑着看了对方一眼,心甘情愿地掏出银行卡埋单。他虽然输了,但他的眉眼之间尽是笑意,看对方的眼神也有了些不同,像是藏着几分佩服,几分惊艳。

赵承书送邹书白去停车场,临分别时他说:"失恋而已,有什么大不了的,你就当自己摔了一次粪坑。你总不能因为自己摔了一次粪坑,怕摔第二次,从此以后便待在里面不再出来了吧?"

"你才是粪坑呢!"邹书白回骂道,踩了一脚油门,走了。但是她转念又想,这人讲话虽然恶心了一点,但是却不无道理。

第四章 如果爱像水龙头

1.

　　决心对曹默放手的邹书白不得不重新规划自己的生活,每天照常上下班,周末参加补习。有了赵承书的督促,邹书白逃课的概率是大大减少。

　　赵承书说:"你就知足吧,碰上我这么一个尽职尽责的老师,要不是看在曹默的面子,我才懒得管你!"

　　一说到曹默,邹书白就没辙了,虽然她努力在过滤掉这个名字,但是一时还很难做到视若无睹。

　　两人在校园里并肩走着,碰上赵承书的同事,对方跟赵承书打招呼:"承书,交女朋友啦?"

　　赵承书顿时像触电一般,离邹书白远远的,夸张而又急迫地解释:"不是不是,朋友而已。"

邹书白被赵承书的激烈反应吓了一跳。她自认为条件还算不错的,何曾被人这样嫌恶过?待那位同事过去,她冲赵承书翻了个白眼,没好气地道:"有我这样的女朋友让你很丢脸吗?!"

邹书白这话不是问句而是感叹句,岂料却被赵承书随口接上了,"当然,我可是有品位的人,东西可以乱吃,女朋友不可以乱交。"

赵承书这话邹书白听了不但不生气,相反还有些好笑,她对赵承书并不心存幻想,所以对方说些什么她也就没那么在意。她似乎想起点什么,接着又问:"他怎么不说我是你的学生,我看起来就那么不像个学生吗?"她毕业没几年,难不成现在已经完全沦落成为一名标准的妇女?相比她在赵承书心目中的形象,显然她更关心这个。

赵承书一脸不可置信地看着她,惊讶地问道:"难道你自己从来不照镜子的吗?我是该羡慕你懵懂是福,还是可怜你无知可笑呢?"接着不等邹书白反应,改口道:"走吧,带你去重温一下学校的食堂,我请客!"

邹书白摇头,"今天不行,我还有事,得赶紧走了!"

"这样啊?"赵承书耸了耸肩,倒也不觉得有多可惜,而且这次很反常地没有刨根问底,而是笑眯眯回了句:"那行,回见!"

邹书白还真是有事,而且这事她还推不掉,不是不能,而是不想。今天,曹默邀请了她还有程明静夫妇一起去他家里做客。

难得,这一次他们不再背着邹书白,她亦在被邀请之列。

程明静打电话把这事告诉邹书白的时候,就给她想好了退路:"你要是不想去,就算了,到时候我给你找个理由搪塞过去。"

我想去!邹书白在心里默念道。自从她知道曹默跟她生活在同一个城市,她就再没淡定过,只是不敢说出来而已。如今面对程晓静的体贴,邹书白只能说:"没关系的,我总要适应。"

程明静不是不知道她的真实想法,只是想着她也不容易,一时还不想揭穿她而已。反正邹书白和曹默以后也总是要往来的,程明静觉得有她和高晓峰在,多少能化解一些尴尬。

邹书白上完课,再往约定的地点赶已经有些晚了,这样反而比较好,省去了她思想斗争的过程,来不及担心这担心那,只能是一路驱车狂奔。

在去曹默家之前,一行人先要去吃饭,吃的是火锅——邹书白的最爱。

邹书白果然到得最晚,其他人等不及她,已经开吃了,一桌人顶着鼓鼓的腮帮子跟她打招呼,一点也没觉得不好意思。

还有两个空位,有一个挨着曹默,邹书白想也没想,选择了另外一个。坐下之后,才发现谢晖也在,就坐在她旁边。他跟程明静、郑童他们都是老相识了,出现在这里并不奇怪。邹书白最怕他在曹默面前说些有的没的,当即有些不高兴了,拉了拉他的袖子,低声问:"你怎么跑来了?"

谢晖不乐意了,"我怎么就不能来了?我跟曹默也认识的呀,他邀请我来的!"他虽有些不乐意,但嘴巴却是咧着的。是的,自从知道曹默有了未婚妻之后,他便觉得自己又有了希望,从此嘴巴再没合拢过。

曹默可以亲自邀请谢晖,却连个电话都不给自己打,而是叫程明静给自己带话,当真是太不公平了,邹书白心里一百个不满意,更可恨的是，连谢晖都站到他们一边去了，这小子看起来正直可靠，实则不知道瞒了她多少事，终究是个靠不住的。

邹书白刚坐定，便听曹默问她："书白，听五说你去上课了，学的什么呀？"

他果然不再叫她六了，邹书白心里却又酸酸的，并不开心。其实她心里是喜欢曹默叫她六的，透着一股亲密劲，之前那么说，多半是气话。

"没什么，都是些乱七八糟的东西。"是的，她并不想对方知道她在赵承书学校上课，并且赵承书还教她课，免得他又要瞎想，之前的那次牵桥搭线已经让她够尴尬了。

话落刚音，肩膀被人从后面点了两下，她扭头去看，吓得眼珠子都要掉出来了——竟然是赵承书。

对方手拿一个油碟，面无表情，冷冷地道："你坐了我的位子！"

邹书白有一种说人坏话被抓包的尴尬，出于愧疚，本能地起身给赵承书让位子，岂料对方似乎又中途改变了主意，突然对着她咧嘴一笑，大度地道："算了，让给你了！"说罢，拿了邹书白面前的水杯，径直往曹默旁边的位子走去。

这人怎么翻脸比翻书还快？邹书白心想着，余光快速看了一眼曹默。对方也正看着她，他正要把隔壁位子上的醋碟和水杯递过来给她。她接过之后，对一旁的程明静道："我去装油碟。"

她刚说完，却听那边赵承书接了句："我也去！"

曹默笑笑，问："你不是刚添过吗？"

赵承书一派坦荡荡的表情："我去多拿点凉菜，反正免费的，不要白不要。"

凉菜跟调味品是同一个方向，一路上赵承书一直没说话，反倒是邹书白比较沉不住气，她看了一眼赵承书，怪声怪气地问："你怎么也来了？"

赵承书没好气地答："这又不是你家，我怎么就不能来了？"

邹书白歪着头审视了对方一会儿，似乎琢磨出点什么，"你早就知道我会来这里，所以你才说回见？"

对方皮笑肉不笑的表情，"呀，变聪明了嘛！"

"那你刚刚干吗不叫我一起走？"是的，同样的路程，她不服气对方竟然比她到得早。

对方耸了耸肩，随口答了句："我想给你一个惊喜呀！"说罢并不招呼邹书白，加快了脚步。

惊喜？我看是惊吓吧！邹书白暗暗道，她还是有一点想不通，追上去问赵承书："既然你知道我们两个人中午都有饭局，那刚刚干吗还邀我去你们学校食堂吃？"

赵承书回头看了看她，嘴巴咧得老大，"就是知道你去不了，所以才说请你啊！"

邹书白趁着赵承书不注意，偷偷往他的凉拌黄瓜里舀了几勺泰椒水。岂料，这一切早被赵承书从反光的大理石柱子上看见了，他也没有阻挠，只是要笑不笑地看着她。

邹书白被他看得心里发毛，本能往后靠了靠，皱眉回敬对方，"想干吗？"这人一肚子的馊主意，必须得多提防。

赵承书以一种同情不幸者的眼神看着邹书白，一副既痛心又惋惜表情，"我实在很难想象，那就是你喜欢了十几年的男人。我真的没看出来他有哪里好啊？就这么一个人，还能连着拒绝你十几年，我真不知道是该同情你还是佩服你！"

邹书白心里咯噔一下，她之所以把自己的故事告诉赵承书，就是因为对方离她的圈子远，在对方面前，她有安全感。可谁知道，世界就是这么的小，而且还这么快就被对方识破了！难道她表现得已经这么明显了？就差拿支笔，在自己的脸上写上"我迷恋曹默"了？

邹书白心里陡然一惊，脸上亦冷了一层，"你想怎么样？"

赵承书继续说着，难掩幸灾乐祸之色："我之前只觉得你可怜，可现在我忍不住觉得你可悲。三条腿的蛤蟆不好找，两条腿的男人多的是，这个男人到底哪里好，值得你们姐妹争来争去？你若实在找不到什么好男人，我们学校多的是，回头我给你介绍一打来任你挑。"

姐妹相争？对方此话一出，倒叫邹书白一头雾水，"你什么意思？"

邹书白的迷茫是真的迷茫，赵承书差点没有叫起来，"你别不承认！那边坐着的，难道不是你暗恋了十几年的对象吗？你在人家的婚礼上喝得烂醉如泥，你不是暗恋人家新郎，难道是暗恋人家新娘子不成?！虽然我也觉得有这个可能，但你之前已经否认过的，我暂且相信了你。"

邹书白这才明白过来，原来对方误以为她暗恋的对象是高晓峰！

邹书白不知道是该哭还是该笑，不过听他这么一说，她反倒松了口气，因为她觉得被他这样误会挺好的，人人都知道她喜欢曹默，都用一副同情不已的眼光看着她，这让她觉得很挫败，偶尔一个不明真相的人在她身边,让她很有安全感。

邹书白皱了皱眉,随即道:"高晓峰挺好的,只是你不知道而已。就你这个调调,你的同事估计也没什么好人,倒贴给我我都不要。"说罢,吹着小调扬长而去。

赵承书在后面啧啧称奇,都说女人心海底针,当真一点不假,之前还一副痛不欲生的表现,这才过去多久而已,已经这等洒脱了。

泰椒水可不是盖的,赵承书被辣得直叫唤,乐坏了一旁的邹书白,原先堵在她心里的怒气也去了大半。

2.

曹默家位于城西,在一处比较新的小区,离邹书白的住处竟然只有半个小时的车程,她无法想象,两人离得这么近,而过去的一年多里,他们竟一次也没遇见过,莫不是她跟曹默真的是有缘无分?

是的,若说缘分,他们从小就认识,没人比他们更有缘分,而如今邹书白算是认识到了,缘分不过是她给自己找的一个蹩脚的借口罢了。

邹书白问程明静:"这房子是老大买的吗?"

程明静不想打击她,随便敷衍了句:"应该是吧!"

如果是买的,那么就是婚房了!是呀,他们都已经有孩子了,结婚只是迟早的事!邹书白不知道该说些什么才算妥当,才显得她对曹默已经释怀,她收起自己的伤感,咧嘴赞了句,"老大现在真的出息了!"

邹书白偷偷问程明静:"那女的不在吗?"那女的自然是指曹默的未婚妻,一时半会儿,她还做不到管对方叫嫂子。这个问题刚刚吃饭时她就很想问了,一直没找到机会,后来又想可能是孕妇不能吃火锅吧,所以才没有跟曹默一起出去。

"说是回娘家了!"

曹默看她们两个女人磨磨蹭蹭走在最后,特地守在门口等她们,他笑着打趣邹书白:"五儿,我们的小书白怎么啦,一直绷着个脸,怎么?到老大这里来,不开心呀?"

若论睁眼说瞎话的本事,没人比他曹默更在行。邹书白打赌曹默心里跟明镜似的,不过又能说什么?质问曹默为什么要说这些话来伤害她?哭诉这些年的委屈,向对方讨要青春损失费?一切是她自找的,跟曹默何干?曹默装糊涂,她也只有装糊涂,否则连朋友都做不成。倒是程明静看不下去了,回了句:"没什么,刚刚吃多了,不消化!"

赵承书最没心没肺,进屋后第一句话便是:"这么多人,我得事先申明,我只带了一副麻将,待会儿不管谁上场,我是一定要上场的!"

谢晖也是忙不迭地道:"我也是一定要上场的。"

曹默从后面插上来,搭着他们两人的肩,笑着道:"我不上场都让你们上场,可以了吧?"

程明静挽着高晓峰的胳膊,一派新婚夫妇恩恩爱爱你侬我侬的姿态,"好吧,我们两口子只派一个上场,免得你们说我们打情章!"

"要打麻将吗?"邹书白在旁怯生生地问,她最不擅长的就是麻将了,当然,看这阵势,也轮不到她。

其他人已经在张罗桌椅了,只有赵承书站着不动,他笑话邹书白,"你怎么任何时候都是一副后知后觉的表情?"

她的确是后知后觉。当她一听到程明静说要来曹默家做客,后面程明静再说些什么,她就完全听不进了!

曹默招手招呼邹书白,"六儿你上场吧,我在旁边看着!"

麻将的事既然是曹默提议的,那么他肯定是很热衷的,邹书白自然不肯抢占他的位置,扫了他的兴致,"老大还是你上吧,我技术可烂了,每次都是输钱!"

其他人都没说话,唯独赵承书最不识趣,只见他笑嘻嘻地接了一句:"我最欢喜跟技术差的人打牌,还等什么,赶紧找个位子坐下吧!"

邹书白最怕就是他的口无遮拦,一个劲地摆手,是真不想上场。曹默不再为难她,"那你坐老大旁边,老大教你几招,下次你就不会输钱了!"说罢,一只手极其自然却又极其轻巧地半搭着邹书白的肩,带着她去往最后一个空的位子坐下,自己又另外搬了一张凳子。

邹书白哪里还有拒绝的余地。

曹默跟邹书白两个人对话的时候,其他人一般都会本能地选择闭嘴,或充耳不闻,或假装码牌,唯有赵承书不明就里,趁着码牌的间隙,对邹书白使着眼色,"看他的不如看我的,我技术比他好!"

邹书白默默地望了他一眼,心想:这人嘴巴真是从来没有闲着的时候,吃喝嫖赌他已经占了三样,这样的人,竟然可以当上大学老师？看来将来的大学生们真的是要逆天了！

说到学校，邹书白又开始担心对方把她在他学校上课的事情抖出来，对她来说，这注定不会是轻松的一天。

看阵势就知道都是些对打麻将有瘾的人，几圈下来，却是曹默输得最多。

赵承书有些幸灾乐祸，冲对面有些坐立难安的邹书白挑了挑眉，"看吧，我就说曹默技术不行，早叫你跟着我了！"

邹书白瞪了他一眼，没有理他，反倒是曹默笑着接了句："生意还在做，急什么！"边说边抽出一支烟来衔在嘴里，随即又递给其他的人，然后去拿身后茶几上的烟灰缸。

高晓峰很注重养身，他是不抽烟的，当即便谢绝了。谢晖平时也是抽烟的，但这会儿看邹书白在旁边，自然想表现一下，也跟着谢绝了。曹默显得有些无趣，最后望着赵承书，对方摆了摆手，"你知道的，我不抽这个牌子。"

"就我一个人抽，没意思。"曹默耸了耸肩道，却也并不强求赵承书，不过他也只是将烟衔在嘴里，一直没去点着。

邹书白认识曹默不是一天两天了，早知他有这个习惯，但她从来一心向着曹默，对方做什么，她又岂会去评头论足？然而，她始终是不太支持这个事情的，看如今的曹默食指皮肤都有些泛黄，想必平时抽得不少，她心里忐忑，终究还是藏不住话，小声说了句："老大，烟抽多了不好，你也少抽点。"

曹默笑眯眯地瞧了她一眼，笑着道："你个小丫头知道什么，我去下厕所，你来替我打两圈！"走时，不忘带走了桌上的打火机。

邹书白嘴上、心上都在控诉："我不会呀！"

曹默笑着点了点她的头，以示鼓励，"不要怕，输了算了老大的！"

对于麻将邹书白当真是不在行，13张小麻将到了她手里就像长了脚似的，怎么都理不顺，手忙脚乱速度自然快不了。程明静两口子坐在她下手，头一圈还好，第二圈便等得不耐烦了，免不了催她几句："老大都说了，输了算他的，你还磨蹭什么，摸到什么打什么就是了！"

邹书白一手拿着一张牌，一直在犹豫该打哪一张，最后只能去求助一旁的谢晖，"你看看我应该打哪一张啊？"

谢晖凑到她跟前看了看，似乎还不大确定，接着又把她面前的牌重新码了码，不禁大跌眼镜，"你胡了呀！"

程明静亦不敢相信，"这么快就胡了，胡什么，十三幺？"

谢晖哑然失笑，"她单张必打，能胡十三幺?!"说着，把邹书白的牌都推倒了，"还是大家伙呢，大对子！"

邹书白没想过自己还能赢，显得异常兴奋，她问谢晖，"是不是很多钱？"得到对方的肯定回答后，她更是兴奋难挡，不禁道："看来麻将真的很好玩呀！"

程明静又气又笑，边洗牌边瞪了一眼谢晖，"她输了有人当冤大头，你凑个什么热闹？"

谢晖无谓地耸了耸肩，"好玩嘛！"这几天难得见邹书白这么开心，当然得趁热打铁，讨好似的对邹书白道："待会儿要吃什么跟我说，我打给你！"

说着话曹默也从卫生间出来了，邹书白远远地冲他亮了亮手上的钞票,"老大,我给你赢了45块!"说着就要起身给曹默让位子,又被对方按回去了,"你这么厉害,再玩两圈,帮老大赢光他们!"

邹书白不想占了曹默的位子,忙摆手,"我速度太慢了,还是老大你来吧!"

曹默说:"没关系,有我看着你。"

有我看着你。曹默无心的一句话,在邹书白听来就完全变了样,她一听这话,顿时魂都走了大半,乖乖又坐下了。

曹默绕到邹书白原来的位子上坐下,侧身对着她,一只胳膊很自然地搭在她的椅背上,一边帮邹书白整理着桌面上的牌,嘴里叹道:"我们六儿就是手气旺,我一下午也没摸到这么好的牌。"似乎是一时忘了改口,又叫她六儿去了。

邹书白现在的姿势,简直就半靠在曹默怀里,对方说话时气息就在她耳边,如何不叫她心慌意乱?她认识曹默也不是一天两天了,然而这会儿还是不由得心慌意乱!她想把身子挪开一点,又不想显得太过刻意,而且她实在贪恋此刻的这份亲密,不舍得挪开,然而她又心知肚明,这种想法是不对的,对方都已经是有未婚妻有孩子的人了,她只得直了直身子,阻止脑子里乱七八糟的想法。

邹书白看着不远处亲密无间的程明静和高晓峰,心下感慨万千,原本她跟程明静的处境是最为相似的,很难不去做比较,而如今……

邹书白的心思压根没在打牌上,摸了一张正要打出去,又被曹默捞了回来,"姑奶奶,你傻呀,你胡啦!"

邹书白替曹默摸了几圈,当真是几圈都有进账,转眼间,之前曹默输出去的那些,已经回来了大半,一时间,数她风头最盛。

她这边火了,其他三人的脸色自然不会好看,赵承书一直没怎么出声,这会儿突然冒出一句:"对了,曹默,怎么今天没看见淑琴?"

程明静、郑童和谢晖闻言纷纷转头看着赵承书,一副大难临头的表情,可是又能说他些什么呢?他什么也不知道。

他们又转过去看邹书白,她的脸色倒也没有什么大的异样,只是没有说话。

曹默笑了笑,简单答了句:"哦,她回娘家了!"

就是这简单的一句话,又将邹书白从天堂打到了地狱。邹书白知道他们几个会看她,才一直强忍着没有表现出来。

娘家?这么说他已经把她当成自家人看待了!他真小心呀,到现在都不肯明说她怀孕的事,是呀,头三个月是最忌讳的时候。

邹书白勉强又打了两圈,便推说自己不想打了,"老大,还是你来打吧,我饿了,去找点吃的。"

曹默看她无精打采都快要睡着了,也就没有再强迫她,"厨房里有点心,知道你吃火锅肯定会饿,早就给你备下了。"

谢晖心里不服,这事还是他提醒曹默的,本来该是他的功劳,谁料又被曹默占了。他瞪了曹默一眼,曹默领会他的意思,赶忙加了一句:"谢晖功劳最大,是他提醒我的,如果不是他提醒,我肯定忘了。"不过邹书白哪还听得进去这些。

谢晖满头黑线,就这画蛇添足的话,还不如不说呢。

邹书白打开冰箱,里面多的是她喜欢吃的小吃点心,一时间心里百味杂陈。

是的,他曹默但凡再恶劣一点点,邹书白都能心甘情愿地把他忘了,但他偏不,他偏偏哪里都好,事无巨细关心她照顾她,让她觉得,世界上再没比他更好的男人,让她眼里再容不下其他人。

邹书白吃着自己最爱的芝士蛋糕,在心里呐喊:老大,你干吗对我这么好?我求求你,你不要对我这么好了,你不让我爱你,好歹也让我可以恨你吧?

3.

邹书白一个人在那吃东西,不免把其他人的馋虫也勾起来了,转眼也要到了该吃晚饭的点了,曹默便提议:"要不我们先去吃饭吧!"

程明静就着邹书白的手咬了一口蛋糕,她也有些饿了,便问:"吃完饭还要回来吗?"

谢晖立即道:"当然得回来了。"他是典型的醉翁之意不在酒,不过是想跟邹书白多待一会儿。

邹书白尴尬地啊了一声,显然就她一个人不想继续回来打牌。

曹默似乎想到点什么,对着对面的赵承书昂了昂下巴,提议道:"我也不想打了,要不这样吧,吃完饭我们去唱歌?"

赵承书显得不太热衷,但也并没有反对,"无所谓了。"

程明静是好热闹的人,自然是乐意的,"我知道有一家KTV自助餐还可以,我们干脆就去那里吃饭好了,省得跑来跑去。"说罢,便转向高晓峰,"老公,你手机给我,我找找看有没有团购。"

只要不散场,谢晖自然是没有意见的。又只有邹书白一个人苦着一张脸——她最不擅长的就是唱歌了。不对，说不擅长都算牵强的，应该说唱歌是她的死穴，她甚至找不出一首歌曲，她可以从头唱到尾不走调的。

为什么曹默偏挑她不擅长的东西玩，不是成心叫她难堪吗？

一进KTV的包厢，邹书白便挑了一个角落把自己藏起来，恨不得别人都看不见她。可惜曹默并不打算就此放过她，在其他人都唱过之后，单独点了一首孙燕姿的《天黑黑》，点名一定要让邹书白去唱。

邹书白赶忙推脱，"我不想唱这歌！"

曹默随意地靠在沙发上，轻轻笑了笑，"你以前不是最喜欢孙燕姿吗？"

邹书白没好气地道："以前是以前，现在不喜欢了！"这话多半带着赌气的意思，她多么希望，她对曹默也能理直气壮地说出这句话。

她不算是矫情的人，平时也乐得跟程明静他们一起玩，就算唱歌跑了调也都无伤大雅，哈哈笑一笑就过去了。但是有曹默在不一样，她只想把自己最好的一面留给曹默，不想在对方面前出糗，她只跟对方去过一次KTV，被对方取笑之后就再没跟他去过。

程明静岂会不知邹书白在想什么，她就是要邹书白断了那些小心思，挥挥手道："要你唱你就唱嘛，有什么关系，我们又不会笑话你！"

曹默亦跟着说："是呀，我们就是想听你唱唱歌而已！"

邹书白白了程明静一眼，但也不好再继续推托，接过曹默递过来的话筒，当真开始唱了。

唱到一半，被门口的骚动打断，原来是拿果盘的赵承书回来了，对方开门开到一半，像是被什么吓到了，本能地往后退了一步，撞到了身后提啤酒的小弟，果盘里的圣女果掉了一地。

赵承书倒吸一口凉气，一脸的不可置信，嘴上也是半点不含糊，他说："我第一次听见有人唱孙燕姿的歌也能唱走调的！"

此话一出，不光是包间里的人笑成了一团，就连门口送啤酒的小弟也都忍不住扑哧笑了出来。

邹书白又羞又气，对赵承书那是恨得牙痒痒，想撂下话筒不唱了，却又不想就这样便宜了赵承书，脑子一热，便对坐在点歌器旁的谢晖发话道："把孙燕姿的歌全都给我点上，我今天晚上包场了。"

说完恨恨地看着赵承书，岂料对方摊着双手，摆出一脸无辜的表情，又没了要与她针锋相对的意思，仿佛是她自己看不开。

曹默开了一瓶啤酒递给赵承书，被赵承书挡了回去，"算了，待会儿还要开车。"

曹默若有所指地笑笑，"有什么关系，叫我们书白送你回去。"

赵承书摇头，一脸服了对方的表情，"不是吧，你还没放弃你那拉皮条的工作？我敢说，你是古往今来最不称职的媒婆，有你这么拉拢对象的吗？不让她在我面前好好展示展示，倒让她的全部糗相都被我看见了！"

曹默失笑，放了啤酒在茶几上，自己回到一旁坐下，而后才慢悠悠地道："我就是要你把她所有的缺点、最不堪的样子全都见识过，如果经历了这些，你仍旧没打算放弃，那么从今往后，你看到的，都只会是她的好。"

赵承书似乎还没明白过来，皱着眉问："你是说，她所有的缺点就是唱歌太难听？"

曹默似笑非笑地看着他，似乎并不打算回应。

赵承书只当对方是在说笑，但还是忍不住把目光投向不远处磕磕巴巴唱着歌的邹书白，认真的表情和不堪入耳的歌声形成了一副既滑稽可笑又生动逗趣的影像，看上去，看上去倒没那么难以忍受，反而还有几分意思。是的，傻了点，却也傻得可爱，他不禁伸手拿起了面前的啤酒，嘴里却说．"我错了，你不是古往今来最不称职的媒婆，你是古往今来最自恋的媒婆！"

邹书白连唱了几首歌，没把赵承书唱恶心，倒把自己唱累了，回过神时，却发现程明静和曹默都不见了，她问高晓峰，"明静呢？"

"洗手间去了。"

邹书白口渴得紧，连喝了半瓶水，一听这话，随即道："我也去。"

邹书白看见程明静正在洗手台前洗手，脱口叫了对方一声，可惜KTV里噪声太大，对方没听见。她正想偷偷潜上去吓一吓对方，走近一点，却听说程明静好像是在跟谁说话。

只听程明静说："老大，你真想把你那个朋友介绍给六儿？"

邹书白听见提到自己，本能地放慢了脚步，往旁边隐了隐，不让对方看见自己。

角落里有一个声音回："是呀，怎么了？"

程明静转过身看向曹默的方向，有些抱怨和气愤地问，"那你干吗还要让她那么出丑？"

曹默深吸一口烟，轻轻笑了笑，"有什么关系，出来玩嘛，本来就是要热闹，书白不会介意的。"

邹书白原本还想逗乐的心，一下跌入谷底，整个人犹如置身冰天雪地一般，由里至外透着丝丝凉气，却听那边两人似是要结束谈话了，赶忙扭头，朝另外一边的过道走去。

刚走没几步，便听身后有人叫她："书白，你去哪里？"

邹书白扭过头，努力咽下喉咙里的苦涩，扮出一脸吃惊的神色，"啊，我找厕所。"

程明静一脸服了她的表情，指了指墙上的指示牌，"厕所往这边。"

邹书白来到洗手台前，角落里摆着一台烟灰架，里面插着半支仍旧冒着青烟的香烟，人却没了。

邹书白掬起一捧水浇在脸上对着镜子，双手狠狠抓着洗脸台，指甲紧紧抵在瓷砖上，疼痛逼红了双眼。她从没这么恨过，她不恨曹默，她恨她自己。只因他把她当成一件逗乐的工具，只因他明明知道她的伤口所在，还一而再，再而三地往她的伤口上撒盐，但她却还是没有办法恨他。

她看着不远处的出口指示牌，再次有了逃跑的心思。是的，她想把脑子里关于曹默的记忆抽丝剥茧般全部剔除，她想把所有关于曹默的记忆全选之后永久地删除，她想逃到一个没有曹默的星球去！

然而，这么多年，她能坚持到底的只有一件事，虽然是个错的，但是改正谈何容易！

如果爱一个人也像水龙头一样，说开就开，说关就关，那该有多好。

4.

程明静跟高晓峰蜜月归来之后,便开始盘算着搬家的事情了,虽然她跟高晓峰结婚之前,住在这里的时间就已经不多了,但是这会儿真正要搬走了,邹书白免不得还是有些伤感。

程明静再三跟邹书白确认,"你确定你一个人住没问题?我们那还有一间空房,实在不行的话,搬去跟我们住得了!"

邹书白连连摆手,人家新婚宴尔,这种"惨绝人寰"的事情她可做不出,"你尽管当你的家庭妇女去吧,烧饭洗碗拖地生孩子,你前脚走了,我后脚马上招一个比你好十倍的室友,日日腐败夜夜笙歌,羡慕死你!"

程明静知道对方在想什么,"我是真的邀请你去,反正你不去,也有别人要去!"

邹书白之前便听程明静提起过这事,知道她说的是高晓峰的父母,亦为她担心,"他们两老不是另外有房子吗?"

程明静叹口气,"担心她儿子吃不惯外面的饭菜,专程蹲点来教我做饭!"

邹书白下巴都要掉下来了,深深同情起程明静来。她们俩虽然出生不算富裕,但却是父母的掌心宝,从小到大只管好好读书就行,何曾为什么人洗手做过羹汤,如今刚结婚便要沦为别人的煮饭婆,如何不悲哀!邹书白问:"高晓峰就不能说点什么吗?"

程明静翻了一个十足的白眼,"那是他妈,他当然不会觉得不自在,再说了,他乐得有人伺候他!"

邹书白暗自吐了吐舌，想来婚姻生活也并不容易，特别是牵涉到对方父母，如此，她就更不能去蹚这趟浑水了，如此想着，便转而帮忙收拾行李去了。

如此，反倒是程明静不淡定了，她没料到邹书白会表现得这么平静，她原本还计划着两人很可能会有一场抱头痛哭的大戏。她不由得想起从前郑童的话，也许他说得对，这么多年，他们像护犊子一样护着邹书白，没准并不是什么好事。

邹书白现在住的是一套两室一厅的小公寓，面积不大，房租算不得贵，但邹书白一个人承担起来却也有些吃力，现如今程明静要走了，她不得不为自己找一个新室友。她试探性地在网上发了一个招租的帖子，本没抱多大的希望，谁料真的有效果，前来询问的人络绎不绝，远比她想象的容易。

这会儿，邹书白还在同那些应届学生们一起完成她的成人自修课，有过之前出糗的经历，她不敢再在课堂上接电话，改为用QQ跟对方交流，了解记录了对方的基本信息，继而约好看房的时间。

赵承书在讲台上看着邹书白一直在那埋头玩手机，本就有些不快，又见她不时还在笔记本上写写画画，他想得出她不是那么用功的人，自然知道她不是在做笔记，想必是在忙活其他的事情，继而起了要将她教育一番的念头：听课不认真，做起其他事情来倒很投入，胆敢在他的课堂上阳奉阴违，自然是要付出点代价的。

下课之后，他将邹书白单独留下，先是问了她一些课堂知识，将她的智商羞辱了一番，继而又要检验她的态度端不端正，便叫邹书白将课堂笔记拿出来给他检查。

邹书白想也知道对方没安什么好心,自然不肯,可哪里还轮得到她说不,不等她将笔记本藏起来,对方已经凭着身形上的优势,先一步将本子取了去。

赵承书躲过邹书白的追击,将对方的笔记本翻开一看,只见上面整齐地写着:10点,森林夏淼妖,电话×××××××;11点,-1度の雨,电话×××××××;12点偷腥的猫,电话×××××××;1点,夕阳下的思念,电话×××××××。

赵承书边看边咂舌,"你说你也年纪一大把了,智商不会差到这种程度吧,我说给你介绍一个,你又装清高不肯要,实际比谁都饥渴,就算现实中找不到男朋友,也不用低级到搞网恋吧?"

饥渴?邹书白差点气到背过气去,狠狠推了赵承书一把,嘴里骂道:"你才饥渴呢,你才上网搞网恋呢!"

赵承书用手指点着那一排清单,叫对方看,"你还不承认,你敢说你这些不是约了网友见面的?"

邹书白本不想解释给赵承书听的,但实在受不住被人如此诋毁,"我是约了网友见面,但我不是在搞网恋,我是在找室友!"

赵承书听了这话,倒也觉得合情合理,他并未因为误会了对方而觉得难堪,继而又道:"你竟然到网上找室友?我告诉你,网上没一个靠谱的!"

邹书白将笔记本抢了回去,一边气冲冲地回一句:"怎么不靠谱了?依我看,都比你靠谱!"

赵承书倒也不急,叫邹书白将笔记本打开,指着清单上的第一个人道:"森林夏淼妖,听名字就知道是个90后,你还敢说靠谱?"

邹书白不服气,"90后怎么了,90后不靠家里,肯自己出来租房,说明也是个独立自主的90后,值得表扬!"

赵承书轻轻一笑,"独立自主?恐怕是独立有余,自主不足吧!夜夜晚归,精力旺盛,不到12点不睡觉,狐朋狗友一堆,三天两头带不同的人回来,从不打扫卫生,脏衣服堆得到处都是,你受得了吗?"

邹书白撇了撇嘴,一时想不出词来反驳,"那这个呢,-1度の雨,照你的说法,这个难道是00后不成?"

赵承书摇摇头,只说了三个字便叫邹书白哑口无言,他说的是:"杀马特!"

邹书白气结,"那这个呢,偷腥的猫?"不过,这名字读出来她自己都有些心虚。

赵承书没有立即回话,而是拿起邹书白的手机,照着笔记上登记的号码便拨了过去,只听电话那头响起一个男声,用中式英文欢快地打着招呼,"Hello?哪位找我?"

邹书白一头黑线,拿过手机便想挂电话,赵承书阻止了她,接着凑上去回了句:"你就是'偷腥的猫'?"

电话那头的人声音很是欢乐,"是呀,你是谁呀,怎么知道我的名字?"

赵承书笑,"你是不是在找房子呀?"

"是的呀,你怎么知道?"

赵承书望了邹书白一眼,眼里笑意正浓,"我找的是女室友,你一个老爷们儿的,跟着凑什么热闹?"

"呀,刚跟我聊天的是你呀,我还以为你是个美女呢!"对方嘿嘿笑了笑,接着又道,"不过,兄弟你这主意也忒损了,害我还以为聊天的是个美女!"话语间,没有责备的意味,倒有几分臭味相投、惺惺相惜的意思。

赵承书还想回话,邹书白已经先他一步挂断了电话,一边挂电话,一边将这个所谓的"偷腥的猫"加入了黑名单。

邹书白心中不断哀号,她已经被糗得无地自容了,本来不觉得有什么,缘何跟这个人在一起时,自己的智商总能一次次被拉得更低。

事虽至此,邹书白仍旧不死心,"那这个呢,这个总该是个正常的吧?"指的是名单中最后一个,"夕阳下的思念",说完,眼巴巴望着赵承书,她就只剩下这一根救命稻草了。

赵承书的表情越发凝重,当然,其中少了些同情,多的是揶揄,继而娓娓道来:"生在70后,却长着一颗少女的心,没有文艺的修养,却摆着文艺的谱,不反思自己为什么迟迟嫁不出去,却反过来感叹世上没一个好男人,干着微不足道的事,想着风花雪月的情,操着伤春悲秋的心……"

邹书白知道了赵承书所指何意,忙让对方打住,"这人可能是难搞了些,可是有什么关系?只要为人不坏,只是做室友而已,又不需要做朋友!"

赵承书开心地一咧嘴,"反正不是我室友,只要你到时候不来找我诉苦就行!"

邹书白暗暗翻了一个白眼,心想着:放心好了,我才不会找你诉苦呢!但她仍然不肯服气,"照你的意思,网上就没有一个正常人吗?"

赵承书直在那叹气摇头,"你叫我说些什么好呢?又白费了一番口舌!"

邹书白恨得牙根痒痒,站起来一指自己,"可我就是这样的人呀!"她的意思是:我也在网上租房,可我就挺正常呀!

赵承书斜眼看了她一眼,要笑不笑的样子,"那么你终于知道自己是个异类了?"

原来如此,对方在这里等着她呢!

邹书白气急无语,打,打不过,说,说不过,又不肯承认是对方的手下败将,实在没有其他法子,只得凄然地问他一句:"你不损我你会死吗?"

赵承书两手一摊,无比正义凛然,"我有损你吗?我是在帮你!"

是的,不识好心人的是她!

5.

要求:女,单身,有合租经验、稳定工作,无不良嗜好,可分摊家务。半年起租,付三押一。

邹书白看着自己的招租要求,挺正常挺合理的要求,既不会苛刻得把人都吓跑了,也不至于太过宽泛,漫天撒网,怎么招来的,尽是些歪瓜裂枣之类呢?

邹书白将自己的网页打开给赵承书看,以证明自己确实是下了功夫的,谁料对方看也懒得多看一眼,只问她:"你想跟什么样的人合租?"

邹书白想也不想,"明静那种的呀。"

赵承书又问:"她为什么要搬出去?"

"因为结婚呀!"

赵承书打了个响指,"这就对了,跟她条件相仿的,但凡正常一点的,都已经嫁人了;不计划嫁人的,自己有那个条件,宁愿多花一点钱,找个单身公寓自己一个人住,谁还会想着找一个不认识的人合租!"邹书白跟程明静条件相仿,言下之意,她亦是个另类。

赵承书的话,倒也有几分在理,但从他嘴里说出来,总觉得有些塞牙,叫人难以下咽。

邹书白突然觉得,找个室友而已,哪里有那么难,只要不是赵承书,其他什么人她都能够忍受。

不过,她确实有些怕了,因而当赵承书说了句,算了,他来帮她张罗时,她便把他所有的损言恶语全都忘记在了脑后,忙不迭地点头答应了。

程明静正式搬出去那天,邹书白准备了一桌好酒好菜来替她饯行。赵承书也来了,自从他担下了帮邹书白招租的重任,他俨然可以堂而皇之地进出邹书白的小屋,成了这里的常客。

虽然之前有过几面之缘,但都不曾深谈,这会儿还是程明静第一次跟赵承书"正面交锋",她上下打量着赵承书,一边吩咐了邹书白去倒水,一边招呼着对方在沙发坐下,全然一副女主人的做派。之后她笑意盈盈地问:"听书白说,你是大学教授?"

她问这话时,邹书白就站在赵承书身后,她拼了命地跟程明静打手势,不让她跟他说太多话,这人不是一般的毒舌,说得多了,容易被他揭了短。

赵承书岂会不知道身后人的企图,他不但不自省,相反还有些得意,"教授谈不上,教教她还是可以的。"

程明静还算满意地点了点头,继续旁敲侧击地问:"听你的口音,像是本地人?"

赵承书不自觉地后背一凉,不知怎的,有一种见未来丈母娘的发怵感,一边笑着回答:"算是吧,我爸是本地人,我妈是嫁过来的!"

程明静挑挑眉,从果盘里拿了一个橘子给赵承书,"享福啊,回家有现成的饭可以吃,不用自己做饭!"

赵承书皮笑肉不笑地笑着,回了句:"我早就没跟父母住了。"

程明静秀眉微蹙,"那你平时下班回家岂不是很晚了,哪里还来得及自己做饭,天天在外面吃可不好!"

赵承书粲然一笑,"我经常是在学校吃了晚饭再回去的,而且我住得离学校近,回去也不会太晚!"

如此,程明静笑得越发满意了。

吃饭的时候,程明静又变着法地问起赵承书其他的事情来,倒把邹书白和高晓峰晾在了一边。而程明静的问题,赵承书均一一回答了,表现得既礼貌又绅士,既沉稳又健谈,全然没有跟邹书白在一起的含沙射影、尖酸刻薄。

邹书白就觉得奇怪了,程明静的气场一向比她强,她是知道的,但也没有强到这种程度,怎的赵承书一见到她,就完全没了脾气,变成被程明静牵着鼻子走了?

难不成,真的是她个人的原因,真的是因为她邹书白衰到谷底了,所以才只有被赵承书奚落的份?

吃完饭,邹书白被打发了跟高晓峰一起去厨房洗碗。

程明静继续在客厅跟赵承书说着话:"听书白说,她的新室友是你在帮着挑?"

赵承书一脸坦然,"是呀!我怕她被骗!"

程明静笑,"是吗?我怎么听说,你们俩是死对头?"

"你见过死对头还能心平心和地坐在一起吃饭的吗?"

程明静自然也知晓其中的道理,邹书白也只是嘴上说说而已,她若真讨厌赵承书,又怎么会跟他一再来往。他们两人之间,倒像是小孩子过家家一样,看上去水火不容,实际上关系好着呢!

程明静趁势打趣一句,"又是上课又是帮忙,我看你不是要跟她作对,是喜欢我们家书白吧?"

赵承书笑笑,下意识看了厨房的方向一眼,继而回头看着程明静,道:"喜欢谈不上,顶多算是有好感!"

此话一出,连程明静都有些意外,她原本只是想打趣一句,没想过对方竟然这么坦然。是的,对方条件不差,就算真有这个想法,也用不着这么直白就说了出来。

程明静清了清嗓子,"这话倒是个实话,我听曹默讲过你们初次见面的经历,这么说来,你这份好感还算比较靠谱,至少中意的不是她的外表。"

程明静又问,"她自己知道吗?"

赵承书脸上仍旧笑着,"这话,你应该问她吧?"接着不等程明静回答,又说了句,"不知道有不知道的好,不知道时比较好玩。"

如此，程明静心里多少已经有数了，缺心眼的，当真只有邹书白一个人，这位赵承书只是看上去缺心眼，实则心里比谁都明白。

不过，她倒乐得事情成这样，因为她知道，按照邹书白的个性脾气，若一早就知道了赵承书的用意，又岂会让对方这么容易就接近她？谢晖可不就是个很好的例子，才会早早就被她划进了朋友的范畴。

是的，邹书白的心里有着一道鲜明的情感防线，这道防线便是曹默，无人触及时，防线无关紧要，有人触及了，防线便会自动站出来表明立场。就如同她这么多年所做的一样，任何时候，有人来试探她虚实的时候，最后都证明了，她的防线仍旧坚固，她的心仍然是向着曹默的。

然而，当她知道对方的用意时，很好拒绝，当她不知道对方的用意时，便很难拒绝了，她总不能对一个从没有向她表示过好感的人说：你不要喜欢我，我不喜欢你的！

程明静最后又问了一句："她说，你以为她喜欢的人是高晓峰？"

赵承书似笑非笑地看着程明静，什么也没说，但是其中的深意，程明静却看懂了，她突然觉得这个赵承书有戏。

第五章 珍爱生命，远离曹默

1.

生在同一个城市，又已经知晓了彼此的存在，纵使刻意回避，见面仍旧在所难免。只是现在的邹书白已经有了心理准备，她逼着自己去适应曹默，适应把对方当成一个正常人看待，当成普通的儿时玩伴，而不是她一直迷恋到无法自拔的人。

这天正值周五，有一部喜剧片首映，邹书白一早便被安排了请赵承书看电影，这客她请得心不甘情不愿，奈何她有把柄在对方手上，不得不从。是的，在压榨邹书白这件事情上，赵承书可谓绞尽脑汁，无所不用其极。

不过，邹书白的不快从来来得快去得也快。她没开车，赵承书开车到她公司楼下接她。她一早便等在楼下了，看见对方的车，欢快地摆手招呼。

赵承书把车停到她面前，一面摇下车窗，一面打趣她："你在公司肯定没认真干活吧？工作了一整天，还这么神采奕奕的！"

邹书白没好气地撇了撇嘴，"你不也一样！"

赵承书笑，"我脑子好呀，你能跟我比呀？"

邹书白没打算跟对方一般见识，忽而眼珠子一转，转头笑眯眯地问赵承书，"你上辈子是不是弥勒佛啊？"

这比喻赵承书倒不常听，一时不明所以，"这话怎么说？"

邹书白咧嘴一笑，"无时无刻不在往自己脸上贴金啊！"

电影开场尚早，两人便计划着先去商场的餐饮区吃点东西，两人拿了一张宣传单，正凑一起低头讨论着要吃点什么。邹书白要吃铁板烧，赵承书却要吃港式茶餐厅，两人意见不统一，互不相让。邹书白捋起衣袖，正待据理力争，却突感心中压抑，好似周围气压有些不对，抬头一瞧，却见不远处有人正笑盈盈地看着自己。

此人不是别人，正是多日不见的曹默。

邹书白本能地后退了一步，看了眼一旁的赵承书，再看了看自己的架势，心中本能地怕对方误会，又无法在众目睽睽之下跑掉，只能僵在那里，表情显得很是不自然。

赵承书不等她动作，已经先一步跟曹默打起了招呼，"你怎么也在？"相比邹书白的窘迫，赵承书举手投足显得很是坦荡。

曹默这才信步走上前来，向他们展示了一下手中的食品袋，"淑琴很喜欢吃这一家的奶油蛋糕，我刚好路过，就进来买了一个。"

赵承书打趣他："你还真是二十四孝呀！"接着又问，"今天这么好的日子，你们怎么没出来庆祝下啊？"

曹默笑笑，"她还在加班统计数据，改天吧！"继而把目光投向一旁的邹书白，学着对方愁眉苦脸的样子，"你怎么了，干吗这样一副表情？"

赵承书闻言咦了一声，继而拎起身后邹书白的衣领，像提一只小鸡一样，把后者提到前面来，"是呀，刚刚不是话很多嘛，怎么这会儿又没声音了？"

邹书白扭了一下身子，从对方手里逃出，没好气地回了一句，"我哪有！"

赵承书笑笑，没有理会她，接着又对曹默道："我们正要去吃饭，你是吃了还是没吃，没吃的话一起吧？"

曹默笑着摇摇头，"我吃过了，你们去吧。"

两人最终还是依了邹书白的意见，去吃了铁板烧，然而饭菜上来，邹书白却显得怏怏的，提筷子的兴致都没有。是的，她的心思早已不在吃饭上，自然吃得很少。

赵承书问她："你吃这么少，待会儿不饿呀？"

邹书白摇头，"我留着肚子，待会吃爆米花。"

赵承书一副语塞的表情，似乎是被对方打败了，纵是向来口若悬河的他，这会儿也有些词穷，半响说了句："你这品味，真心不敢恭维！难怪从我第一眼看见你，就觉得你很不简单，邹小白，我现在郑重问你一句：你是从外星球来的吧，你是来毁灭地球的吧？"

邹书白任凭赵承书揶揄，没有理会他，半响才开口问："你跟曹默不是合作做生意吗，最近生意怎么样啊？"

赵承书挑眉看着她,"你没事打听这些干什么?说少了你说我敷衍你,说多了你也听不懂!"

邹书白暗自翻了个白眼,她下了很大的勇气,才问了这话,可被对方一句话便堵了回来。她不甘心放弃,接着又问:"你们刚刚说今天是个好日子,是什么意思?"

"他们公司代理的红酒今天正式进驻GKA卖场了,你不知道吗?"言下之意,你们是发小,这事应该早就知道才对啊。

进驻大卖场了?这真是好事呀!邹书白一面替曹默高兴,一面心里又凉飕飕的,心想着,虽然同在一个城市,虽然重新见了面,但彼此到底不再像从前了,这么大的事,她竟然一点消息都没收到,估计今后有关曹默的事,她都得从外人口中才能得知了。

纵使对方语气不善,邹书白还是忍不住觍着脸皮又问:"你跟淑琴嫂子很熟吧?你知道她跟曹默是怎么认识的吗?"

赵承书亦有些意外,没好气地道:"她是他的秘书,你怎么连这些基本的都不知道呀!所以说,千万不能找女秘书,容易坏事,想那会儿……"还想说点什么,又生生打住了,"你们女人怎么这么八卦的,想知道自己问去不就知道了,我可不做这传话筒。"

是的,赵承书精明到了极点,想从他嘴里套话,可谓难如登天,邹书白悻悻败下阵来。

饭毕,两人去电影院,途中,见到一家蛋糕店的门口,围了很多人,似是有人在吵架。

"怎么了?"邹书白扯着赵承书的衣摆问。

赵承书不爱凑热闹,拉着邹书白便要走,"管他怎么了,都跟咱没关系。"

邹书白边走边瞧了一眼那蛋糕店的招牌,忽而停住脚步,紧张地拉着一旁的赵承书问:"这是不是就是刚刚曹默手上提的那一家?"

赵承书粗粗看了一眼,脚步未停,"应该不是吧?不管是不是,你打个电话跟他说一声,就说这个蛋糕有问题,叫他不要吃不就好了。电影就要开场了,快走吧,还要去买爆米花呢!"

邹书白是被对方拉着走的,三步两回头,远远听见有人在说:"就是你们家蛋糕的问题,我女儿现在还在医院呢,上吐下泻……"

电影开场了,邹书白却有些坐立不安,她心里很肯定,曹默手上拿着的,就是刚刚闹纠纷的那家蛋糕店的蛋糕。是的,不弄清楚到底是怎么回事,她坐立难安。她不想旁边的赵承书看出她的心事,忍了半天才找了个借口中途出来。

她找到那家蛋糕店,只是这会儿,店前围着的人已经散了,而店面仍旧在营业,想来也不是什么大事。但她还是不放心,去旁边的奶茶店打听消息,"刚刚这里怎么了,吵架吵好凶。"

店里的小姑娘很是热心,"听说是有个小女孩吃了他们家的蛋糕,吃得肚子疼,送医院了!"

邹书白表情夸张,"啊,不会吧,这家店不是连锁的吗?"

"嗯,应该没什么问题,这家店生意好着呢,排队从早排到晚,真有问题,上门来闹的人岂会只有这一个?"

话虽如此，邹书白仍是不放心，"你知道是哪种蛋糕有问题吗？"

"好像是那款奶油的出了问题。"

奶油的？正是曹默买的那一款！可是，她该怎么告诉曹默呢？

那蛋糕是曹默专程买了给林淑琴的，她若只是凭一些风言风语，就这么打电话给曹默，告诉对方让他把蛋糕扔了，那该多奇怪呀？对方没准还会觉得是她在故意离间他们，或是压根不当回事。

邹书白左思右想终不得法，除非她有办法证明这个蛋糕真的有问题，然而，这会儿要证明这个蛋糕有问题的唯一办法，便只有以身试毒了。

她走进蛋糕店，指定要买那款奶油的蛋糕，店员却告诉她，已经卖完了。

邹书白心下起疑，四处搜索，很快便发现了角落里的几个托盘，"那里不是还有好几盘吗？"

店员表情讪讪的，"那几个留着有用的，不卖了。"

邹书白越发觉得事有蹊跷，软磨硬泡、软硬兼施之下，对方才极不情愿地卖了她两个。

拿到蛋糕之后，邹书白亦觉得自己行径有些可笑，最后纯粹是抱着姑且一试的态度咬下去的：没问题最好，有问题姑且也算她赚了！

邹书白一口气把两个蛋糕都吃了，既然要试，自然是要试猛一点。等了一会儿，没见有任何反应，她正在感叹是自己多虑，准备回去看电影的时候，却感下腹一阵不适突然袭来。

2.

邹书白一面忍着难受,一面给曹默打电话,可是对方的电话却一直处于无人接听状态。

邹书白急了,她没有林淑琴的电话号码,又不想惊动赵承书,幸好她还记得曹默家的地址,她顾不得那么多,拦了一辆出租车,直奔曹默住处而去。路上的时候,她才想起赵承书来,如果这会儿打电话,必会招来对方的诟病,最后干脆只发了条短信了事。

电梯里,邹书白已经疼得很难受了,头上汗都出来了。不过难受虽难受,她心里还是觉得值当,她不敢想象,如果这种事情发生在一个孕妇身上会怎么样。

等等!邹书白脑中突然闪现过一个想法:是的,如果这件发生在林淑琴身上,她会怎么样?她的孩子还能不能保得住?如果她的孩子保不住,她跟曹默还会不会有结果?

不过,这个想法转瞬即逝,邹书白终究还是在电梯门合上之前,先一步出了电梯。

进屋之后,邹书白只说了一句"那蛋糕有问题,快叫嫂子不要吃了",而后便在对方惊诧和疑惑的目光之下,直奔厕所而去。

曹默挂了电话,前来敲了敲卫生间的门,"你怎么样了,六儿,要不要去医院?"

"不用不用,我已经好了!"两人隔着厕所门对话,这画面多少有些不雅观,加上肚子仍旧不舒服,邹书白越发耷拉着脑袋,一边追问:"嫂子吃了吗?"

"没吃,已经叫她扔了。"

那就好。邹书白默默道,似是想起点什么,又问:"她怎么这么晚了还在加班呀?"

曹默的声音闷闷的:"嗯,今天比较忙。"

对呀,今天是他们公司的大日子,林淑琴正在忙着统计数据,不过曹默仍旧没半点解释的意思,邹书白亦不好再问。

邹书白没说起因,但曹默大体已经猜到发生了什么事,他问邹书白:"你吃了几个?"

邹书白脸上讪讪的,还好对方看不见。这会儿她肚子已经好了很多,但这会儿出去场面肯定很尴尬,她便不打算出去,便在马桶盖上坐下,一面极力解释:"可能也不是蛋糕的原因,我本身到了秋天肠胃就较弱一点,加上晚饭又吃了很多的扇贝,那铁板扇贝本身就不干净,而且我还喝了一大杯冰可乐……"

邹书白这一通解释,不外乎是叫对方不要往心里去。曹默听了,不知为何,竟然有些想笑,只见他嘴角上扬,眼睛却没动,那笑容有些奇怪,似是隐隐含着几分凄苦。他没有反驳,像是信了对方的说法。

曹默在卫生间外席地而坐,点着了一根烟。

邹书白闻见烟味,不由得皱了皱眉,她说:"老大,你还是别抽烟了,我从网上看到,孕妇不能吸二手烟,容易造成肚子里的小孩神经管畸形,小孩子要变笨的。"

"是吗?"曹默笑笑,但还是听从她的话,把烟掐了。

虽然知道曹默看不见,但邹书白仍旧点头,"是真的!还有,嫂子现在应该要多补铁、补钙,多吃肝脏、鸡蛋、海带和牛奶,这样以后宝宝才会健康聪明,而且要少吃点盐,否则容易水肿,身体会负担很大。"邹书白掰着手指数完,而后又觉得不对,对方还没跟她说过林淑琴怀孕的事呢!可是话已出口,又如何收得回来?

曹默仍旧是笑,"你怎么知道嫂子怀孕了?"

邹书白只得实话实说:"明静说的。"对方没有否认,那便是真的,邹书白抿了抿嘴唇——那自然是真的!

邹书白从厕所出来后,精神依旧不好,有气无力的,但脸色确实是好了很多。曹默找了些治急性肠炎的药给邹书白吃了,再三跟她确认,"真的不用去医院?"

邹书白最不想的便是把事态闹大,如果让赵承书和程明静他们知道了,该显得她有多滑稽啊!她拍了拍自己的肚子,"没事没事,刚喝了很多热水,现在已经基本没感觉了!"

曹默拿起外套,"那就好,那我送你回去吧。"

嗯?邹书白愣了愣,而后才反应过来,是呀,她现在是在曹默家里,对方这是在下逐客令呢!

"啊?我找一下我的外套!"邹书白慌乱地找了一圈外套未找到,而后才发现,外套一直穿在她身上,没有脱下来过!

是的,她连外套都不曾脱下来过,对方便要赶她走了。邹书白看了看时间,的确也不早了,她从没想过留下来过夜,只是贪恋跟曹默在一起的时光,所以才忘了时间。但她好歹是救了他老婆孩子的人,对方连一句客套地叫她留下来先休息休息的话都没说,就要赶她走了,这让她心里还是不由得掠过丝丝凉意。

邹书白赌着气，"不用送我了，我自己打车回去就行了，嫂子应该马上就要下班了，你还是先去接她吧。"

曹默说："我先送了你，再去接她，刚好顺路。"说罢，推着邹书白已经出门了，轮不到她来提反对意见。

途中，曹默问邹书白："明静搬出去了，你现在一个住？"

邹书白点头。

曹默似乎想起点什么，"你今晚不是跟承书在一起吗，承书呢？"

曹默并没问她跟赵承书关系，问了倒还好一点，她还可以解释，可对方不问，邹书白总不能平白无故就去澄清她跟赵承书什么关系都没有吧？

邹书白不能说她是抛下赵承书来找他的，只得说："他应该早就到家了吧，我们吃完饭就散了。"说罢，看了看手机，并没有赵承书的未接电话，心下又有些担忧。赵承书这人阴险得很，她放了他的鸽子，他没有立即来兴师问罪，指不定又在想着什么法子来整她呢。

曹默没有继续往下追问，而是拿出手机来打电话，邹书白赶忙上去阻拦。如果曹默这会儿跟赵承书通了电话，直接拆穿了她的谎言不说，更让赵承书知道了她做的那些糗事。她今晚受的罪已经够了，可没力气再来应付那人的嘲讽。

邹书白忙说："别给他打电话！"抢过手机来一看，才知对方是在给程明静打电话。

曹默不知邹书白的小心思，他说："你这个样子我不放心，有明静陪着，我放心点。"说着，电话已经通了。

邹书白暗自撇了撇嘴：你放心了，我可就惨了，今天回去，免不得被程明静一通唠叨。

赵承书在漆黑的电影院里,眼见邹书白出去半晌没有回来,心想着:这人不会笨到这个程度,连上个厕所也会迷路吧?

电影院里不方便打电话,他来到通道,刚打开手机,便看到一条未读短信,正是邹书白发来的:不好意思,我有点急事,先走了。

先走了?先走了……赵承书气到七窍冒烟,正欲电话追杀,忽而想起之前的事情,心里已经猜到邹书白干吗去了,就又把电话给挂了。

赵承书回到电影院,把给邹书白买的大桶爆米花,自己一个人吃了,一边吃一边想:怎么会有人喜欢这东西?这姑娘的品位当真不怎样!

邹书白到家的时候,程明静已经等在门口了,她让邹书白先进去,她还有话要跟曹默说。

程明静的表情冷冷的,邹书白看着有些心虚,一溜烟进了屋。

程明静虽不知道发生了什么事,但她只要看到邹书白是跟曹默在一起的,就知道肯定没什么好事,她对曹默道,"老大,你不能这样了,每次惹了事,就让我来给你收拾烂摊子!"

曹默笑着,"你说哪里去了,书白肚子不舒服,让你看着她一点。"

曹默越不当回事,程明静越发来气,"她好好的,肚子怎么会不舒服?还不是因为你!"

这罪名倒也不假，曹默没得反驳，只得担下了。

程明静深深叹了一口气，这种场景她不是第一次碰见了，两位当事人不累，她都累了！她用恳请的语气告诉曹默："老大，这么多年了，你都要把她逼成一个怨妇了，你还有点良心，就放过了她吧！"

曹默怔了怔，程明静难得用如此咄咄逼人的语气跟他说话，其中的字眼更是伤人，他将头扭向一边，咬牙说了一句："我没逼过她！"

此话一出，连程明静都有些愣了。的确，这话不假，从头到尾都是邹书白心甘情愿单恋他，他也从来没有给过邹书白任何幻想，但是这样的话从他嘴里说出来，还是有些伤人。

程明静红了双眼，她说："曹默，这样的话，别的任何人都可以说，但是你不行，你跟书白是一起长大的，你们……"说到这里，连她都有些哽咽难以继续，但她又清楚地知道，她没有立场来评判对方的感情生活，作为朋友，曹默简直可以打满分，她咬了咬牙，终究只留下一句："不带你这样的！"

3.

赵承书是一大早接到程明静电话的。是的，她左思右想了一夜，终究还是给赵承书打了一个电话。她实在是看不下去了，只希望有人可以将邹书白从深渊里解救出来，按照上次的判断，赵承书这人，多少还有几分潜力。

赵承书没有留存程明静的电话，听了对方的自我介绍，亦觉得有些意外，心下大骇，难道邹书白出了什么事情？

程明静问他："你之前不是说在帮书白找室友吗，找得怎么样了？"

"还在找。"赵承书答道，听对方的语气，想来邹书白并无什么大事，但既然出动了程明静，那么多多少少还是有事的，不外乎是坐实了他昨晚的猜测，不过对方不说，他也并不想追问。

赵承书说："她那人说简单也简单，说麻烦也麻烦，她的室友不好挑！"这话是实话，不过赵承书也有他的小心思，其实，从他的角度来说，他并不赞成邹书白找室友。从小到大，她从没有自己独自生活过，养成了她宽容、热情性格的同时，也使得她独立自主的能力比较差，习惯了依赖他人。如今她也不小了，独立生活一段时间，对她来说没准会更好。

程明静亦有自己的盘算，她自己已经有了归宿，只想早点把邹书白安置出去，"你这么担心她，干吗不搬来跟她一起住？"近水楼台先得月，住在一起，机会自然多得多。

赵承书瞧出了一些苗头，但他并不感觉欣喜，"你觉得我搬去跟她住会好吗？我倒觉得这会儿妨碍她认识其他男孩子。"

程明静皱了皱眉，"你不是在追她吗？"

"是的！"赵承书平静地回道，"但这也不能妨碍她认识其他比我更优秀的男人。"

不可否认，这话多少有几分赌气的意思，但程明静不知其中内情，只觉得这人过于狂妄，不够真心。

"你?!"程明静气结，一时竟不知道如何回话，她还没见过有人这么说话的，对赵承书的为人禁不住改观，想来这人也并不靠谱！

她说,"好吧,我替她谢谢你,谢谢你这么为她着想!"

程明静在赵承书那里吃了瘪,心下很不平衡,转而把目光投向邹书白的另一个有求必应的追求者——谢晖。

谢晖是抱着为邹书白打抱不平的架势出发的,他先是去蛋糕店大闹了一场,而后才来到邹书白这边邀功。

邹书白听了对方的话,只觉得脑袋都要爆了,比昨晚吃坏了肚子还要叫人难受,"谁叫你去闹了?我什么事也没有,好得很!"

谢晖并未觉得帮邹书白出头有何不妥,上前试了试邹书白的额头,一边埋怨道:"好得很?你看你的脸色都差成什么样了。"

邹书白最不想别人再提昨晚的事,一把拨开对方的手,"好好的周末,你就没有其他事情可以做了吗?围着我干什么?"一边说,一边扯着被子将自己的头蒙上,不再理会谢晖。

谢晖碰了一鼻子的灰,心里也不好受,一边揉了揉自己的胳膊,一边道:"喂,用不用得着这么绝情呀?我是在帮你,没有功劳也有苦劳吧!如果不是看在我们十几年交情的分上,我才……"

邹书白这会儿又饿又晕还想吐,只想安安静静地躺一会儿,哪里还听得进这些唠叨,心想着是谁这么有创意,把这尊大佛给请来了?

程明静不是这么爱管闲事的人,思来想去也就只有曹默了,又是赵承书又是谢晖,这人难道一定要把她推进别人怀里吗?邹书白越想越不服气,一个劲头坐起身,厉声问谢晖:"是不是曹默叫你来的?是不是?"

她已经有了打算,她一定要找曹默把话问清楚,她的事情,凭什么要他来安排?

　　谢晖正说到自己推了公司的聚餐来帮邹书白出头,被对方这么一打断,可见对方刚刚根本没有用心听他说话,心下也是来气,骂道:"曹默曹默,曹默才懒得管你呢!邹书白,你清醒一点好不好!你看看你自己,我真想知道,曹默给你灌了什么迷魂汤,可以让你连命都不要了?"

　　邹书白的脸色一阵苍白,转过身去,继续把自己裹在被子里,一边咬紧了牙关,一边恶狠狠地道:"我自己愿意,用不着你管!"

　　谢晖亦来了脾气,没好气地骂:"你以为我想管你?我是为你好!"

　　邹书白狠狠一跺脚,"你算老几呀?我用不着你对我好!"话一出口,她便后悔了,这话确实有些伤人,并不是她的本意。可是说出去的话,又岂能再收回。

　　谢晖也愣了,踉跄着退了一步,咬着牙道:"邹书白,你说这话太残忍了!"

　　邹书白没有回话,也没有转身,她并不想解释,也许不解释反而更好。这么多年,她跟谢晖虽以朋友相称,但她也清楚地知道,对方一直心存念想,而她也放任了这种念想。

　　她不忍断了谢晖的念想,就和她不想曹默断了她的念想是一个道理。

　　邹书白不说话,谢晖越发觉得心里发凉,他说:"书白,你太残忍了!这么多年,你虽然一直在拒绝我,但却始终没有跟我断交,我知道,你可能只是在可怜我、利用我,甚至有的时候在嘲笑我,但在我看来,我还是有希望的,只要我对你比你对曹默长情,我就有希望！可直到今天我才知道，你不是可怜我，你只是从我身上，看到了你自己，你可怜的是你自己，你压根从来没有把我放在眼里过！"

邹书白动了一下，但直到谢晖转身离开，她都依旧把头蒙在被子里，没有出来。

程明静买了早餐回来，却见谢晖一脸悲愤地从屋里出来，心下疑惑，"怎么了？刚刚不是还好好的吗？"

谢晖语气冷冷的，对着房门的方向道："你问她吧！你以后也不用再给我打电话了！"

程明静打开房门，却见邹书白把自己裹在被子里，没有出声，仔细一看，被子似是在有节奏地微微抖动，她叹了口气，又把房门关上了。

程明静独自坐在客厅，也是气不打一处来，一早上忙前忙后，却没落到丁点儿的好。她心想：自己到底造的哪门子的孽？谢晖太主动了是错，赵承书太被动了也是错，当真是没有一个省心的！

邹书白在家躺了一天，傍晚的时候听到有人敲门，她以为是程明静忘了带钥匙，打开门后，门外站着的，却是林淑琴。

这是婚礼之后，邹书白第一次见到林淑琴，这会儿对方的肚子隆起已经很明显了，邹书白心中百味杂陈，愣了半晌才想起来请对方进屋。

曹默没来，林淑琴一个人来的，对方必定是知晓了昨晚的事，前来登门道谢的。虽是为了道谢，但她从头到尾一个谢字都没有说，只拉着邹书白说了些不相关的贴心体己的话，让原本压力山大、纠结难堪的邹书白，顿时感觉负担全无。

难怪老大喜欢她，自己都有点喜欢她了呢！邹书白如此想着，心里越发空荡荡的。

林淑琴见邹书白一直盯着她的肚子，不由得好笑，想是邹书白没见过孕妇，所以才这么好奇，便问她："要摸一下吗？"

邹书白犹豫着点头，欺身上前，半蹲在林淑琴面前，双手抚着对方隆起的肚子，像抚着宝贝疙瘩似的小心翼翼。她抬头看着林淑琴，只见对方温柔含笑的双眼，浑身溢满的母爱，幸福之情溢于言表，邹书白看在眼里，忍不住心头酸涩。

邹书白将头凑近对方的肚皮，轻声细语地说话："你好吗？我是你的姑姑。"

这孩子以后应该是叫她姑姑吧？六姑姑，真难听！

这里面的，真的是曹默的孩子吗？这一切，是这样的真实，是这样的美好，可惜却不是她能艳羡的。面前的，是她连做梦都不敢拥有的东西。

邹书白突然下定决心，是的，她要当全世界最好的姑姑，她要尽自己最大的能耐去守护这一家人。

4.

时隔半月之后，在谢晖的生日会上，程明静再见到邹书白，对方看上去很是生龙活虎，似是完全忘了之前那一茬。

她兴奋地告诉程明静："我决定了，不找室友了！"

"为什么？你之前不是嫌一个人住房租太贵吗？"程明静问她。

"我长这么大,从来没一个人住过,这段时间我一个人住,碗想洗就洗,房间想怎么收拾就怎么收拾,电视想看哪个台就看哪个台,发现也挺好的。反正找室友也那么不好找,干脆不找了,大不了平时省一点喽!"邹书白说这话时,两眼都在放光,显得乐在其中,想来是真的享受现在的生活。

如此,程明静放心不少,她之前一直担心,怕对方一个人住不适应,现在看来,是她小瞧对方了。

程明静冲邹书白使了个眼色,让她去看不远处门口迎客的谢晖,怪声怪气地道:"谢晖这小子真是不靠谱,前几天才听说他相了一个对象,八字还没有一撇呢,这么快就带出来遛了,这是在跟你示威呢!"

邹书白想起之前的事,知晓谢晖是在她这里受了刺激,但面上却佯装不知,"跟我示什么威?这事跟我有什么关系?你可别什么屎盆子都往我头上扣。"

程明静看她一眼,一脸的高深莫测,"你不担心吗?从此以后,就要少了一个忠实的拥护者。"

"担心?"邹书白咧嘴一笑,"我感谢还来不及呢!我白当了他这么多年的挡箭牌,这下你们都知道了,他谢晖找不着对象,跟我半毛钱关系都没有,完全是他个人的原因!"

程明静对邹书白的话将信将疑,但还是奉劝了一句,"你可想清楚了,说实在的,谢晖条件不差,错过这村,就真没这店了!"

邹书白一脸的无奈,"以前只有他自己把自己当情圣,这下倒好,你们都把他当情圣了!相信我好了,我跟他若有可能,绝等不到现在,以前没能好上不可惜,以后不管他跟谁在一起了,我也绝不会后悔!"

程明静看对方的样子,不像是在逞强,想来是真心如此,不禁感叹:枉自己一片苦心,想着她苦恋曹默,就算无果,但至少还有一个备胎,谁承想,她压根连备胎都没把他算上。

两人说着话,却见门口又有客人来到。邹书白一见来人,显得很是敏感,当即闪到程明静身后,一边叫苦:"谢晖怎么把他也请来了?"

程明静以为是曹默来了,把眼往门口一瞧,却是赵承书。

程明静不解,"你怕他干什么?"

邹书白一脸苦相,"他借我的书,被我弄丢了。他这人小气得很,如果被他知道,肯定得把我大卸八块了不可!已经催我几次了,如果被他看见了肯定又要问,不行,我还是躲一躲吧!你待会儿给我留个位子,离他远一点就行。"说罢,便别了程明静往洗手间的方向去了。

赵承书看见一脸惊慌快速闪退的邹书白,知道准没好事,心下有些好笑,又看了看程明静,四目相对,互相微笑示意。

两人上次在电话里的交谈不算愉快,程明静以为对方不会上前来招呼,谁料对方仍旧落落大方走到跟前来了。

"书白呢?"赵承书问。

"到外面打电话去了,这里头吵得很。"程明静慢悠悠地说道,言下之意,邹书白忙着呢,不劳他时时挂念。

赵承书点点头,随即郑重地道:"上次电话不好意思,我没别的意思,只是觉得应该多给她一点时间,让她想想清楚,自己到底要什么。"

这会儿碰上了才来道歉,多少有些欠妥当,但对方语气诚恳,态度端正,让人心生宽慰。程明静不是小气的人,仔细一回想,心下也已释然。如果那会儿他也像谢晖一样,跑去将邹书白教育一通,逼着她做出决断,只怕如今代替谢晖伤感的人,该是他了。

程明静问赵承书:"我听书白说,她不准备找室友了。这事一直是你在帮她张罗,怎么回事你知道吗?"

赵承书一脸尴尬,随即道:"说起来,这事应该怪我,我见她依赖心太强,出门连钥匙也能忘了,到处打电话求救,所以一直存着私心,不想她这么快找到室友,让她一个人锻炼一段时间,因而前几次给她介绍室友,也没有用心去找。"

程明静知道这事多半跟他有关系,没想到他这么大大方方就承认了,且言之凿凿,有理有据,使得她不得不去承认,这事对邹书白确实有好处。想来,这人倒是在做长远打算,程明静心中感叹,邹书白糊涂了小半辈子,终于遇到了一个不那么糊涂的人,也算是一桩幸事。

赵承书随即又说:"我虽然是在追求她,希望她依赖信任我,最好是在别人那里碰了壁,到我这里寻求慰藉,但这些毕竟是治标不治本,我更希望她自己能强大起来,有足够的勇气承担风雨,真面对了才能痛得深刻,才能醒悟,才能放下,而不是一味地逃避,戚戚然地认为,离了别人,自己就不能活。你们从前把她保护得太好了。"

对方一席话,虽然说得含蓄,但程明静却听懂了,而且深有感触。她马上忘了从前的不愉快,重新站在了他这边,且心里不由得在想：这人尺度可谓把握得极好，什么时候进，什么时候退，计算得分毫不差，可看上去又不像是精于算计的人，想来是天生精明。

既然对方把话说开了，程明静也不含糊，"既然你能这么说，想必对书白的过去也都了解了，她这人说简单也简单，说复杂也复杂，如果是旁人，我也懒得去说，但我看你还算是认真，所以不得不提醒你，你真准备好了没？不要一开始信誓旦旦，最终却半途而废，最后把两个人都拖累了！"她说这话时，眼睛正看着门口的谢晖，是的，谢晖是最好的前车之鉴。

赵承书点点头，"我懂的。我也在想办法带她到处去走走，让她重新解放和认识她自己，只是她这个人太懒了，平时一直公司家里两点一线，其他哪里都不想去。"

程明静粲然一笑，"其他地方我不敢肯定，但有一个地方，她肯定感兴趣！"

这天，邹书白在家闲着，忽而接到赵承书的电话，对方问："你在干吗？"

邹书白想也没想，据实回道："我在家打扫卫生呀！"

"你不会请个人打扫吗？"

邹书白眼睛一转，得意地道："我请我自己打扫呀！多好，既可以锻炼身体，还可以节省100块钱。"

赵承书笑，"你的周末就价值100块？你就这么不尊重自己吗？"

邹书白撇撇嘴，每每她觉得很得意的事，在对方眼里，就完全变了回事，她决定换种套路，不在口舌上与对方逞一时之快，"你呢，你在干吗？"

"我在学校加班。"

邹书白难得逮到机会,自然得奚落对方一番,"哈,周末还要加班,你不是更可怜?"

幸灾乐祸也就罢了,还表现得这么赤裸裸,赵承书不由得好笑,"是呀,要不是看在有额外奖励的份上,我才懒得加这个班。"

邹书白好奇心上来,"什么奖励?"

"好像是什么黄山豪华三日游,包接包送,外宾待遇。其实我也是看在学校的面子才接的,这奖励不实在,我也没什么兴趣。"

邹书白连忙道:"黄山很好玩的,干吗不感兴趣呀!"

赵承书问:"你怎么知道,你去过?"

邹书白不停点头,"是呀,黄山真的很漂亮的,那是我唯一去过的,还想去第二次的地方。"

赵承书笑,"那是因为你去过的地方太少了吧?既然你喜欢,那给你好了!"

邹书白大喜,从沙发上跳起来,"真的?太好了,我要我要!"是呀,这么好的东西,不要白不要!她自己都有些不可置信,对方什么时候转性了,变得这么和蔼可亲、乐善好施了?都不像他了!末了加上一句,"谢谢你呀!"

赵承书话锋一转,"你还真好意思要?你觉得可能吗,我在这里加班,奖励给你?"

邹书白翻了个白眼,是的,是她多虑了,像对方这么意志坚定的人,自然是到死都不会改!

赵承书接着又道:"这样吧,我还缺个助手,我去问问奖励名额还有没有,给你弄个助手当当。"

邹书白没有回话，赵承书以为计划没能奏效，催促道："怎么？不感兴趣我找别人了！"

"我感兴趣！"邹书白忙道，接着幽幽附了一句，"可我能干什么，我啥都不会呀。"

赵承书彻底无语，"端茶倒水会不会？"

"好吧。"

第六章　遗憾是胸口的朱砂痣

1.

邹书白不过是给赵承书打了两天下手，给对方端茶倒水洗碗打饭当了两天助手，便得了一份黄山豪华三日游的套票，她觉得很值。她还是大学的时候去过一次黄山，那已是很久之前的事了，心中再难忘怀，一直还想再去，可惜再没合适机会，难得这次是免费的，就算被赵承书奚落折磨了两天，她也都忍下来了。

为了这次故地重游，她可是做足了功课，重新把攻略研究了一遍，规划好了路线不说，更是采购了一背包的装备。

去的那天，她在大巴车上遇上赵承书，不禁大惊失色，"你不是不感兴趣吗？"

赵承书耸耸肩，一脸坦然，"是呀，反正我也没去过，免费的，不去白不去！"

邹书白暗自叫苦，正想离他远一点，却见那边一行人过来，清一色的中东人，个个身着宽大长袍头裹深色头巾。

邹书白乖乖坐到赵承书旁边，小声问："这就是你说的外宾呀？"

赵承书一咧嘴，"是呀，个个中东土豪，要不要上去搭个讪？"

邹书白暗暗叫苦，心想：自己真是脑袋秀逗了，才会听信赵承书，如今贼船已上，想反悔都难了！

一行人半下午的时候到达山下小镇，也不急于上山，而是在山下住了一晚。晚上团队有节目，但邹书白一心只想上山，对其他事情兴趣寥寥，为储存体力，早早便睡了。

第二天一早，她便策反赵承书脱离了大部队，跟着她先行上了山。她有自己的行程规划，不能跟着大部队走。赵承书嘴巴虽然是损了点，但她从小到大，逃课都没逃过几次，如今擅自脱离组织，自然得拉一个垫背的，以求心理安慰。

艳阳高照，是个难得的好天气，两人从后山乘坐索道，一路来到山顶，邹书白领着赵承书，一路疾行。

赵承书拉住对方的背包，"你走这么急干什么？"感受到手上的重量，不由得皱眉道，"你背了些什么呀，这么重？"

"主要是吃的，还有水！"

赵承书一头黑线，"这些山上不能买吗？用得着你从山下往上背，不累吗？"

邹书白一脸的老练，"山上东西可贵了，一盘土豆丝要35块钱，现在估计更贵了，我上次上山，就没吃饱过！"

赵承书不知道是好气还是好笑，"我是不是还得夸你精明呀？你难道不知道,吃喝都包在团费里面的吗?"

"啊?"邹书白表情讪讪的,擦了擦额头的汗,"我好不容易背上来的,总不能丢了吧?要不待会儿有谁需要的,我原价卖给他吧?"

赵承书彻底无语了,见对方一头是汗,终究是不忍心,把对方包里的重物,拿了一些到自己包里来。

邹书白有些不好意思,便说:"不用了,我自己背得动。"

赵承书瞧她一眼,"你考虑清楚,过了这村,就没这店了!"

邹书白便闭嘴不说话了,心想着,这人可恶又可恨,难得他发一次慈悲,他要逞强,便随他去吧!

两人走了一会儿,坐在石头上休息,邹书白拿出地图来比画,"我们走得太慢了,我们要赶在中午之前,赶到排云亭,否则就走不完西海大峡谷了。"

赵承书将地图拿过来瞧了瞧,路线标得倒是清晰,只是有一点他不明白,"我们这么急,赶到西海大峡谷干什么?"

邹书白显得有些着急,"那里是黄山的精髓啊,不去西海大峡谷,黄山你就白来了!"

赵承书将邹书白仔细打量了一阵,"是吗?我怎么听说黄山景色秀美在后山呀?"

邹书白被他看得心虚,只得据实相告,"我上次来黄山,因为下雪,大峡谷封闭了,没去成……"

程明静只说黄山邹书白必去,却没说其中的内情,这下赵承书才知道,是因为对方留了遗憾在这里。

是的,遗憾总是最美的,是萦绕在胸口的朱砂痣,久久无法忘怀,然而遗憾却又是最难弥补的,赵承书这会儿似是有点后悔把邹书白拐到这里来了。

赵承书没好气地道:"后面时间多着呢,这可是我第一次来黄山,你不会这么自私,只顾你自己吧?"

邹书白亦觉得自己有些过分,毕竟她这次能来,还是托对方的福,只得心不甘情不愿地陪着对方游起了后山。

故地重游,邹书白没有了第一次的那种惊奇,而且周末游人众多,挤挤挨挨,人声嘈杂,面前的风景,似乎也没有记忆中那么美好了。

赵承书看出来邹书白兴致不高,便道,"喂,我看这儿的景色就是一般,没你讲的那么好嘛!"

邹书白自己感觉失落,却不许别人侮辱了她的记忆,只得打起精神跟对方解释起来——你看那山多气势,你看那观景台多惊险,你看那石头多神奇,你看那树弯弯曲曲多漂亮……继而当起兼职导游,一面帮对方拍照,一面向对方介绍起景点来:那里是猴子观海——那里是妙笔生花,那里是……

赵承书自然也是做过攻略的,他原本是计划着第二天再走西海景区的,但他看邹书白的样子是等不及了,他虽嘴上颇多微词,脚下却是遂了邹书白的心愿,加快了脚步,两人最终还是赶在中午时间到了排云亭,继而在酒店办好了入住。

两人在酒店吃过了午饭,简单休整了一下,去掉一些不必要的东西,只赵承书背了一个包,邹书白背上空空,挂了一根登山杖,轻装上阵,往西海大峡谷的方向去了。

这一景区路线比较长,人比后山少了很多,一路上山势险峻、景色迷人，但只顾赶路的两人，自是无暇欣赏这些风景。

两人好不容易赶到大峡谷入口，却见铁门上锁，再看一旁的告示牌，上面写着冬季封道。

邹书白一脸的迷茫，带着几分不敢置信，对身后同样迷茫的赵承书道："不是12月才开始封道吗？"

赵承书也没想过会遇上这么一出，两人在周围找了一圈，只有这条狭窄的石廊可以下去，再无其他路线。陆续有其他游人过来，想必也是冲着大峡谷来的，见到大门紧锁，也都只有灰溜溜原道返回了。

邹书白的脸色变得越发难堪，扑通一声坐在石阶上，双臂抱着头，一脸沮丧，她无法言语此刻的失望心情，难道她真的与大峡谷无缘吗？来了两次均是如此。

赵承书坐到她旁边，用胳膊碰了碰她，"喂，用不着这样吧，大不了下次再来嘛！"

邹书白没有说话，只露出一只眼睛看向他，那眼神，带着几分的凄楚，又像是带着几分恶毒。

赵承书被看出一身白毛汗，想了想，随即起来拍拍屁股，踢了踢了邹书白的脚，"起来吧。"

邹书白瞪他一眼，没好气地问："去哪？"

赵承书看上去胸有成竹，"既然你一心要去，那么只有想想办法喽！"

邹书白不情不愿地起来，跟在赵承书身后暗自翻了个白眼：说得简单，景区又不是你家开的，你能有什么办法？

两人找到附近的岗亭，见到一个值班大爷，跟他了解情况。

赵承书先问："大爷，那边大峡谷的铁门，是你这边锁的吗？"

得到肯定回答之后，邹书白一脸的欣喜，似是看见了曙光，她着急得很，不等赵承书说话便率先发问："大峡谷不是12月才封闭吗？这还有半个多月呢，怎么现在就封了？"

大爷说："是呀，你们太不赶巧，上周都还没封，今年冬天冷得早，天气预报说这周要下雪，所以上面通知我们提前封了。"

邹书白甜声笑道："大爷，您看这么好的天气，哪里像是要下雪的样子，您就帮我们把门打开，让我们进去玩一下嘛！"

大爷忙摆手，似是有些生气，"你这姑娘说胡话吧，这是上面要求封的，哪能想开就开，出了问题谁负责？"

邹书白一扁嘴，一脸的委屈，"大爷，我们大老远来一趟，从北京坐了十几个小时的火车和汽车，就是冲着大峡谷来的，您就行行好，放我们进去吧。我们玩一会儿就出来，不在谷底过夜，出不了事的。"

是的，为了进去峡谷，邹书白连大话都说了，然而，任凭她使出浑身解数，求情也好，装可怜也罢，对方就是咬准了不松口，最后邹书白再想不出其他办法，看上去都像是要哭了。

赵承书实在看不下去，终于还是出马了，他将值班大爷拉至一边，小声说着些什么。

邹书白已经不抱希望了，来到外面的石阶上坐下，她这样求情都没有用，任他赵承书巧舌如簧，也不能编出花来。

谁料几分钟之后，赵承书出来了，却是一脸的得意从容，大爷从亭子里出来，警惕地看了一眼四周，小声嘱咐一句："你们先过去，在入口等，我待会儿就过来。"

邹书白想说话，被赵承书止住，头也不回地拉着她重新往大峡谷出发。

邹书白看出了一点门道，待走远后，小声问赵承书："你是不是贿赂他了？"

赵承书头也不回，"不要说得这么难听！"

"我就知道！"邹书白撇撇嘴，言下之意，对方没什么好得意的，这招她也会，不屑用罢了，"早知你用这一招，我还不如下次再来一次呢！"

赵承书笑，"你也算跟着我学过经济学的，算算机会成本好不好？就只为了一个大峡谷，你下次再来一趟，花费的住宿、车费、时间、精力，不都是成本。"

邹书白冷哼一声，接着问："你到底花了多少钱，回头我们AA。"

"一千！"

邹书白大叫："怎么可能，你想坑我！"

"一百！"

邹书白无语，"你认真一点好不好！"

两人边打边闹，再次来到峡谷入口，等了没一会儿，值班大爷便如约来了，嘱咐两人走到二环便赶紧原路回头，切不可下去谷底，快到入口的时候提前电话给他，他再过来给他们开门，随即互相留了联系方式，一切办得神不知鬼不觉。

出发之前，赵承书看了一眼时间，下午2点，时间尚早，太阳依旧高照,运气好的话,待会儿还能看见日落。看着一脸欢喜、跃跃欲试的邹书白,赵承书只觉得为了对方的这份欢喜,破例一次也都值了,并未感到有任何不妥。

  2.

  想是这趟旅行来得太不容易,从失望到愿望达成,犹如坐过山车一般,分外刺激,邹书白重新提起了旅行的热情,一路上欢声笑语,惊叹不已,好不快活。

  而峡谷的景色也确实迷人,一会是悬崖峭壁,乱石嶙峋,一会是古木参天,丛林密布,随着往谷底去,不时还有云雾弥漫,总之,既有巍峨又有秀丽,一路不带重样。

  邹书白说:"这里可真好呀,像仙境一样,真想住在这里了!"

  赵承书笑,"可以呀,你待会儿问问大爷,他们这里还少不少清洁工。"

  邹书白哼了一声,没有理他,她心里高兴,不屑与对方一般见识,"最重要的是,一个人都没有,所有的路都是我一个人的,真的是赚大发了!"

  赵承书冷不丁冒出一句:"我不是人吗?"

  邹书白没有理会他,当真把他当成透明人了。

  赵承书笑,他这一路也挺高兴的,见到好的景色,不忘拿出手机来自拍,拉着邹书白一起入镜,邹书白也欣然同意了,对着镜头,做出不同搞怪的表情,很是欢快。

  两人边走边玩,来到值班大爷嘱咐的二环处,看了一眼时间,原本一个小时多一点的路程，他们足足用了两个小时。

邹书白往谷底看了看，想是还想往下面走一段，赵承书还算冷静，适时制止了她，"你就别想了，上山比下山慢，就算我们回去时加快脚步，到入口处至少也要两个小时的时间，估计也快天黑了。这一路石头多，又没有路灯，还是小心一点好。"

邹书白知道对方说的是实话，她原本计划着下到谷底，是可以再坐索道上去的，这样就不用走回头路，时间也刚刚好，谁知景区提早封闭，轨道自然也就停用了。但她这一趟下来，已经算是额外的恩赐，不能再多做强求，再心不甘情不愿，也只有跟着赵承书回了。

想是走了一天的路，有些累了，加上上山不比下山，体力消耗大，邹书白看上去明显不如来时那么轻松，纵是拄了拐杖，一路没怎么说话，仍是呼哧呼哧喘着粗气，步伐也是越来越慢。

赵承书停在前面等她，"你不要逞强，想歇就歇，我们已经走了三分之一了，时间还来得及。"

邹书白停了下来，冲他吃力地摆了摆手，等呼吸稍微平复了才开始说话："不用不用，先出去再说。"这里虽然景色优美，但四周没有人影，到了晚上，必是死一般的寂静，想想便觉得恐怖，她可不想摸黑前行，更别说还是跟赵承书这个满肚子坏水的贫嘴大王在一起。

赵承书几步冲下来，来到邹书白身后，推了她一把，"你走前面，我断后。"

邹书白连连摆手，一边从对方包里拿出水来喝，一边道："别，我宁愿你离我远一点，这样我还能有个目标，要让我自己走，天黑之前肯定出不去了!"

　　这倒是个实话,赵承书点点头,"那我们歇会儿吧,待会儿一鼓作气,再走三分之一!"

　　邹书白摆了一个OK的手势。走得太热了,满头是汗,她一边擦汗,一边便想去脱外套,却被赵承书制止,"别脱外套,拉链拉开就好,一会儿热一会儿冷的,容易感冒。"

　　邹书白没再脱,她确实是累了,宁愿省些力气爬山,而不是跟对方贫嘴。

　　两人歇了一会儿,再次起身,邹书白只觉得浑身发软,两腿像灌了铅一般,难以迈动,她哭丧着说了句:"我怎么觉得比歇之前还累了?"

　　两人走一程歇一程,虽步履缓慢,但到底下来得不远,渐渐地,离入口处已是很近了。

　　太阳已经落山了,还留有一些余光,勉强能看清路面,邹书白这会儿完全是被赵承书用登山杖牵着在走的,她实在是走不动了,哪还管周围风景不风景,只想找张床,好好睡上一觉。

　　赵承书回头问身后累得半死不活的邹书白:"你做了这么久的攻略,却没想过把自己的身体锻炼锻炼吗?"

　　邹书白用哀怨的眼神白了他一眼,她连说话的力气都没了,哪还管得了对方的奚落。想是太阳落了山,气温下降了,她走着走着,不但不再出汗,反而觉得有些冷,于是一边缩了缩脖子,一边重新拉上了外套的拉链。

　　眼见快要到入口了,赵承书拿出手机,给值班的大爷打电话。

电话响了几声，可是却一直没有人接听，邹书白等得心急，"没人接吗？"

赵承书又拨了几遍，仍旧是无人接听，他看了眼日渐昏暗的四周，马上便要连路都看不清了，心中不禁涌起一丝不安，但他没有跟邹书白明说，而是随口道："估计是等久了，先吃饭去了吧，不管他了，我们先走，到了再打电话。"

邹书白也没多想，继续埋头爬山，两人很快便来到了入口的铁门处，铁门厚重冰冷，门上的大锁这会儿显得异常阴森。

赵承书重新拿出手机来给值班大爷打电话，邹书白则是再也支撑不住，整个人瘫软在台阶上。

赵承书又连拨了3遍，仍旧是无人接听。这会儿连累得脑子不够用的邹书白都觉察到有些不对劲，颤巍巍地问："还是没人接吗？他不会是在值班室里睡着了，把我们给忘了吧？"

"那也应该要接电话吧？"赵承书心中的不安越发浓郁。

这会儿天已经全黑了，邹书白看了眼漆黑的四周，哭丧着声音问："现在怎么办？要在这里等他吗？"

赵承书没有回答，而是问："你是不是带了手电？"

邹书白点头，手电她本来是计划着明天一早去光明顶看日出用的，没想到这会儿派上了用场，还好这东西小，所以刚刚清理行李的时候随手就装上了。

打开手电之后，有了光亮，邹书白的不安稍稍有所好转，她这会儿已经完全没了主意，"如果我在这里喊救命，会不会有人把我们当成神经病？"

赵承书看了眼时间，已经是晚上7点了，继而跟着在邹书白身旁坐下，沉声道："那大爷不像是不负责任的人，估计是有事耽搁了，还是先等等吧，如果等到8点，他还是不接电话，我们再叫人帮忙。"

邹书白点点头，靠着一旁的石壁休息，听着对方说些不着边际的话，时不时搭上一句。

兴许是一天下来太累了，两人说着说着，竟然靠在一起睡着了。

这一觉睡得不短，醒来时已经晚上9点了，邹书白是被冻醒的，她这一醒，也带动了一旁的赵承书。

还好她留了心眼，想着反正不用自己背，中午出发的时候多带了一件抓绒的衣服，这会儿正好派上了用场。

山里晚间风极大，她刚把外套脱下，只觉得一阵冷风袭来，吹得她瑟瑟发抖，再加上双腿上已经冻僵不听使唤，她差点跌下台阶去，还好赵承书一把将她拉住。她赶忙将抓绒衣和外套全部穿上，缩成一团，虽不见得有多暖和，但跟刚刚相比，已经是好很多了。

身上暖和了一些，肚子却又饿了，她继续翻查背包，就着冰冷的矿水泉吃了几块夹心饼干，也算是缓解了一下。

赵承书仍旧在锲而不舍地打着电话，表情越发凝重，再不像平日里那样嬉皮笑脸。

邹书白已经看出了不妙，怯生生地问："要不我们报警吧？"她虽这么说，但却底气不足，"我们不守景区规则，还贿赂人家工作人员，不算是犯法吧？"

赵承书看着邹书白凄惨的模样，既忧心又好笑，拍了拍对方的头，笑着道："别怕，我给我们那个导游打电话，看他能不能找人帮忙。"

赵承书正准备给导游打电话,却见值班大爷已经回电话过来,两人抑制不住内心的狂喜,邹书白更是嗖的一声,一下站了起来。

原来,大爷有个6岁的孙子,下午跟小伙伴们玩耍的时候不小心从树上摔了下来,摔断了胳膊,他儿子媳妇在外面打工,家里只有他和老伴帮忙带着孙子,他老伴不识字,腿还有风湿,走不了远路,平时大事小事都得仰仗他。他听到孙子出事的消息,急着赶乘索道下山,就把之前答应赵承书的事完全抛在脑后了。这会儿他孙子已经在医院处理好伤了的胳膊回家了,他翻开落在家里饭桌上的手机,看到这么多通未接电话,才知捅了大娄子,赶忙回了电话。

赵承书一直压抑着心中的不快,这会儿再也抑制不住了,连声道:"大爷,你有急事我能理解,但你不能把我们丢在这里就不管了呀,我打了这么久的电话也没人接,你好歹交代一声,另外找个人把我们的事情接上了再下山吧!"

大爷不停地赔着不是,"小伙子,实在对不住,我真是急糊涂了,啥事都忘了,我就这么一个孙子,他要出了什么事,我拿什么去跟我那儿子媳妇交代呀!"

对方确实是事出有因,赵承书只有把心中的那口气重新憋了回去。反正这会儿说什么都晚了,还是解决问题要紧,"大爷,你赶紧找个人把我们放出去吧。"

大爷说:"钥匙就只有一把,被我兜下山了。"

邹书白在一旁听着,当真是欲哭无泪。

赵承书也傻了眼,他本以为,只要联系上了看门大爷,事情肯定能解决了,谁知还有这么一出。

"那要怎么办?"赵承书颓然问。

大爷的语气听起来亦很凄惨,"这会儿索道早就停了,就算我现在动身,步行上山,最少也要六七个小时才能到你现在的位置。夜里上山我没上过,还不知道会不会下雪,最保险的,还是等明天一早,索道开了,我再给你送过去。"

赵承书哭笑不得,"大爷,您别给我开玩笑了,这里连个路灯都没有,您难道要我们两个在这个石阶上过夜吗?"

大爷一脸苦涩,"我真没开玩笑,如果有其他办法,我肯定帮你了,帮你也是帮我自己呀。"

赵承书咬咬牙,"大爷,您不送钥匙给我,我只有找人把锁剪开了,这深山老林的,您叫我们两个怎么过夜,夜里还不把人冻死了!"

大爷忙道:"不行呀,小伙子!你叫人把锁剪开,我们的事情就暴露了,那样我的工作就保不住了,我们全家可都指望着我这份工作呀!"

"那也不能让我们冻死在这里呀!"

大爷带着恳求的语气说着:"小伙子,算我求你了,你的钱我也不要了,明天我就还给你。谷底有个服务站,你们把窗户敲了,进到里面去,里面有床有电,可以烧热水,你们在那里过上一夜,躲躲风,明天一早我就去那里找你们。"

"不是钱不钱的问题,这里到谷底,起码两三个小时,我们……"

赵承书傻了眼,生平头一次语尽词穷,头发在风中彻底凌乱了!

3.

赵承书正要给导游打电话,被邹书白扯了扯胳膊,"算了吧,人家好心帮我们,我们如果这样做,不是把他给害了嘛。"

赵承书看着她,也是彻底没了脾气,苦笑着问:"那要怎么办,你还能走到谷底吗?"

邹书白都要哭了,"我们不能在附近找个山洞挨一夜吗?我真的不想走了。"她把自己窝在一个石头角落里,但还是阻挡不住四面八方吹来的冷风,吹得她直打冷战,但她不想再走,只得咬紧了牙关,强装无事。

"山洞?这里是风景区,你以为是野人寨呀!"

赵承书知道,这还不到最冷的时候,到了深夜只会更冷,还指不定会不会下雪降温。既然决定不找人帮忙,纵是再不情愿,也都只有往谷底走了。

刚开始邹书白完全是被赵承书拖着走的,后来眼见挣扎无望,也就只有认命了,然而这大半夜的,腿脚酸痛不说,手电照射的灯光很小,视线又差,步子哪里迈得开,照这个速度走下去,走到谷底天都该亮了。

两人路过一处小亭子时停下来歇脚,邹书白完全顾不得形象,停下来之后第一件事便是把鞋子脱了揉脚,更是打定主意表示再也不想走了。

邹书白用一副近乎哀求的语气说着:"我看这里就挺好,亭子能挡风,这木头走廊又宽又暖和,还可以睡觉,我看我们就这里过夜吧,不要再走了。"

赵承书知道这一天着实不容易，从早上5点多起来一直到现在，两人几乎就一直在走路，他自己都累了，更何况她一个女孩子，确实是难为她了，干脆也就不再强求她。

　　刚刚在上面眯过一会儿，赵承书的体力恢复了许多。这次的经历肯定算不上美好，但也着实离奇，手电的灯光日渐减弱，不知道还能撑多久，还好包里还带着充电宝，待会连着手机，还能用一会儿。他笑着问一旁的邹书白："下次还想来吗？"

　　邹书白直摇头，"不来了，再也不来了！"

　　"下雪了吗？"邹书白缩成一团，窝在长椅上，感觉有水滴飘在脸上，瑟瑟地问。

　　赵承书伸手试了试，有零星的凉意飘在手上。他心里暗道一声不好，照这个阵势，后半夜可能真要下雪，他不敢说实话，怕吓着邹书白，只得说了句："没下雪，是露水吧。"

　　邹书白又把脖子缩了缩，"那我怎么感觉好冷啊？"

　　赵承书将自己的冲锋衣脱下来给邹书白裹着，邹书白不肯要，她看着只穿着一件短袖T恤和长袖衬衫的赵承书，不敢置信地问："你不冷吗？"

　　赵承书瞪她一眼，帮她把拉链拉上，"没你冷！"

　　邹书白知道对方是在逞强，若放平日里，她肯定不会要，但她这会儿确实是太冷了，牙齿都在打架，拒绝的底气也都没了，她说："我上大学的时候，我们学校就有一对情侣冬天去山上露营，结果夜里降温，活活被冻死了。"她问赵承书，"我们不会被冻死吧？"

　　"你以为死那么容易呀？！"赵承书骂道。

邹书白抽了抽鼻子，看上去委屈又可怜，"就算是死，也不要跟你死在一起，传出去多难听呀，还以为我们跑这里来干吗呢！"

赵承书好气又好笑，也懒得再骂她，将她拉起来，"休息够了，继续走吧！"

邹书白一动不肯动，"还要走呀？不是说好了，不走了吗？"

赵承书瞥她一眼，"你要在这里过夜，不害怕吗？"

"啊？"邹书白停下来看了眼四周，漆黑一片，不时有鸟叫传来，叽叽咕咕，确实瘆人，她苦着脸，"我都累得忘记要怕了！"如今经对方一提醒，特别是刚刚还讲了那对情侣的故事，她也开始怕了，当真是不走不行了。

可能是刚刚窝在那里太久了，把脚窝麻了，也可能是真的在下雪，地面有些湿滑，邹书白刚走没几步，经过一处石头陡坡的时候突然脚下一滑，重点一偏，便要往坡下倒去。幸得赵承书眼疾手快，一把将她拉住，但她脚下并未利索站住，脚脖子一阵刺痛——扭伤了。

赵承书对脚伤是外行，帮着检查了一下，并无任何外伤，便叫邹书白试着走了两步，邹书白脚下一用力，只觉得脚腕像钻心一般疼痛，痛得她眼泪都要出来了。

邹书白露出一记苦笑，"看样子，今天真的只能在亭子那里过夜了。"

赵承书看了眼时间，已经是半夜了，再不能这么拖下去，他将背包倒转过来挂在胸前，走到邹书白跟前，背对着她，躬身道："上来吧！"

邹书白想推辞，已被对方一把揽了去。

邹书白心想，自己这待遇，当真是以前做梦都不敢想，她笑着点了点赵承书的背，说："赵承书，其实你也没那么坏嘛！"

赵承书又好气又好笑，"你现在才知道呀？"

邹书白又道："你是小时候受过什么伤害吧？所以才这么愤世嫉俗。"

赵承书停下来，对着漆黑的，没好气地说："你信不信我把你扔下去？"

"信！信！"邹书白忙求饶，对方可不是一般人，这深山老林的，就只有他们两个人，邹书白绝对相信，这人啥事都干得出。

赵承书这一路背着邹书白走，倒比两人走时还要快一些，邹书白又累又困，没一会儿便在赵承书背上打起了瞌睡，手电垂下来不时敲打着赵承书的肩膀，幸而用绳子缠住了，否则早掉了。

赵承书将她摇醒，"别睡，外面凉，当心一会儿感冒了，到了服务站再睡！"

邹书白打了一个哈欠，眼睛都要睁不开了，"我好困，你能自己拿着手电吗？我想睡一会儿。"

赵承书满脸愤恨，咬牙恶狠狠地问："你看我还有手吗？！"

邹书白暗自吐了吐舌头，这人累惨了，不能惹，不能惹。

赵承书说："想睡觉就说会儿话，说多了就不困了！"

邹书白坦言道："跟你没有共同语言，不知道说什么呀。"

赵承书满肚子是火，"那就唱首歌！"

邹书白听了对方的话，便脊背一阵发凉，"大半夜，在这深谷里唱歌，你觉得好吗？"

赵承书笑，他也已经累得没了力气，没那么多精力再去说话，两人沉默了一会儿，却听背上的人突然说了句："不一样！"

"嗯？"

背上的人继续说："跟我想的一点都不一样！"

"怎么不一样？"赵承书笑着问道。

对方半晌没有回话，赵承书扭过头，却见她已经睡着了，想来刚刚说的，也都是梦话、胡话。

赵承书正想将她摇醒，以免睡感冒了，却听她跟着嘟囔了一句："一点都不一样！因为你不在！"

邹书白当真是睡着了，但她的表情却很痛苦，与平日里茫然懵懂、笑意盈盈的样子很不一样，眼角隐隐有些湿润，分不清是雪水或是其他。

赵承书怔怔地站在那里，没有再去摇醒她，而是将她藏在袖子里摇摇欲坠的手电，接过来拿在自己手上。

赵承书按照景区指示牌，一路来到谷底的服务站，按照值班大爷说的方法，打破玻璃，打开房门进到房间里，而后又找了张报纸，将破洞堵住。

两人刚进去房间没一会儿，外面便开始下雪了，降温是肯定的，赵承书看着沉沉睡去的邹书白，只觉得这一天的经历当真是惊险，虽然有着各种不快和不顺利，但终究也算是有惊无险。

房间里没有冰块，赵承书将邹书白受伤的那只脚鞋子和袜子都脱了，他不敢贸然去揉，只将她脚脖子露在外面，当是冷敷。

忙完这一切之后，赵承书才觉察到冷，刚刚全身是汗，这会儿汗水如同冰一样，紧紧贴着他的皮肤，冰凉透心，他将里面的短袖T恤脱了，随意擦了擦，算是了事。

景区是最近才开始封闭的，服务站里还很干净，赵承书找了件景区出租用的棉大衣盖在邹书白身上，披得紧紧实实，又找了一件自己穿上。忙完这些之后，赵承书已经累得够呛，也管不那么多了，挨着邹书白挤在狭小的沙发上，迷迷糊糊便也睡着了。

第二天一大早，值班大爷如约赶来，倒比约定的时间更早了些。昨晚下雪，这一路过来并不好走，他一把年纪不说，撇下生病的孙子，也算是辛苦他了，赵承书哪里还好意思抱怨。

大爷要将昨天的钱还给赵承书，赵承书没有要，反倒是又给了对方一些，算是赔偿玻璃的钱。

赵承书简单收拾了一下便要离开，却见邹书白仍旧窝在沙发上没有任何反应。他正要叫醒她，却见她脸色绯红，没有任何醒来的意思。他心下诧异，走上前去摸她的额头，不由大骇：邹书白烧得厉害！

4.

赵承书记不得是如何把邹书白背下山的，又是如何把她送至医院的，只觉得自己这辈子都没有这么后悔自责过。他不知道对方发烧的具体原因，是因为着凉感冒还是因为脚伤发作，任何一桩，他都有责任。

是他把她骗到这里来的，是他想方设法带她下大峡谷的，是他决定不找人帮忙的，是他坚持要去谷底过夜的，是他把她袜子脱了光脚晾在那里的……

直到医生确定邹书白只是普通伤寒并无大碍，又挂了盐水了开了些药给她吃下去，他才稍觉安心。他是等不到坐旅游团的大巴车回了，思来想去，他还是给程明静打了个电话。他倒不是心存侥幸，这事程明静早晚得知道，他只是不想程明静在不明情况的时候胡乱担心。

这边忙活完后，他又带着邹书白去看脚踝的伤，万幸的是，经过检查脚上的伤并不严重，没有伤及骨头，只是筋腱拉伤，微微有些瘀青肿胀，但走路是没办法走了，需要缠绷带固定。

固定的时候，疼是必然的，邹书白身上没有一点力气，手指紧紧抓住床沿，连叫疼的劲都没有，但还是强忍着没有掉眼泪。赵承书在一旁举着盐水瓶，看着眼泪汪汪却不哭不闹强撑的她，心里越发不是滋味。

包扎完毕，邹书白已是满头大汗，见一旁的赵承书一脸担忧加紧张，又怕他在为自己的事情自责，便故作轻松道："没关系的，又不是什么大毛病，说到底，都是我自作自受，所以也不觉得疼。"

赵承书突然听到这么一句，知道她在想方设法安慰自己，他什么也没说，只是摸了摸她的头。

处理好脚伤之后，邹书白继续回病房挂盐水，赵承书抽空去给她买了些稀粥咸菜。眼见快中午了，两人好几餐都没有好好吃些东西了，早就饿惨了。

邹书白看着自己手里的稀粥咸菜，又看了看对方摆在柜子上的盒饭，显然盒饭不是为她准备的，不由得撇了撇嘴，"我也想吃盒饭。"

赵承书瞪她一眼,"你不知道自己正在生着病吗,这么油的东西也想吃?"

邹书白舀了一勺稀粥到嘴里,只觉得淡然无味,哭丧着脸道:"我也想吃饭,不吃饭提不起劲!"

"稀饭也是饭!"

邹书白不乐意了,"这算什么饭嘛,一点油星都没有!"

赵承书这回没有半点妥协的意思,自己拿了盒饭去外面,"我去外面吃,你看不见就不会想了。"

饭后,赵承书回到病房陪邹书白挂盐水,看着被吃得光溜溜的稀粥碗,很是满意。

想是吃了些东西,邹书白恢复了一些体力,终于有力气跟赵承书说话了,她说:"你怎么把景区的衣服穿出来了呀?"

赵承书看了看自己,这才发现自己还穿着景区的厚重棉服,一上午跑东跑西,竟然浑然不知。他挑了挑眉,得意道:"多好,捡了件衣服!"

邹书白一脸嫌恶,她毕竟是女孩子,任何时候,都会注意个人形象,指着床边赵承书的冲锋衣道,"那衣服难看死了,你还是穿回自己的衣服吧。"

赵承书笑,"没关系,那衣服你待会儿起来还得穿。"

邹书白说:"我已经不冷了。"

她还想说话,被赵承书喊停,"别说话了,好好睡一觉,睡醒了我们就要回去了!"

邹书白忽然想起点什么,噌一下坐起来,"对了,我们的行李还在山上呢，怎么办呀？"

赵承书将她按回去，没好气地道："那不是你该操心的事，好好睡你的觉！"

邹书白一脸的不愿，她本就是操心的个性，想到回去一堆的事，哪里还睡得着，她说："赵承书，我们在这里的事，你回去不要跟别人讲好不好？"

"为什么？"

邹书白微微叹了口气，抿了抿唇道："反正也不是什么好事，我们自己知道就行了。"

赵承书隐隐知道她在担心些什么，没有正面回答她，而是替她掖了掖被角，道："快睡吧。"

邹书白知道这人不会轻易遂她的意，但她这会儿也没有力气跟他讨价还价，唯有闭上眼睛睡觉，"你把脸转到外边去吧，我睡觉的时候不喜欢有人看着。"

赵承书有些哭笑不得，当真把脸转到一边去了。这样沉默了半响，他突然叫了她一声，"邹小白？"

"嗯？"邹书白刚开始没反应过来，睁开眼睛皱眉道，"你干吗叫我邹小白呀？"

赵承书没有理会她的不满，而是继续着自己的话题，他说："邹小白，你以后跟着我混吧？"

邹书白不解，"什么意思？"

赵承书拿眼斜着看她，"没人跟你表白过吗？这都听不懂？"

邹书白大跌眼镜，一脸嫌恶加惊恐，"你在跟我表白吗？别逗了！"

赵承书笑笑,"有人跟你表白,你怎么也该表示下感谢吧?"他虽这么说,但他的样子,看上去又不甚在意。

邹书白知道对方在打趣她,自然不肯甘拜下风,扬着眉道:"跟我表白的人多了去了,不稀罕!"

邹书白仍旧睡不着,赵承书非逼着她休息,她只得闭着眼睛跟对方说话,正说着,忽而听见一串急促的脚步声由远及近而来,她好奇地睁开了眼睛。赵承书正欲说她,便听见身后的房门被人推开,不是程明静,却是曹默。

来人一袭黑衣,踏着风雪而来,带进一股寒意,似是受环境影响,脸上的表情亦是冷峻,一如既往的英俊却让人不可亲近。邹书白不知是欣喜还是惊恐,吃惊地道:"老大,你怎么来了?"

曹默看了看躺在病床上挂着盐水的邹书白,又看了看一旁的赵承书,脸色并不好看,但嘴角却刻意上扬,笑着道:"我听明静说你生病了,专程过来接你回去的。"

邹书白受宠若惊,指着自己的脚,不好意思地道:"我没事,就是脚扭了一下。"转而又想,明静怎么会知道她生病了,继而看向一旁的赵承书,不着声色地瞪了后者一眼。

原来,赵承书给程明静打电话的时候,曹默也在一旁,大致听到他们的对话,当他听到邹书白生病了,正在医院里,还扭了脚,当即便有些坐不住了,因而当程明静提出要去黄山接他们回来的时候,他不容置疑地代程明静接了这笔差事。

程明静自然不想他去,对于之前邹书白食物中毒的事,她对他一直耿耿于怀,奈何曹默心意已定。程明静从小跟他一起长大,了解他的脾气，知道劝说无用，大家又是打娘胎里出来便玩在一起的兄弟，兄弟之间没有过夜的仇，只得把地址告诉了他，随他去了。她想给赵承书打个电话提醒一声的，但隐隐之中又有种不祥的预感，仿佛是在告诉她，不要去掺和这摊事。

曹默问赵承书："好好的，怎么会扭到脚了？"

赵承书不知是紧张还是内疚，表情有些古怪，"下雪，路面有点滑。"

曹默皱了皱眉，"不是半夜里才开始下雪吗，那个时候你们还在外面？"

赵承书想说话，邹书白抢先一步替他答了，她说："我听说外面下雪，特地跑出去看雪，一不小心就扭到脚了。"她并不想对方知道她下去过谷底的事，更别提他们被困在谷内，不得不冒着风雪下到谷底避险。

曹默表情略显不快，"扭了脚也就罢了，怎么也没找酒店的医务人员帮忙处理下，还弄发烧了？"

邹书白有些心虚，但这会儿也只有一条道走到黑了，继续说谎下去，"太晚了，不想麻烦他们。"

曹默看了邹书白一眼，一边帮她紧了紧被子，一边漫不经心地问："你们的行李呢？"

邹书白越发心虚，只被曹默看了一眼，便不由得脸色发白，一旁的赵承书适时替她答了句："早上走得太急，没来得及收拾行李。"

邹书白感激地看了赵承书一眼，心想着，他们确实是走得急，这话照理不算撒谎。

曹默点点头，紧接着没头没脑问了句："谷底好玩吗？"

邹书白张了张嘴巴,曹默怎么会知道她下去谷底了的?想继续辩解,最终还是耷拉下脑袋,怯生生地问一句:"你都知道了?"

曹默挑着眉,不置可否地看着她。邹书白何其了解曹默,知道他这是发火的前兆,她不知道对方知道了多少,可哪里还敢再有隐瞒,将事情一五一十全都说了出来。

邹书白说完后,病床内再无人说话,整个病房显得极其安静。邹书白一直小心翼翼地看着曹默,她以为曹默会将她和赵承书骂一顿,就像小时候她和程明静他们做错了事曹默骂他们一样,骂他们怎么可以如此胡闹。但是这次他没有,他只是斜靠在椅背上,眼睛一动不动地望着盐水瓶,似乎正在想着什么心事,而把教育邹书白的事给抛在了脑后。

沉默不语的三个人连呼吸都很压抑,空气中仿佛只有点滴不停滴落的声音,滴答滴答。

赵承书也一直在观察曹默的脸色,他早就做好了会被追究责任的准备,有那么一瞬间,当邹书白说到他们被冷风吹得牙齿打战,而不得不去谷底避风时,他似乎看到了曹默握起的拳头和头上冒起的青筋,但下一秒再去看时,他的手又重新平放在自己的膝盖上,神色如常。

终于,点滴快打完了,邹书白不由得长吁了一口气,她刚刚一直躺着一动不敢动,不过片刻的时间却犹如一个世纪那般漫长。

赵承书也回过神来,起身去叫护士。回来时曹默已经扶着邹书白坐起来了,只听他好声好气地问邹书白:"好点没,要不要休息一会儿再出发?"

邹书白只想早些远离这怪异的气氛,摇摇头道:"还是早点回去吧。"说罢掀开被子便要起身。

赵承书忙把一旁的冲锋衣拿了过去,却见那边曹默已经脱了自己的外套给邹书白披上了,继而抱着她往屋外走去,一切动作十分流畅,没有半点迟疑。赵承书也没说什么,只把衣服拿在手上,默默跟在后面。

赵承书将自己的衣服递给曹默,"穿着吧,外面冷。"

曹默没有抬头,"不用了,开车不冷,留着待会儿给她盖腿吧。"

赵承书只得作罢,将自己身上的景区棉服脱下,穿回自己原来的衣服,在这过程中,他看见景区棉服的后背上写着几个字:西海大峡谷。

回去的路上,暖气开得很足,邹书白想脱衣服,被前排的两个人异口同声制止,除此之外,便一路无话。

回到家,曹默将邹书白安顿好之后,与赵承书来到阳台抽烟。

曹默默默抽完一根烟,到第二根时才开口说话,他说:"书白看着皮实,其实太过娇气,你平时多注意一些。"

经过一路的沉默,赵承书以为他要发很大火,以为他要兴师问罪,谁知他只是轻描淡写说了这么一句。赵承书倒宁愿他将自己骂一顿,因为面前的曹默,让他越发看不懂了。

曹默继续说着:"她其实胆子很小,怕走夜路。小的时候,我们去水库玩,遇上下雨,我们一路呼啸着飞奔往家跑。我们都习惯了这种天气,却不知她跑得慢,落在了最后。水库的沟渠很窄,下雨之后湿滑不堪,加上天快黑了,根本很难看清路,我们到了镇子之后才发现她没跟上去,又跑回去找她,却见她一瘸一拐地走过来，满脸是泪，鞋子都掉了一只。回来之后她便发起了高烧，那水库淹死过人，大人们说她是被水鬼勾了魂，做了场法事休息几天便好了。我们当时也以为是，从此以后都很少往水库那边去。现在想想那会儿真是荒唐，不过是淋了雨又被吓着了而已。"

赵承书默默听着，心中很不是滋味，问他："你讲这个故事，是想说明什么？以后不要带她走夜路吗？"

曹默轻轻笑了笑，"我想说的是，从那以后，我们不管做什么事，都不会再让她落在最后。"他看了一眼赵承书，仿佛是在说：你能保护好她吗，像我们保护她一样？

赵承书摇了摇头，他说："曹默，你越来越让我看不懂了，你跟我说实话，你到底是怎么定位邹书白的？"

他知道曹默在邹书白心中的位置，他原本以为，是曹默对她无意，所以才促就了这场惊天动地的暗恋，可以现在，他越来越看不懂了。如他无意，他只需动怒即可，就像程明静表现的那样，何至于费这么多口舌，何至于如此伤感？但如果有意，两人近二十年的交情，又如何会走到今天这副局面？又如何会有邹书白那伤感无望的一句，她从来没有恋过？

曹默笑，"有关系吗？我相信你，所以才把她托付给你。"

赵承书回答说："以前是无所谓，但现在我想知道。"是的，那时他没有用心，对方说了些什么，他并不曾在意，但如今不一样了，他想参与她的未来，而解开未来的钥匙，便是她的过去，他问曹默："我只想问，你这么做，真的是为她好吗？"

曹默仍旧是笑，没有回答，但他的样子，仿佛是在说：如果不是为她好,我又何苦花费这么多力气?

邹书白仍然有些发烧,睡得迷迷糊糊,并不舒服。

她做了一个梦,她梦见了曹默。梦里面的曹默是那样的温柔,他默默地守护在她的身边,问她饿不饿,冷不冷,他像变魔法似的,从口袋里掏出一个邹书白见也没见过的野果,递给邹书白。一切,就像小时候一样,他是所有人的大哥,却是她一个人的曹默。

梦里面,他实现了对她的承诺,带着她去西海大峡谷,峡谷里面真漂亮,山清水秀,鸟语花香,莺飞蝶舞,他们走在里面,嬉笑玩耍,浑然不知天日。只是走着走着,身边的人变成了赵承书,他推了她一把,又把她扶起来,一脸坏笑地问她疼不疼,他从来不忘整她。她糊涂了,不知道还是不是梦。

她醒来时,看见曹默就在身边,心中涌起一阵暖意,隐隐觉得,或许刚刚那些不是梦,是真的。如果是真的该有多好?

邹书白看了眼四周,问:"赵承书呢?"

"他先走了。"

邹书白皱了皱眉,"他这人怎么这样啊,走之前都不打声招呼的。"

曹默笑笑,"你睡着了,就没叫醒你。"

邹书白抿了抿唇,半晌道:"是我坚持要下到谷底去的,脚也是我自己扭的,你们别骂他,否则怪不好意思的。"

曹默点点头,"我知道。"

邹书白顿了顿,继续说道:"你不是问我大峡谷好不好玩吗?我想说大峡谷真的很好玩,我们上次没去成,真的是很大的遗憾,你下次去的时候，记得一定要挑夏天，他们很喜欢提前封道，网上的时间不能作数。"

她知道他不会带她去，那会儿的话不过是随口说说而已，但那已经是一段很完美很完美的记忆了，她会永远记着。她知道他很可能会带其他人去那里，他的妻子还有孩子。她心里失落，却并不觉得难过，他们见过同样的风景，走过同样的路，哪怕不是一起见的，也都感觉挺好。

曹默用力点了点头，伸手理了理对方汗湿的鬓角，还想擦去对方有些湿润的眼角，却迟迟没有落手下去，他说："以后老大答应你的事，都会做到！"

第七章　回忆是会呼吸的痛

1.

邹书白的进修班终于毕业了，虽然只是一张毕业证，但她已经很满足了，她没想过自己能够毕业，预期之外的事，总是能让人格外高兴，当然，这其中少不了赵承书的帮忙。

上次黄山之行之后，她跟赵承书之间不再像之前那般剑拔弩张，亲近友好了不少，你来我往，隐隐之中，似乎还有些其他情愫。

这期间，发生了不少事，其中最轰动的一件，还数谢晖的闪婚，而新娘正是他第一次相亲的那个对象！

这天，邹书白正跟赵承书一起逛街，挑选送给谢晖的结婚礼物。纵使早已收到了对方的请帖，结婚照也都晒过了，事情早已铁板钉钉，但邹书白仍旧是不敢相信，"谁会跟一个才认识几个月的人结婚呀？还是相亲来的！"

赵承书比她看得开,"看对眼了,麻雀也是凤凰,他自己乐意,你管他呢!"

邹书白撇撇嘴,"我不赞同,他这只能叫作一时的激情,不能叫作爱情。真正的爱情,要经历过风雨,要抵得住诱惑,要承受得住时间的考验,少一样都不行!"

赵承书失笑,见她一脸认真,禁不住将她圈在胳膊里,"你还一套一套的,言情小说看多了吧?"

邹书白白他一眼,不与他一般见识。

路过宜家家居门口时,邹书白想起点什么,停下来对赵承书道:"你先回吧,我得去宜家买点东西。"

赵承书举起手里的两个袋子,"还买什么,不是都买好了吗?"

邹书白说:"我家沙发坏了,我去里面看看沙发。"

赵承书忍不住笑出来,"沙发都被你坐坏了,你都在上面干什么了呀?"

邹书白脸一红,没好气地道:"怎么任何话从你嘴里说出来,都变得那么难听呀?"

赵承书看了看时间,"反正时间还早,我陪你一起去吧。"

邹书白连连摆手,"不用了,我自己去就行了。"

赵承书不禁扬了扬眉,是的,对方这样忌讳,倒叫他有些怀疑。

邹书白知道他心眼多,怕他搞些歪门邪道,攻她不备,只得如实道:"我不想跟一个男的去买沙发。"

赵承书觉得新奇,"为什么?"

邹书白深吸一口气,而后道:"我可以跟任何人一起吃饭,逛街,出去玩,但就只有买家具不行。买家具一定要跟自己心爱的人

167

一起买才行。心爱的人,心爱的东西,才有家的味道。"

赵承书听完怔怔地看着她。邹书白已经做好了会被对方嘲笑的准备,谁知赵承书不但没有嘲笑她,反而是一本正经地冲她招了招手,他说:"邹小白,你上前来一点。"

赵承书又在叫她邹小白了,邹书白皱了皱眉,不情愿地道:"干吗呀?"

邹书白站在原地没有动,赵承书缓缓走到她跟前,忽而一下子单膝跪地,拉着她的手,从口袋里掏出一枚戒指,一本正经道:"嫁给我吧,邹小白,我们一起去买沙发。"

邹书白下巴都要掉下来了,怔了好几秒,而后才想起来把戒指推还给赵承书,怪声怪气道:"你疯啦,赶紧起来,难看死了!"

赵承书不卑不亢不急不恼,继续深情款款地道:"我是认真的,嫁给我吧!"

邹书白急了,像甩烫手山芋一样甩开对方的手,"你别逗我了,你有追求过我吗?你不会是被谢晖传染了吧?"

纵使大家猜测了N多种的可能性,也想过谢晖可能会临阵脱逃,然而婚礼还是如期举行了。

邹书白是跟着程明静夫妇一起去的。新郎新娘站在门口迎客,谢晖见了邹书白很是兴奋,咧嘴道:"书白,想不到我有一天还能比你早结婚吧?我早跟你说过,女人过了25岁,就开始走下坡路了,你不听我的劝,以后有你着急的时候!"

邹书白一时语塞,程明静拿红包抽他,骂:"得了便宜还卖乖,你就积点德吧!"说罢,对着新娘友好一笑,招呼了一声,继而拉着邹书白进酒店了。

来到位子坐下,邹书白显得郁郁寡欢。程明静以为她还在为刚刚的事情烦心,打发高晓峰走了,只留下她跟邹书白两个人。小姐妹很久没凑到一起了,这会儿刚好可以说下体己话。

邹书白若说自己不在意肯定是假话,这已经是她参加的第三个婚礼了,先是程明静,然后是办公室里一起进公司的同事,如今是多年的"备胎"谢晖,接下来还有老大曹默,仿佛所有人都已经找到了人生的归宿,就只有她,八字还没有一撇,如何不叫人伤感。

程明静说:"你别理谢晖,他这人报复心理太强,新娘又老气又难看,不知道他嘚瑟什么!"

邹书白知道程明静是故意逗她,不由得好笑,"你可不要说这话,这里有一半是新娘的人,传到新娘耳朵里,以后有你好受的!"

程明静一脸不屑,"就她那小身板、小计谋,我会怕她?"

邹书白笑,将前两天赵承书向她求婚的事跟程明静说了。

程明静有些意外,但还是很高兴,大声道:"这是好事呀,你答应没?"

邹书白忙招呼对方小点声,"你想哪里去了,我跟他才认识多久,他只是为了要耍我玩。他那人那么不靠谱,你觉得他会干什么正经事吗?"随即摇摇头,"别说我了,你呢,跟你婆婆两人战况如何?"

是的,程明静最近一直在与婆婆交战。原因很简单,婆婆想要抱孙子,程明静小夫妻还没玩够,不想这么快要孩子,两代人的矛盾就这产生了。程明静的婆婆不好在这件事上为难她,毕竟这件事情一个巴掌拍不响,多少也有自家儿子的因素在里面,于是便在其他事情处处刁难程明静，加上三个人同住一个屋檐下，平时磕磕碰碰在所难免。

说到这里，程明静眼睛一亮，似是来了劲头，将这段时间与婆婆斗争的经过，一并讲给邹书白听，说到兴奋之处，没有半点疲倦、心烦的意思，更是眉飞色舞，乐在其中。

邹书白有些好奇，"高晓峰以前不是不掺和这些事吗？他现在终于站在你这边啦？"

程明静下巴一扬，"那是当然！"而后自己忍不住笑出来，收起玩笑的语气默默道："说心里话，书白，我那会儿决定嫁给高晓峰多少还带着一点赌气，但我从不后悔自己做的任何事，既然决定嫁了，就一定要过得好，不能认输。但婚后很长一段时间，我心里一直空落落的，仿佛有个声音一直在问自己：你真的就要守着一潭死水平平淡淡地过一生吗？像个木偶一样整天围着老公孩子打转，没有理想没有目标，这样就算锦衣玉食又有什么意义？直到这件事发生，我才突然觉得，自己选对人了！虽然中间有很多的不愉快，但高晓峰一直坚持尊重我的决定，从未试图劝说我改变主意，从未妥协。说实话，公公婆婆、家境什么的，我统统不在乎，我只要他对我好、为我好，我就觉得自己嫁得值了！"

程明静字字句句满满都是真情实意，她难得有如此动容的时候，对于她跟郑童之前剪不断理还乱的往事纠葛，想来也都已经放下了，邹书白亦替她开心。程明静是骨子里极其要强的女人，就算有苦也不会告诉别人，哪怕是对从小一起玩到大的邹书白，也都说得很少。

这个世界上，怕是不会再有比郑童更了解程明静的人，但了解并不一定适合，邹书白从来不知道她跟郑童分手的原因，但既然她选择了跟高晓峰在一起，那么高晓峰身上一定有着什么东西是郑童所没有的。

然而邹书白还是有些担心，"话说回来，你婆婆就这么负气搬回去了，怕是不太好吧？你们总归是一家人，以后常常都要见面的，弄得像仇人一样，多难受呀。"

程明静叹口气，"可不是，老太太架子大得很，我明天还得去给她登门请罪。说起来，是她儿子叫她搬走的，可她不会记恨她儿子，只会觉得是我撺掇他的，我当真是有苦无处诉。"

邹书白想着程明静刚刚神采飞扬的模样，哪里有半分委屈，不由得好笑，"你也算是在这场斗争中大获全胜了，人家一把年纪，以前又是领导，你好歹低调一点，特别是在她老人家面前，不要笑得这么得意行不行？"

程明静不干了，没好气地道："你觉得是我在欺负她，那你就错了。老太太天天看宫斗剧，论计谋比我厉害；她没事约着一群老友满世界去玩，身体比我还好；她又不爱打麻将，平时多的是时间。我又是上班又是做家务的，忙得一塌糊涂，哪里斗得过她？她把我当成古代女人，要我三从四德，天天在家伺候她儿子。可那些女人天天不上班，我是要上班的呀，你是没看见我前段时间的惨样，起得比鸡早，睡得比狗晚，累得跟驴一样！"

邹书白一听程明静说着说着便跑题了，赶忙让她打住，"你如果真有这么惨，你能有这么乐呵？"

程明静大叫，"连你也不相信我！"言辞中的无赖娇嗔之气，仿佛刚刚的真情告白，只是个错觉。

两人正说着话，忽而有人将手搭在程明静肩上，程明静只当是高晓峰回来，拉着对方的手，急急地道："老公，你快跟书白说说，我前段时间有多惨！"谁料回头一看，拉着的人不是高晓峰，却是老四郑童。

程明静脸色微变，赶忙放开手，眼神闪烁不定，郑童怔了怔，脸色亦有些尴尬。

与郑童一起前来的还有曹默。曹默见此情形，朝邹书白招了招手，"六儿，你过来，我有话跟你说。"说罢，拉着邹书白就走，将空间留给另外两人。

两人来到窗边的位置站住，邹书白看着布满鲜花和气球的婚庆现场，不由得感叹："好热闹呀！"

曹默笑笑，道："你以后的婚礼也会很热闹的！"

邹书白心里苦笑，心想，自己的婚礼，那该等到什么时候去了？但她不想在对方面前顾影自怜，干脆没有回话，转而看了看四周，问："淑琴姐没来吗？"

"嗯，她不太方便，所以没来。"

邹书白抿抿唇，"我也好好久没看见她了，她的预产期应该快了吧？"

曹默点点头，"就在下个月了。"

邹书白不禁在心里感叹，时间过得好快，距离第一次在程明静的婚礼上见到林淑琴，距离自己梦塌醉得不省人事，一切仿佛还在昨天。邹书白问曹默："那等淑琴姐生了，你们也应该要办婚礼了吧?"

曹默仍旧是点头,扯了扯嘴角,看上去不悲不喜,"应该是吧。"

邹书白努力挤出一个笑脸,"真好,到时候又可以混吃混喝了。"

曹默还想说点什么,却见门口赵承书进来了,正四处张望,显然是在找人,他止住话头,向邹书白示意,"承书来了,估计正在找你,快过去吧。"

邹书白朝门口瞧了瞧,果然看见了赵承书。曹默从没问过她跟赵承书之间的关系,似乎已经把他们当成情侣看待,邹书白没有反驳,心想着,对方想这么认为就随他去吧,如果这样他的心理负担可以少一点的话。

邹书白临走前看了一眼曹默,"那我先走了?"

曹默没有开口,吸了一口烟,一边吐着烟雾,一边点了点头,目送邹书白离开。

2.

婚礼上,谢晖显得很是兴奋,他喝了不少酒,舌头都捋不直了,还在那大声说:"我早说了,我要干一件让你们都大跌眼镜的事,如今,我说到做到!"

人群里一片嘘声,连跟他不算太熟的高晓峰都忍不住笑话他,"既然要相亲,你好歹多相几个,哪有你这样,一次就相中的,你真是一点机会不给自己留呀!"

连高晓峰都这样想,其他人就更不用说了,但谢晖不以为意,得意扬扬地道:"你们就嫉妒我吧,嫉妒我找到了我的灵魂伴侣!"

有人起哄:"你的灵魂伴侣不是邹书白吗?"

谢晖狠狠瞪了起哄的人一眼,想来还没有醉得失去理智,偷偷瞟了一眼身旁的新娘,正色道:"书白只能算是我人生中的过客,是我成佛路上的妖怪和绊脚石,真正的佛祖是我老婆。你说是吧,老婆大人?"

众人报以一阵嘘声,他也不急,反而跟着大家一起哈哈大笑。

邹书白躺着也中枪,本来就已经很郁闷了,如今被人如此奚落,脸色自然好不到哪去,奈何这是人家的婚礼,轮不到她来喧宾夺主、大发言论,再多不满也就只有忍了。况且,这种事情,本来就是为了图个乐子,当不得真,她不想做扫兴的那个人。

邹书白看了一眼一旁的曹默,对方只是要笑不笑地看着她,她不想做扫兴的人,对方更不想,自然不会想着替她出头。她又看了眼赵承书,对方不但没有半点同情她的意思,反而有些幸灾乐祸。

最后,只见曹默站在凳上,举杯恭贺道:"好了好了,春宵一刻值千金,我们最后一起举杯,恭喜保持了处男之身30年的谢晖,今晚终于可以脱处了!"

谢晖一听急了,赶忙解释:"喂喂喂!我早就不是处——"说到一半,看了眼一旁的新娘,对方也在挑眉看着他,谢晖无奈,活活把后半句话咽进肚子里了,认栽道:"不说了,不说了,我今天高兴,不跟你们一般见识!"

程明静趁着邹书白去洗手间的间隙,抽空找到赵承书,问他:"听说你向邹书白求婚了?"

赵承书点头。

"大街上？"

赵承书一派坦然，"是呀。"

程明静一派恨铁不成钢的语气，"你怎么就不能认真一点呢？"

"我不够认真吗？"赵承书笑笑，他不认真，怎么会知道她手指的尺寸，怎么会挑选她喜欢的样式？其实，认不认真，有没有诚意，都要看她自己，若是曹默向她求婚，就算是在垃圾堆里，就算什么也没准备，她也会毫不犹豫地接受吧？

程明静骂他："你这个样子也叫作认真吗？"一边又道，"我不知道为你说了多少好话，你也是个聪明人，女孩子喜欢什么，讨厌什么，这些不用我手把手教你吧？"

赵承书笑，看着不远处嬉笑的人群，缓缓道："我如果想让她接受我，我有的是办法，一个不行，那就十个二十个，让她内疚，让她感动，总有一天她会心软，接受我的追求。但我不想这么做，不想用情感绑架她。我希望她可以发自内心地喜欢上我，就是平平常常的我，两人有默契有共同爱好和目标，而不是因为我做了什么傻得掉渣的事把她感动了，更不是因为她觉得亏欠我了，因为内疚、因为走投无路而选择了我。"

程明静睁大眼睛，她确实没有料到对方的真实想法竟然是这样。

赵承书继续说："她不可能一直这么下去，曹默恋爱时她哭一次，曹默结婚时她又哭一次，以后曹默生小孩了她还得哭，而后每年两人的纪念日她都得哭一次，我想让她自愿放弃曹默，放过她自己。"

程明静叹口气，放过她自己，说得简单，谈何容易？即便是她,都做不到,更别提从来脑子一根筋的邹书白。

邹书白从洗手间回来,就只看见赵承书了,"明静呢?"

赵承书耸耸肩,"她不舒服,先回了。"

邹书白一脸不愿,"我没开车,她就把我丢在这里啦!"

赵承书笑得不怀好意,"怕什么,你有我呀!"

邹书白暗暗翻了个白眼,心想着:有你在更不放心!放眼一看,宾客都已经走得差不多了,也没看见曹默,想是也已经走了,邹书白撇撇嘴,冲赵承书做了一个闭嘴的手势,"只要你不说话,其他啥事都好说。"

回去的路上,赵承书问邹书白:"你的沙发买了吗?"

"还没。"

"那你现在坐什么?"

邹书白有些得意,"就只是一条腿坏了,我拿书垫了垫,还能用。"

赵承书一脸的黑线,"你的大脑是不是长在脚后跟呀,都被你踩扁了?"

邹书白恨恨地看着他,而后又想起点什么,恶狠狠地道:"我不是早就警告过你,叫你闭嘴吗?"

赵承书只是笑,继续自己的话题:"明天下班到学校来找我吧?"

邹书白本不想跟他说话,奈何自己沉不住气,"找你干吗?"

赵承书最喜欢看她一身是刺时的样子,"是好事!"而后又道,"穿得漂亮点!"

邹书白一听这话便觉得肯定没好事,一脸防备地看着他。赵承书被她看得心里发毛,只得道:"学校里的女孩子个个比你年轻漂亮,怕你自卑。"

邹书白越发气不打一处来,"谢谢,我心脏好着呢!"

到达目的地,赵承书跟着一起下了车,邹书白一脸狐疑,"你下车干吗呀?"

赵承书一脸无语,"帮你修沙发呀,大姐!"

第二天,邹书白果然去了赵承书学校。敲门之后来应门的是一位上了年纪的妇人,对方看起来有些年纪了,不像是赵承书的朋友,邹书白以为自己走错门了,正想后退,对方已经先一步跟她招呼了。

对方笑着招呼道:"你就是书白吧?快进来!"一边自我介绍,"我是赵承书的妈妈!"

邹书白不由大惊,支支吾吾半响,才叫出一句:"阿姨好!"

赵承书听见动静,从厨房里探出头来,招呼邹书白道:"快过来洗菜!"

邹书白没想过会在这里遇见赵承书的妈妈,略显局促,站在那里一脸茫然,听见赵承书的召唤,如获大释一般去了厨房。

赵承书看了看她,要笑不笑地问:"你洗菜还要拎着包吗?"

邹书白这才反应过来,回到客厅,脱了外套,放下包。赵母一直目不转睛地看着她,这会儿更像看默剧一般。

邹书白问赵承书:"我要洗什么菜?"

赵承书无力地摇了摇头,"算了吧,我怕你洗不干净,你还是剥蒜吧。"

邹书白找到蒜头,又问:"要剥几颗?"

赵承书一脸的嫌弃,指着那边摆着的空盘,"一个盘子两颗,你自己数!"

邹书白并未在意对方颐指气使的语气,凑上去小声问赵承书:"你妈也来了,你怎么不早说呀!"

赵承书笑,心想着:早说了,你还会来吗?嘴上却说:"她是突然来的,我都来不及通知你。"

邹书白又问:"还有其他人吗?"

"没有,就我们仨了。"

邹书白一脸的不愿,"啊,那多尴尬啊!"

赵承书回一句:"该尴尬的是我,你有什么好尴尬的?"

邹书白没听出对方话里的揶揄,暗暗在角落里边剥蒜边叫苦,又抬头察看了一遍四周,看她那心焦的样子,若是厨房有窗户,她都想越窗逃跑了。

一顿饭,除了赵承书还称得上是怡然自得,其他两人都并不安生。赵母问了邹书白不少问题,有一半赵承书替她答了,有一半被赵承书挡了回去,就只有一个问题是她自己答的。

赵母问她:"你家几口人?"

邹书白回答:"3口。"

赵母又问她:"你还有其他兄弟姐妹吗?"

邹书白一脸茫然,仍旧回答:"3口。"

一向精明的赵母这才反应过来,一阵难堪,是的,她都被自己绕晕了!

饭后,邹书白被打发去厨房洗碗。饭是赵承书烧的,她被安排洗碗也是理所当然，总好过被赵母一直盯着看，盯得她浑身不自在。

趁着这个间隙，赵母把赵承书拉到一边，指着自己的脑袋，悄悄问："那姑娘这里是不是有点问题呀？"

赵承书一脸无奈，"妈，你就放心吧，人家211大学毕业！"

赵母如释重负，拍了拍胸口，感叹："不影响后代就好，不影响后代就好！"

赵母饭后小坐了一会儿就要回去了，邹书白也跟着提出要离开。邹书白和赵承书两人先送别了赵母，随即一起往停车场走。

邹书白问赵承书："你觉不觉得，你妈看我的眼神好奇怪？"

赵承书点头，"嗯，她不太喜欢笨的人！"

邹书白想要叫嚣，却听赵承书继续道："她也不喜欢漂亮的女生，她说漂亮的女生心眼多，你两样相加，算是中和了。"

对方是在说她又笨又丑，邹书白岂会听不出，气急不过，对着赵承书便是一阵拳打脚踢，赵承书并不还手，逆来顺受，乐在其中。

两人正在嬉闹，忽然被一名女学生拦住去路。邹书白抬眼一瞧，只见对方长相清丽，身形修长，身上带着年轻独有的朝气，热情逼人，倒叫她禁不住自惭形秽。

女学生看了看邹书白，一脸气愤地指着赵承书，尖声道："赵老师，你骗人，你不是说你不跟自己的学生谈对象吗？"

赵承书怔了怔，随即坦然一笑，并不打算解释，反而搂着邹书白的肩膀，大大方方地道："她早就毕业了，不算我的学生了！"

女生不服气，哭丧着的精致小脸看上去很是委屈，"不公平，你之前可不是这么说的！"说着说着，竟然眼泪都出来了，看呆了一旁的邹书白，这等本事，她可学不来。

女学生继续叫嚣，被赵承书三言两语便打发了。对付女学生，他自有一套。

待女学生走后，邹书白问赵承书："你从不跟自己的学生谈对象吗？放着这大好资源不用，不像你呀！"

赵承书不怒反笑，"你也太小看我了吧，我可是很有职业操守的人，怎么能跟自己的学生在一起呢？我既然当人家的老师，说明我们的人生理念不在一条水平线上，我跟她们谈恋爱，这不是欺负人家嘛！"

邹书白没说话，而是一个人在那偷着乐。

赵承书问她："你笑什么？"

邹书白没回答，而是反问他："你承不承认你喜欢我？"

赵承书愣了愣，继而一副认命的表情，"算是吧！"

邹书白神秘地点点头，继续问："那你刚刚算是在带我见家长喽？"

赵承书不禁好笑，"你也不笨嘛！"

邹书白有点乐，"既然你承认喜欢我，这是不是说明我们的人生理念是在一条水平线上？"

邹书白在这里等着他呢，赵承书一脸无语，"好吧，你暂且可以这么认为。怎么？你觉得很骄傲吧，无端端提高了好几个层级。"

邹书白摇头，咧着嘴道："你错了，我的层级一直没有提高，是你的层级降低了。"

赵承书哑口无言，是他低估她了，"好吧，这次算你赢了。"

3.

邹书白与上司的暗战进一步升级，事情的起因说来也简单，她所在的化妆品公司计划推出一款新的功能性面霜，邹书白想了一个创意，获得了一致好评，谁料最后向公司汇报时，创意的作者却成了上司一人，压根提都没提邹书白的名字。

邹书白起初觉得震惊，但谁叫人家是她的老板，邹书白心里也只有忍了。

事情的进一步恶化还在后头。邹书白在这家化妆品公司工作已经三年多了，三年是一个关键期，要么升职要么跳槽，这时刚好部门有一个主管离职了，论资历论人缘，这个岗位怎么都应该是邹书白的，她自己也志在必得，但上司却把升职的机会给了另一个新人，邹书白失望之余，更觉难堪。

邹书白的上司素有佟巫婆之称，在公司是出了名的难搞，邹书白被她压榨多年，没有功劳也有苦劳，最后竟然落得如此下场，这让她怎么也咽不下这口气。恰好这时，销售部的经理看中她，调她过去，邹书白在市场部待了这么久，只觉得前途无望，心想着换换部门也好，便欣然同意了。

只是，调动申请在最后一刻被佟巫婆否决了。狗急还要跳墙，一向忍气吞声的邹书白愤愤不平地找对方理论，对方说了一堆理由，然而在邹书白看来，这些理由统统都站不住脚，对方不过是小肚鸡肠，怕她过去之后将她之前抢自己创意的事情宣扬出去罢了。

邹书白曾与赵承书讨论此事，赵承书问她："她跟你无冤无仇，为什么要跟你作对？"

邹书白正在气头上，没好气地道："我哪知道，看我不顺眼呗。"

赵承书笑，"这就是你的不对了，做下属的，最大的目标就是要让上司顺眼！"

邹书白眼睛一翻，"凭什么，我只做我分内的工作，做好了就行，凭什么要我去讨好她？"

赵承书只当邹书白在上司那里受了气，自然是好言相劝，"你不讨好她，她是你上司，难道让她来讨好你不成？"邹书白为人简单，在工作上常常吃亏，只因公司里没有人像她身边的朋友那样，了解她照顾她包容她，赵承书不理对方的不快，继续道："她不了解你，你就该给她多一点机会让她了解你，她觉得你不能胜任，你就应该主动向她证明，你可以胜任，而不是等着她去发掘你……"

赵承书长篇大论下来，只听得邹书白耳朵长茧。她本来是想找赵承书寻求安慰的，谁知安慰没有，倒被教育了一通，最后气冲冲地回了一句"你根本什么也不知道"，便挂了电话。

邹书白是堵着气从佟巫婆办公室出来的，眼见事情解决无望，她也不想再回公司面对佟巫婆，一气之下，干脆写了一封辞职信发出去，自己回了老家。

邹书白在这家公司三年多，说没有感情肯定是假，在毫无准备之下离职，成了无业游民，她心里不免空落落的。她没敢告诉父母自己离职了，只跟他们说自己请了几天假，回来看看他们。

邹父邹母对于邹书白的突然归来，感觉并不吃惊，只招呼她一句："怎么现在才回来，赶紧把包放下，过来吃饭吧！"

邹书白在外面受了气，一心想从家人身上找寻点安慰，谁料迎接自己的，却是如此冷淡的语句，全然不似往时那样热情，她一颗心犹如坠入冰窟一般，很不是滋味。

邹书白怀着无比沉重的心情，推开自己的房门，却见书桌前端端正正坐着一个人。她没想过屋里有人，吓得她一个激灵，赶忙后退，而当她看清那人是谁之后，立马气不打一处来。

难怪自己回来之后父母的反应如此蹊跷，邹书白没有上前与那人理论，而是跑到客厅与邹母叫嚣，"妈，这人我认都不认识，你怎么放一个不认识的人到家里来了呀？"

邹母没有理会她的叫嚣，说道："快去厨房端大闸蟹，承书拿来的。你妈活这么大年纪，没见过这么大的螃蟹，肯定是从国外运来的，这个季节，国内都吃不到蟹了！"

邹书白哭笑不得，娇嗔呐喊："妈，你养了我二十几年，不会就被几只大闸蟹收买了吧？你不为我考虑，好歹为你自己考虑考虑呀！"

邹母没好气地道："不干活就闪到一边去，不要像个木桩一样在这里挡路！"

邹书白看了一眼一旁幸灾乐祸的人，暗自哀号。这人不知用了什么方法，将邹书白的行踪摸得一清二楚，更不知使了什么魔法，将平生第一次见面的邹父邹母完全收买。饭间，邹父邹母对他夸赞不已，平日里经常教导邹书白的礼仪、矜持全然不见了踪影。

看邹父邹母这阵势，是要想尽办法将自家女儿推销出去。邹书白看出其中的门道，想要插话却苦于没有机会，只得在一旁叫苦连天，心想着：是他求我好不好，怎么反过来变成你们求他了！亏你们俩做了半辈子生意，平时精明无比，竟连这一点都没看出！

饭后，邹母打发邹书白带着赵承书四处去逛逛，邹书白亦有此想法，她正愁没有机会找他算账呢！

邹书白冲邹母伸手，"那你把车钥匙给我吧。"

邹母打掉她的手，"开什么车，吃完饭刚好走一走，省得长肉。"

邹书白摸了摸被打的手心，一脸委屈地看着邹父，对方只是笑，做了个息事宁人的手势。都说女大不中留，他们家是她想留，父母不让她留，从前哪里都好，如今处处是错，连体重都要被嫌弃。

一出小区，邹书白质问赵承书："你是怎么知道我要回家的，程明静告诉你的是不是？"邹书白暗暗咬牙，这女人自从结婚之后，越来越有当媒婆的潜质，如今更是吃里爬外，回去之后非得跟她算账不可。

赵承书走在前面，头也不回吐出两个字："秘密！"

邹书白狠狠瞪他一眼，随即又问："你是怎么跟我爸妈说我要回来的？"辞职的事情，可不要穿帮才好。

"我说我们闹矛盾了，你赌气跑回家了，我专程过来给你赔不是的。"

邹书白哭笑不得，"他们也信？"

赵承书指一指自己，"为什么不信？你看我的样子，像是编瞎话的人吗？"

邹书白猛点头，随即又问："那刚刚饭桌上，怎么不见你对我赔礼道歉？"

赵承书咧嘴一笑，"他们没说是我的错，只说你从小脾气就倔，叫我多担待。"

邹书白欲哭无泪，抱头哀叹，天底下哪有这样诋毁自家女儿的父母！

赵承书停在前方等后面抱墙自残的邹书白，看上去很是怡然自得，"怎么办？你爸妈好像很喜欢我呀，你应该压力很大吧？"

邹书白又好气又好笑，可不是，她长这么大，也没见父母这么夸过她，她问前面笑得没皮没脸的赵承书，"你的前世是不是一个气球，所以只要轻轻一吹，你就飘飘然起来了？"

赵承书恬不知耻道："就我这重量级，好歹也该是热气球吧？"

邹书白啐一口，脸皮像热气球还差不多！

赵承书想到点什么，对邹书白道："你小时候的样子好瓜，剪个妹妹头，像戴着假发一样！"照片中的邹书白，怯生生地看着镜头，看上去很是可怜。

邹书白一面在心里埋怨父母，怎么可以不经自己同意，就让他进自己的房间了，一面批评赵承书怎么可以这么没教养，"你怎么这么没教养，随便翻人东西呀！"

赵承书一脸坦然，"我又没乱翻，是你自己摆在桌上的，生怕别人不知道你们有个六兄妹似的！"

邹书白脸色一暗，他看见他们六兄妹的合影，那么自然也看见她、程明静还有曹默的合影了？她跟曹默其实也有单独的合影，只是不想父母看出异样，没有摆出来罢了。

赵承书没有继续这个话题，转而问她："你接下来怎么打算？就这么离职了，再也不回去了吗？"

邹书白摇摇头，她的心里也是空落落的，辞职只是一时赌气，至于还要不要回去，回去之后干什么，她并未拿定主意。

赵承书收敛了笑容，正色道："中国人讲究好聚好散，就算要离职，也要大大方方地离，世界很小，说不定什么时候还能再见面，就算见了面，仍然还能愉快地打招呼，就你这样像个缩头乌龟一样，说走就走了，好像心虚的人是你。"

邹书白低着头，撇了撇嘴，没有回话。

赵承书知道她应该听进去了，知道她心里肯定也很矛盾，便没有再说话。

"这么就完了吗？"邹书白意外，"你不是来劝我回去的吗？这么就结束了，不像你的风格呀。"

赵承书被气笑了，上前敲了下邹书白的脑袋，"当然不是，你个人的事情，得你自己做主，我顶多给你些建议，不能帮你做决定。"

邹书白摸了摸被敲的脑袋，皱眉道："那你专程跑过来干吗？"

赵承书仍是一副不靠谱的表情，"你不相信我的诚意，我来只是为了向你证明我的诚意的！"

邹书白一头雾水，"什么诚意？"

赵承书不可置信地看着她，"这么快就忘了，还得要我再做一次吗？"说罢，便欲下跪。

"懂了懂了懂了！"邹书白连声喊停，忙将对方拦住，这城市小得很，到处都是熟人，邹书白可不想成为街头巷闻。

赵承书笑着道："现在你总相信我的诚意了吧？如果还不够，没关系，我可以再努力！"

邹书白心想：你这不是霸王硬上弓吗？现如今是在她的大本营，邹书白顾忌多，生怕他再整出什么幺蛾子，无奈道："我信你总行了吧！"随即又道，"我虽然信了你的诚意，但我还是可以拒绝的呀？"

赵承书不置可否，"现在双方父母也都见过了，我的诚意你也知道了，下次再想拒绝我，可得想个好一点的理由。"

两人走着走着，来到一所学校，赵承书看了看门口招牌，问邹书白："你是在这里上的学吗？"

邹书白点头。

时值周末，学生都放假了，学校里没什么人，赵承书看上去饶有兴致，"不带我进去参观一下吗？"

邹书白愣了愣，"算了吧，我们走很远了，也该回去了。"

这学校是邹书白的高中母校，离她家骑自行车不过二十分钟的距离，但自从高中毕业之后，她便再没回来过。几次从门前经过，也只是惊鸿一瞥，从没想过再进去，只因这里处处都是回忆，有好的，但多半都是不好的，而不好的那些，统统与曹默相关。

曹默大邹书白一届，那时的他，正值青春叛逆期，绯闻女友换了一拨又一拨，而邹书白的初恋便启蒙在这时，当她从别人口中，得知曹默又跟谁谁谁在一起了时，心里竟然不禁隐隐难过，这时她才知道，自己是喜欢上曹默了，而不仅仅是将他当成老大哥看待。

那是她的青春记忆里，最酸涩的一段时光，现在回想起来，仍旧隐隐作痛。是的，对她来说，这是一座伤心之城，因为一场错恋，埋葬了她原本最美好最无邪的青春年华。

邹书白暗暗在想，如果她不再回去上班，是不是代表，她离曹默又远了？

赵承书当天便走了，邹书白主意未定，并未跟他一起回去。

赵承书上车之后，暗暗思忖片刻，继而给自己的母亲打了一个电话，"妈，你是不是有个学生，现在在做化妆品？"

赵承书走后，邹母将邹书白从床上拉起来，进行了一场母女之间"语重心长"的谈话。邹母说："你也老大不小了，别整天疯来疯去的，是该找个人好好安定下来了。"

安定？邹书白很不喜欢这个说法，说得好像她之前一直在挑三拣四、胡作非为一样，她也一直在找，只是都不合适罢了。

邹母说："我看承书就很好，长相、谈吐、家境、学历样样都不错，工作又稳定，配你绰绰有余！"

邹母说："别学程明静总是喜欢标新立异，还以为他们家真能答应她跟那个穷小子在一起。她还不是早早找了个好人家，把自己嫁掉了？她就比你聪明。女人越老越不值钱，你往后都要走下坡路了，不能再挑了！"

邹母说："我又没把你生缺，又没把你生丑，这么多年，为了你我不知道吃了多少苦，你要是不嫁个好人家，可真是对不起我！"

邹母说："女孩子，该矜持的时候要矜持，该主动的时候要主动，既要守得住底线，又要会撒娇，会留住男人。"

邹母说："趁着年轻，早点把孩子生了，年纪大了，身材不好恢复，你看你妈，就是生你生太晚了，一直就没恢复过来。"

邹书白只是一个劲地点头，既不解释也不反驳。这是邹父教她的，老太太正值更年期，一肚子的牢骚无处发泄，与其火上浇油，不如息事宁人。

母女俩正说着话，邹书白突然接到程明静的电话，得到的竟然是曹默外婆病危的消息！

"什么时候的事情？"

电话那头的程明静声音低低的，"老大昨天已经回去了，听说挺严重的，她又那么大年纪了，不敢动手术，估计这一回有点难了。老大没跟我说，我是从淑琴姐那里听到的消息，本来不想跟你说的，但我们小时候也没少吃过她做的饭，我又怕老大……你在老家，离那边近，抽空的话，过去看一看吧。"

邹书白噌的一下从床上坐起来，吓了邹母一跳，"什么事情一惊一乍的？"

邹书白捂嘴看着邹母，半响才缓过神，"听说曹婆婆不好了？"

邹母轻轻哼了一声，"那有什么稀奇的，她也那么大年纪了，以前营养又跟不上，落下了不少病根。"

邹书白看了看邹母，心中生疑，"你早就知道，怎么不早跟我说！"

邹母狠狠剜了邹书白一眼，"你跟着操什么心，又不是你外婆！"

邹书白没有理会她，冲下床去又是换衣服又是收拾东西，当真是越急越忙，越忙越乱。邹母一脸不悦地问："你这是干吗？"

"我要去外婆家那边看曹婆婆！"

邹母冷着脸道："不许去，别人的事情你这么急，自己的事情倒是一点不操心！"

然而,邹书白一心系着曹默安危,邹母哪里又拦得住。

4.

邹书白急匆匆赶到医院,然而,她还是去晚了一步,曹默外婆已经去了,曹默跪在病床前,紧紧拉着外婆的手,哭得已经不成样子。

邹书白从没见过这样的曹默,她记忆里的曹默一向乐观无畏,一向玩世不恭,任何事情都不放在眼里,就算要哭,也不应该是这个样子,她不知道他已经这样跪了多久,她只恨自己为什么没能早点赶过来。

邹书白喉咙酸涩难忍,却努力不让眼泪流出来,她慢慢走近曹默,靠在他身旁,小心翼翼、怯生生地摇了摇他,想是用力太小,对方一动未动,甚至没有回头看她一眼。她张了张嘴,想要说点什么,最终还是放弃了。此时此刻,任何语言都显得苍白无力,她不知道应该怎么安慰他,他的伤痛她无法感同身受。

邹书白恨自己的懦弱,如果她能拥有程明静的豪情与魄力,或许还能帮到曹默一些,然而此时此刻,她所能做的,只是陪着曹默一起伤心,一起流泪。

曹默感受到身后人的忧心与泪水,突然回头紧紧将她抱住,他咬紧了牙关,用的力气极大,似是要将她揉碎吞没一般,将她整个人揉进自己的骨头里,他已经失去了理智,邹书白也好,他自己也好,他急需一个宣泄的出口。

邹书白只觉得自己的骨头都要变形了,但却强忍着一声不吭,久而久之,她忘却了自己的痛楚,心里唯一关心的问题便是:一个人需要伤心到什么程度,才会难过至此?

两人紧紧偎依在一起,不知这样暗暗哭泣了多久,仿佛全世界的喧嚣、色彩、温度全都消失了,就只剩下他们两个孤独的伤心人,彼此关怀,彼此慰藉。

直到医院的人前来催促办手续,邹书白才醒悟过来,这样下去不是办法,程明静派她来,是要她帮着曹默振作,而不是陪着他一起伤心的。邹书白艰难地止住抽泣,半晌才哽咽着说了一句:"老大,你别这样!"

她说:"老大,你这样婆婆会走得不安心的!"

曹默在老家已经没有近亲了,外婆生前也嘱咐过她死后让他不要再走这些过场,但他终究没有那么洒脱,总想最后再送老人一程。丧事办得简单,到场的均是左邻右舍,对此曹默并不觉得难过,外婆在小镇住了一辈子,很多人也认识了一辈子,不是亲人,胜过亲人。

时间紧凑,虽然请了丧葬公司,但葬礼的事情,曹默仍旧亲力亲为。包括挑选寿材、墓地、请锣鼓队、布置灵堂等等,都是他亲自操办,只有他才知晓外婆的喜好,懂得她的心愿。

邹书白是第一次经历这些事情,能帮忙的地方不多,她所能做的,不过是偶尔跑跑腿,在曹默忙得忘记吃饭的时候,将盒饭递至他跟前,告诉他,吃饱了才有力气做事。

曹默一直平静地操劳着葬礼相关的事情,再无之前歇斯底里的痛哭,甚至一滴眼泪都没有再掉过。

灵堂是连夜布置的，曹默一宿未睡。邹书白刚开始还能强撑着，后来迷迷糊糊地睡着了，当她醒来的时候，已经是第二天清晨了。她找了一圈都未发现曹默的身影，好好的一个活人，竟然不见了！

几个小时之后，追悼会便要开始了，如果没有曹默，邹书白一个人是无论如何也无法应付的，然而，她最怕的，是曹默会做出什么傻事！

邹书白四处求救，问了丧葬公司的工作人员，又问了周围的邻居，均没有人知道曹默的去处，她急得好似热锅上的蚂蚁，坐立难安，这会儿工夫，曹默能去哪儿呢？

直到她想到一个地方，从前，不管发生好事坏事，曹默最爱去的地方便是那里。

邹书白找到曹默的时候，对方正坐在水塔上眺望远方，除了个头发生改变，那姿势，那神态，竟跟小时候邹书白见到的一模一样。从前邹书白便经常站在这里看他，那个时候她该是有多迷恋他呀？就算什么话也不说，就只是看着他安静地坐在那里，便已经很满足了。

只是看着看着，似乎又有哪里不一样了，只是到底是哪里不一样，邹书白一时却又很难描述。

曹默如同雕塑一般矗立在塔顶，冷峻的表情叫人难以亲近。邹书白远远地望着他，内心的钦慕之情如同小时候一样，丁点未减，对方硬朗坚毅的脸上，所流露出的孤独落寞，也仍旧叫她揪心不已。邹书白一直不明白，作为老大哥的曹默，一直是那样地维护和照顾他们，不曾有软弱的时候，可他有的时候看起来为何会如此孤单？她本以为随着时间的推移，这些落寞之情能够逐渐被温暖取代，就算她给不了，也总有其他人可以给，然而这么多年过去，事实却并未如愿。

曹默看见邹书白，扔掉了最后一个烟头，从水塔上下来。到底不似小时候了，铁锈斑驳的扶手，随着他的动作左右晃动，已经很难再承受他的重量。

他笑着拍了拍邹书白的头，"你来了。"那笑容与小时候邹书白见到的相差无几，只是此时看来，却透着一丝难以言喻的凄凉。

两人并肩行走，来到不远处的小河边坐下。小时候他们常在河边玩耍，玩水抓鱼捉蟹钓虾，多的是乐趣。那时候的河水还很清澈，那时候的天空无比湛蓝，那时候小镇没有这么多外来人口，彼此熟识的人们悠闲、好客，远不似现在的人这般忙碌、疏远。那时候的他们年少无知，是那样的无忧无虑，仿佛有花费不完的时间，仿佛有探不尽的险，仿佛有耗不尽的精力。

曹默一直望着眼前潺潺的流水，沉默良久，突然说："六儿，如果我说，有的人天生就是没有脚的鸟，你信吗？"

邹书白知道他心里难过，这种难过她无法体会，她想到这话的出处，想到张国荣的结局，心里越发不安，哭丧着声音道："老大，你别逗我了，你又不是张国荣，就算你是张国荣，咱这也不是拍电影啊！"

曹默笑笑，又点着了一根烟，"我之所以要在那边买房，就是想把外婆接过去，但她怎么都不愿意去。直到后来我才知道，她是不想离开外公，她怕到了城里之后，就再也见不到外公了。从我记事开始,她不管走到哪里,身上总带着一条手帕,我记得我曾经还问过她,这条手帕这么旧,有什么好呀,现在人都不时兴用手帕。改用餐巾纸了。后来她说那是外公年轻时候送给她的,她一直舍不得用,直到他死了,才拿出来——"

邹书白鼻子堵塞,她找不出任何语言来安慰他,任何语言都会显得很苍白,她只能是默默地陪着他,哪怕能给他一点力量、一点心安也好。

曹默停顿了一会儿,他手上的烟头一直燃烧,他说:"她辛苦了一辈子,都是为了我,但她不知道,她累死累活赚的钱对我来说却都只是杯水车薪,早知道如此,她何必那么辛苦?后来,后来,我以为我终于可以让她享福了,我让她搬到城里去住,她却说她只要知道我过得好就行了,她习惯了农村,到城里去住不惯。我总说要多回来看看她,总以为还有时间。我拼死拼活地工作,嘴上说是为了她其实是为了自己,我一件事情都没有为她做过,直到上次带她去市里检查,才知道那是她第一次坐火车!"

邹书白不忍曹默如此自责,想替他辩解几句,想说他做的已经够多了,但最终还是没能开口。

曹默说:"从小到大,我从没真正让她省心过,直到前年过年的时候,她说她现在什么都有了,吃的吃得好,穿也穿得好,生病了有钱看病,唯一的心愿,就是能看看她的曾外孙,然而,我连她这么小的愿望,都没能让她实现。"

邹书白终于忍不住流下泪来,心想着,要是淑琴姐能早点生就好了,外婆还能见上她的曾外孙一面再走,曹默之所以想要先生孩子再办婚礼，也是为了外婆吧！谁知，还是晚了一步……

邹书白搀着曹默静静地往回走。也许曹默并没有她想的那么脆弱，她也没有她自认为的那么强大，但她想做的、能做的也不过如此，不外乎是在他伤心难过的时候，在他边上扶他一把，如此，她便已经很满足了。

两人回到追悼会现场，已经有许多人等候在那里了，站在前边的林淑琴泪眼婆娑地看着两人，咬着唇问："我来晚了吗？"

曹默眉头紧锁，凝重地点了点头。

林淑琴捂着嘴巴暗暗垂泪，曹默走上前去，将她抱在怀里。

邹书白停在原地，她看着面前拥抱在一起互相慰藉的两人，又看了看他们身后的程明静、高晓峰和赵承书，突然感觉自己的身份是这样的突兀。是的，她的任务已经完成，接下来的工作，已经不再需要她，对于曹默来说，她是很好的兄弟不错，但始终也只是一个局外人，林淑琴才是他最亲和最爱的人。

整个葬礼的过程很简单，持续的时间并不长，一切都在曹默照看下，有条不紊地进行着。邹书白一直默默看着他，眼睛从来没有离开过，她害怕看到他不经意之间流露出的悲伤，叫人难受，更害怕他明明伤心，却仍然表现出坚强，叫人心疼。

此时此刻，此情此景，她的担忧、她的心疼无处隐藏，这一切，程明静看在眼里，赵承书亦看在眼里。

葬礼结束，邹书白送程明静夫妇和赵承书他们回去。曹默和林淑琴还要在老家再留一段时间，等老人过了头七再走。而邹书白是跟家里老娘赌着气出来的，这会儿还得赶回去给老人家赔礼道歉。

程明静见赵承书心事重重，几次欲言又止，便拉着高晓峰先行上了车，将空间留给另外两人。

待程明静走开后，赵承书问邹书白："决定了吗？还要不要回去？"

邹书白点头，"昨天我们人力资源部给我打电话了，说是调岗的事情已经处理好了，叫我回去上班。"

是的，这几天她想得很清楚，曹默也好，工作也好，她都不想再逃避，今生今世，她早已不再苛求能得到曹默，她也已经学会了坦然接受这一点，如今，只要能够不远不近地看着他，知道他过得很好，在他需要帮助的时候，尽一些绵薄之力，她便已经心满意足了。

"那就好。"赵承书点点头，看见对方低头时青黑的眼圈，想是接连几天都没有睡好，不禁有些心疼。他强力克制着没有表现出来，只拍了拍她的胳膊，温言道："好好休息几天再回去，事情再难，都不要急于一时。"他还想说点什么，终究还是作罢，转身便欲离开。

"你早就知道我喜欢的人是曹默是不是？"身后的邹书白突然问。

她早已经不打算再瞒下去，所以才会表现得那样赤裸，赵承书那么聪明的人，不可能一点觉察不到，但他竟然一点惊奇的神色都没有，唯一的可能便是他早就知道了事情的真相，只是一直装傻罢了。

赵承书停下脚步，没有回头，深吸一口气，继而点了点头，算是肯定回答。

邹书白抿了抿唇，不知道是开心还是难过，"什么时候知道的？"

赵承书怔了怔，不禁露出一记苦笑，"刚认识的时候，我们几个人一起吃火锅，你在我的凉拌黄瓜里加了泰椒水，曹默吃到了一块，被辣到了，你当时便有些慌乱，紧接着我看见你捡起一块黄瓜，放进了自己嘴里。"

邹书白站在小镇的路口，单薄的身形随着初冬的寒风一起摇摆，脸上的表情分不清是悲是喜，是嗔还是怒，一起吃火锅？那似乎是很久很久之前的事情了，他竟然那么早就已经知道了？

第八章　我爱的人跟爱我的人

1.

邹书白重新回去上班了,这次她下定决心要好好工作,不再像从前那么虚混日子。

林淑琴很快便要生了,邹书白和程明静一起去看她,感觉她气色差了不少,不似之前那般红润,想是这段时间操心劳累不少。

程明静看着空旷的房子,有些担忧地问她:"老大还是没有回来吗?"

林淑琴点点头,"他想多花些时间陪陪外婆。"

程明静又问:"需不需要我们也打电话劝劝他?多一人开导总是多一分希望。"

林淑琴摇摇头,"我昨天才和他通过电话,他的心情已经平复了不少,前段时间忙得不成样,我都害怕他拖垮了自己,趁着这个机会，也可以让他静一静，好好休整一下。"

邹书白在一旁默默听着，心里一阵唏嘘。是的，曹默的很多事情她都不知道，大家都只看到了他的成功，没有看见他背后倍于常人的付出。

邹书白看着林淑琴挺着大肚子忙前忙后帮她们端茶倒水，很是过意不去，她说："淑琴姐，你的预产期马上就要到了，老大又不在，你一个人住不安全，要不我搬过来跟你一起住吧？也能有个照应。"

林淑琴淡然一笑，"谢谢你了，书白，不过真的没关系，我的身体我有数，你们的电话我都有，真到了那个时候，需要麻烦你们了，你们想逃还逃不掉呢！"接着冲对面的人狡黠地眨了眨眼，笑盈盈地道："再说，你跟承书刚开始恋爱，正是如胶似漆的时候，我怎么忍心当你们的电灯泡呢。"

邹书白脸一红，想解释，又不知该从何说起，她不想越描越黑，只得作罢。

告别林淑琴之后，程明静神秘兮兮地对邹书白说："你觉不觉得老大这次有点过分？再怎么伤心，也不应该撇开怀孕的妻子，自己一个人躲在乡下不回来呀！"

邹书白虽也觉得曹默这样做有些不妥，但这么多年，她习惯了替曹默护短，"他有他的难处吧，曹婆婆是他唯一的亲人，他对曹婆婆的感情，是我们对父母对所有兄弟姐妹加起来之和。"

程明静似乎没有听进去她的话，皱了皱眉，一副高深莫测的表情，"我每次去他们家，都感觉怪怪的，以前没发现，这回才看出来,那家里的装修,哪里像是马上就要有小孩的人家该有的样子?"随即面上一惊,怪声怪气地道,"他不会是老毛病又犯了吧?"

邹书白知道程明静所指何意,连忙否认:"不会的,老大以前虽然贪玩,但他绝对不是不负责任的人!"

程明静撇了撇嘴,"他也不是没有过这种先例,想把人家甩了,自己便躲起来,倒叫我们出面去帮他打发人,我们为了他,不知道受了多少冷眼!"

邹书白信心仍旧坚定,斩钉截铁地道:"不会的,这次不一样,老大不是这种人!"

程明静一边开车,一边看了看身旁的邹书白一眼,想起邹书白在葬礼上的表现,不禁摇了摇头,全然一副恨铁不成钢的表情。程明静知道,经过林淑琴这个致命打击和这段时间的缓冲,邹书白逐渐认清了形势,已经不再像从前那样,执意要在曹默这棵树上吊死,但她对曹默的顶礼膜拜之情却是一点没减,怕是这辈子都改不掉了。

除了用时间来证明,之前的话题基本无解。程明静重新换了语气问邹书白:"要不是刚刚林淑琴说起,我还真忘了,最近一直没听你说起过,你跟赵承书两个人到底怎么样了?"

听到此话,邹书白不禁一阵头痛,抱着脑袋闷闷地回一句:"我也不知道。"

她是真的不知道,她一直将赵承书当成朋友看待,从来没有过情人之间心动的感觉,而且那人嘴巴毒得很,以前做朋友时已经觉得很困扰,但朋友毕竟只是朋友,就算偶尔被对方损几句也都无伤大雅,但若是结为夫妻,便完全不同了,非得三天两头吵架不可,这样的两个人真的合适吗?

程明静对此事一向乐观,她说:"我看他只是喜欢逗你玩,没你说的那么讨厌。"

邹书白长叹了一声,苦着脸回了一句:"也不是讨厌。"

程明静不禁好笑,"不讨厌就是喜欢呀。"

邹书白苦笑,不知道该如何解释,酝酿了一番之后问程明静:"你还记不记得我们小区门口卖水果的阿冰?"

"记得呀,怎么了?"

"如果我现在告诉你,他一直暗恋你,问你对他什么感觉,你怎么答?"

程明静气结,啐了邹书白一口,"他赵承书什么条件,那水果阿冰能跟他比?这话要是让他听见了,还不得气到内伤!"

邹书白也知道自己的比喻不够恰当,但她实在不知道该怎么解释,"这跟条不条件没关系,这是路人甲跟路人乙的关系!"

程明静多少明白对方的意思,但却没有放在心上。邹书白这人迟钝得很,如果没有一点推动,怕是会一直停滞在那里,"你对他就真的一点感觉都没吗?"

邹书白想到之前和赵承书两人的黄山的经历,说一点都不感动似乎也不对,"也不是一点感觉都没有。"但感动就是心动吗?邹书白想到这些事,越发苦恼,"自从上次他去过我们家,我妈对我的终身大事彻底上心了,三天两头给我打电话,问我安排问我进展,我都要被她逼疯了!"

程明静笑,"你妈性子这么急,你怎么半点都没遗传到。"

邹书白白了程明静一眼,在她心里,赵承书跟谢晖多少还是不一样的，但到底哪里不一样，却又很难说清，都说当局者迷，她已经彻底失去了判断，便问旁观者程明静："你真的觉得我跟他合适吗？"

程明静认真想了想，随即道："怎么说呢，你跟曹默在一起，像上下级似的，说话都很小心，生怕得罪了他，你做的人不累，我看的人都觉得累了。你跟赵承书在一起打打闹闹、你来我往多有意思，以前说夫妻之间要相敬如宾，那都是封建时代唬人的话，会吵架能腻味够矫情，这样才叫夫妻！"

邹书白当惯了单细胞动物，脑子里装着问题，这叫她寝食难安。

这天，她正在公司二楼走廊跟着同事们一起，忙着为公司年会布置场地，却见楼下大厅有人走出去，看那身形很像是赵承书，她大叫了一声对方没听见，她想也没想，丢下手上的活，一路追了上去，对方出门便上了车，她抄近路追了半条街才追上对方。

她扶着车门，气喘吁吁地问："真的是你！怎么哪里都有你？"

赵承书乍一见她也有些奇怪，听了对方的质问之后有些不乐意地回了句："这又不是你家，我怎么就不能来了？再说了，你跑什么呀？"

邹书白仍旧喘着粗气，没好气地道："我叫你，你没听见，我只好来追你了！"

赵承书一脸惊奇地看着她，像看外星人一样，"你不会打个电话叫我停一下？"

邹书白尴尬地挠了挠头，"是哦，我怎么没想到，你好聪明呀！"

赵承书越发无语，"我好聪明吗？你是不是从来不拿自己当人呀,这些事是个人都想得到好不好!"话一出口,又有些后悔,他之前才跟她承诺过,以后不随便损她的,只是一直以来习惯了,一时半会儿很难改掉。

赵承书将车子停靠在路边,以免挡到来往的行人,自己拉着邹书白来到一旁,问:"你找我有急事吗?"

邹书白摇摇头,"没什么事,我以为你是来找我的,其实就是想确认一下是不是你。"

赵承书笑,心里不禁涌起一丝暖意,却没有表现出来,"今天天气不错,既然已经出来了,就顺便翘个班,一起去喝个咖啡吧!"

邹书白走得急,没穿外套就出来了,赵承书把自己的大衣脱了给她披上,她也没有拒绝,穿上时她特地拿到鼻子跟前嗅了嗅,一脸嫌弃地道:"你好臭美呀,衣服比我的衣服还香!"

赵承书笑着弹了弹她的脑袋,"笨,自己身上的味道,自己是闻不到的好不好!"

邹书白不相信,又闻了闻自己的衣服,除了洗涤剂残留的一点淡香,确实闻不到有什么特别的味道,继而把胳膊伸到对方跟前,"你闻闻!"

赵承书当真迎合她,作势闻了闻,随即回给她一个字:"臭!"

到了地方之后,赵承书将车停在路边,车钥匙递给一旁的邹书白,"你去停车,我去买咖啡。"

邹书白不服气,"为什么每次都是我?"

"就是因为你技术差,所以才要你多练习!"

邹书白平日里最恨停车,特别是侧方停车,此刻一副愁眉苦脸的样子,"那你好歹帮我看着呀!"

"我在怕你紧张,你自己在那好好琢磨,多琢磨几次就会了。"赵承书说着已经下了车,回头见邹书白仍旧是一脸的不情愿,不由得好笑,"不就是停车嘛,这东西没有任何技术含量,就是要多练习,我都不紧张我的车子,你那么紧张干什么?"

临走前,赵承书问邹书白:"你要喝什么?"

邹书白正为停车的事情苦恼,随口答了一句:"随便!"

赵承书挑了挑眉,含笑道:"好吧,我去问问他们有没有随便。"

没过一会儿赵承书便拿着两杯咖啡回来了,邹书白才刚刚把车子停进车位,一脸挫败地从车里走出来。

车子停得并不端正,赵承书张嘴便想奚落却又不忍打消她的积极性,艰难改口道:"这不停得挺好的嘛,就是得多练习!"

邹书白看着赵承书手上拿着的两个纸杯,表情越发苦哈哈的,"既然要带走,干吗还要叫我停车呀?"

赵承书不过是想她多练习一下停车而已,不过这会儿他不敢实话实说,只得谎称:"我哪知道店里已经没有位子了!"

邹书白没好气地看他一眼,根本懒得与他搭话,回到副驾之前狠狠踢了一脚车门,以示不满。

赵承书很想笑,却又不敢表现得太幸灾乐祸,只得强忍着。他将手上的咖啡递了一杯给邹书白,"这杯是你的。"

邹书白接过去,刚把封口纸揭开,还没开始喝呢,只觉得一股苦味迎面而来,当即将杯子挪远了一点,"这是什么口味的呀?"

赵承书将自己的杯子往怀里缩了缩,似是生怕被邹书白抢走,"你不是说随便吗,我还以为你可以接受重口味的。"

邹书白知道自己又被对方摆了一道，明抢不成，只得好声好气道："我们换一杯吧。"

赵承书自然不从，邹书白又好言好语说了一通，他才逐渐松口，同意与对方猜拳定胜负，谁胜了谁先选。

邹书白一听猜拳，连忙摆手，"不行不行，我跟这游戏有仇，从小到大，从来没赢过！"

赵承书想了想，随即道："换个方法也行！"说罢，只见他将右手除小拇指外，其他四个手指头紧紧缩在一起，藏在左手指缝里，只露出一点点指甲盖，叫邹书白猜哪个是中指。

邹书白凑上去研究了半天，除了大拇指外，实在看不出其他几个手指有什么区别，便随便选了一个，结果选错了。

赵承书得意地动了动手指，笑着道："你不会跟所有游戏都有仇吧？"

邹书白有些失望，但还是愿赌服输，不再纠缠，谁知喝了一口对方递过来的咖啡，却是她一向喜欢的焦糖玛奇朵。她一脸狐疑地看着赵承书，对方笑得意味深长，"给你个教训，现在知道了吧，女孩子以后少说'随便'！"

2.

林淑琴终于生了，是个女儿，她并未按照之前的约定，找邹书白和程明静帮忙，她们收到对方主动发来的报喜短信，已经是一天之后的事情了。两人一得到消息，立马赶到医院看望她。

新手妈妈虽然疲倦，但精神很好。邹书白听闻对方是顺产的，更是佩服得不得了。

林淑琴不好意思地笑笑,"这辈子估计也就只能体验这一次,我也想知道,生孩子到底有多痛,这会儿痛得深刻,以后记忆才能深刻。"

初生的婴儿被抱回妈妈身边吃奶,没吃一会儿便睡着了,只见她依偎在妈妈怀里,双眼紧闭,睡得格外安详。邹书白没见过这么小的小孩,跟同事家里的吉娃娃差不多大,很是好奇喜爱,便问:"我可以抱抱吗?"

人家家长还未发表意见,程明静一口将她回绝,"人家还那么小,你这毛手毛脚的,还是少掺和一点!"

林淑琴笑,一边朝邹书白招手,"没事,她没有那么脆弱的,你过来抱吧。"

邹书白被程明静唬住了,心里也有些害怕,像接过一颗定时炸弹一样,将襁褓中的婴儿接过来抱住,既怕手太重弄疼了她,又怕一不小心脱了手掉在地上。然而,她的紧张心情,在看见婴儿小脸的那一刹那,烟消云散了,这么小的眼睛,这么小的鼻子,这么小的嘴巴,这么娇嫩的皮肤,当真是神奇、美妙得不像话,哪里有半分威胁可言。

难怪林淑琴说一切都值了,邹书白只是看着,心中便涌起一股难言的感动,竟被泪水迷住了眼睛,虽不是她亲生,却也有一种为人父母的激动,更别说十月怀胎的林淑琴。这是曹默的孩子,所以邹书白难免会激动些,但她的激动也不仅仅是因为这个原因,而更多的是一种对新生命的由衷的感慨。

邹书白问林淑琴:"起名字了吗?"

林淑琴的眼睛一直不曾离开小人儿,眼神无限宠溺,"还没呢,先就叫小丫吧。"

程明静一向不喜欢小孩子,这会儿却也看得入神,邹书白有些好笑,便问她:"要抱吗?"

程明静忙摆手,"算了算了,一会儿弄哭就麻烦了!"

这时,赵承书抱着一个装婴儿用的手提篮从病房外进来,邹书白连忙招呼他:"你快过来看!"她说得极其小声,生怕惊醒了梦中的小人儿。

赵承书看了看邹书白怀中的婴儿,又看了看怀抱着婴儿眼里饱含泪水的邹书白,心中忽觉百感交集。

邹书白将小丫送回妈妈身边,随口问了句:"老大呢?"是的,大家来到产房这么久,一直不曾看见曹默。

话一出口,房间的气氛竟然霎时安静下来,就连刚刚还在熟睡的小婴儿,这会儿也有些不安地哼了哼。

林淑琴没有回答,表情有些尴尬犹豫,邹书白意识到了什么,"他还没有回来吗?!"

"这个曹默真是太不像话了!"说话的是赵承书,说罢,他便拿出手机来给曹默打电话。

邹书白本想拦着,她并不想赵承书掺和这些事,转而一想,还是随着赵承书去了,因为她再也想不出理由来说服自己,她也很想知道曹默脑子里究竟是怎么想的,外婆再重要,终究也已经去了,他就算再内疚,也不应该连见亲生女儿的第一面都错过。

然而,响铃响了很久,电话那头却一直无人接听,一屋子的人就这么竖起耳朵听着,一声又一声,气氛越发诡异。

赵承书悻悻地挂了电话,还想再拨,被林淑琴拦住,"你别打了,还是我来打吧。"

林淑琴拿出自己的手机来给曹默打电话,接连响了几声之后,电话那边的人倒是接了。

林淑琴没怎么说话,倒是电话那头的人说得多一些,偶尔听她回一句"我挺好""我知道""孩子也好""你放心",听语气,他们之前应该已经通过电话了,曹默早就知道孩子已经出生。林淑琴讲话时表情温柔声音温和,不像是在说赌气的话。

最后,只听林淑琴说了一句:"你不用担心我,我会照顾好自己的,你也要照顾好你自己。"随即,两人挂了电话,原本看起来不可理喻的事,竟被他们如此平常地解决了。

旁边的人看傻了眼,想是从来没有经历过这种事,不过既然两位当事人接受这种相处模式,其他人纵有疑问,也都不好再问,转而说一些其他嘘寒问暖的话。

邹书白静静听着其他人的对话,右手抚摸着口袋的手机,她也很想问问曹默:老大,你究竟是怎么了?我都有点不认识你了。

也许像程明静说的,人是会变的,现在的曹默早就不是她当初认识的那个曹默了,以前的曹默虽然吊儿郎当,但绝对不是这种只顾自己感受扔下妻儿不管的人。难道,他真的是老毛病又犯了?

一行人从医院里出来,程明静看了看时间,已经早就过了饭点了,她问一旁的邹书白,"一起去吃饭吧?"

邹书白摇摇头,"我没什么胃口。"

程明静见邹书白心情低落,知道这事对她影响很大。曹默多年来在她心目中高大的形象一下坍塌,程明静没法安慰也不想安慰,不再强求对方,四个人就此分别,程明静与老公先行一步,留了赵承书送邹书白回家。

赵承书送邹书白回去,路过一家面包店的时候停了下来,下车给她买了一些面包甜点,让她一会儿饿了可以吃。

邹书白这会儿才反应过来,她只想着自己,却没想过赵承书会不会饿,很是过意不去,她问赵承书:"你不饿吗,我们还是去吃饭吧?"

赵承书笑笑,已经发动了车子,"我饿了自己会解决,你也累了,明天还要上班呢,早点回去休息吧。"

邹书白只觉得脑子里混沌得很,很多事情缠在一起,一时理不清头绪,干脆闷闷的不再说话,下车时,她突然问赵承书:"你真的想娶我?"

邹书白突然如此发问,赵承书有些意外,但他还是郑重地点了点头。

邹书白一脸的疑问,"为什么呀?我对你又不好,你喜欢我什么呀?"

赵承书笑笑,想了想,这才发觉这事很难向她解释,可怜连他自己也无法正儿八经地列出几点理由,最后只得道:"因为你像……像小狗一样,好欺负,刚开始是忍不住要欺负,后来是看不惯旁人欺负,再后来,是自己都舍不得欺负。"

邹书白没听到重点,只知道听到的不是什么好话,回骂一句:"你才是狗呢!"

赵承书一脸委屈，"是你问我的，我实话实说罢了。"

邹书白又问："我曾经那么迷恋一个人，你也不在意吗？"

赵承书摇摇头，轻轻扬了扬嘴角，缓缓道："你现在有多迷恋他，以后就有多迷恋我，你才爱了他十几年，你以后要爱我20年、30年、40年，甚至更久，我比他幸运多了。"

邹书白深吸一口气，似是下了很大决心，突然说："那好吧！"

赵承书斜着眼睛看着她，"什么意思？"

邹书白一动不动地回视对方，"我同意了呀！"

这事来得太突然，赵承书有点不敢相信自己的耳朵，"这么简单？"

邹书白一脸认真，"就这么简单！"

赵承书嘿嘿笑了几声，还是不太敢相信，"太没挑战了吧？"

邹书白皱了皱眉，心想着，她的话就这么不可信吗，不禁提高了音调，"怎么，你还想挑战高难度吗？"

赵承书笑，"没，我求之不得！"接着又小声加了一句，"你不后悔就行！"

邹书白刚回到家便后悔了，仿佛这会儿才真正回过神来，这么轻易就把自己卖了，太不值了吧！

她越想越不对劲，但后悔晚矣，最后硬着头皮给程明静打了一个电话，将事情跟对方说了一通。

程明静这会儿正在吃饭，一口汤含在嘴里差点没喷出来，一边剧烈咳嗽着，一边厉声教训道："你脑子没坏吧，我只让你考虑考虑跟他谈恋爱，没让你这么快就嫁给他，更没让你主动向他求婚呀！

你前几天才跟我说，你不清楚对他是什么感觉，觉得他太爱贫了你受不了，这才过去几天呀，你竟然告诉我你们就要结婚了！你们到底是经历过生离，还是经历过死别呀，这么短时间，变化有这么大吗？你一天到晚到底在想些什么呀，你清不清楚自己在做什么？"

邹书白被对方一番狂轰滥炸，只觉得耳朵都要聋了，又有些后悔刚刚打电话向程明静求助。她想说，她没觉得赵承书不可忍受，她也没主动向他求婚，是赵承书先向她求婚的，但又怕对方奚落，只得作罢，她小心翼翼地问程明静："那我现在应该怎么办呀？回头他找我商量结婚的事情，我总不能当作什么也没发生过吧？"

程明静越发来气，"现在知道问我，早干吗去了！"但她又没办法丢下对方不管，只得道："你现在先给他打个电话，就说这事你还得跟父母再商量一下，问下他们的意见，让他先不要把这个事情告诉家里，否则等到他家里七大姑八大姨都知道了，你想后悔都来不及了。然后你再随便找个理由，跟他吵一架，让事情冷却一下，不外乎多给自己争取一点时间，再考验考验他。"

程明静确实是站在大局考虑，说得句句在理，安排得头头是道，邹书白找不出任何不妥，连连点头。这边挂了电话，她立即给赵承书打了电话，然而，电话通了，她却又不知道该怎么说了，这话到底是别人教的，没有过她自己的脑子，这会儿要从她嘴里说出来，总觉得难以启齿。

赵承书等了片刻，没有听到声音，心里已经了解了大概，他轻轻笑了笑，好脾气地道："好吧，再给你一次反悔的机会！"听语气，似是早就知道邹书白要反悔。

邹书白一听又不乐意了，这话她可以说，赵承书却不可以说，像是认定了她会出尔反尔,她不由得反驳道:"谁说我要反悔了?"

赵承书回家之前绕路去了一趟花店,这会儿才刚刚到家,还没来得及开灯,黑暗中,他脸上的笑意越发浓烈,他闻了闻花香,虽然对这事期待已久,却并不急于逼着对方给出一个答案,他说:"等你明天睡醒了再找我!"

3.

邹书白也没想明白自己为何会突然提起结婚一事,从前她也没想过嫁人的事,兴许是这段时间看程明静还有谢晖两夫妻看得多了,人家都是成双成对,只有她仍旧形单影只,不免有些落寞,加上家里老娘一再催促,不时危言耸听,她虽然嘴上一直说不着急不着急,但心病势必已经有了。加上今天怀抱林淑琴的小女儿,心中感动不已,越发觉得找个人共同生儿育女是件很温暖、很幸福的事情,于是脑子一热,话便脱口了。

邹书白躺在床上,辗转反侧,难以入眠。一方面想着自己目前的处境,她也年纪不小了,总归是要嫁人的,与其年纪大了被人挑,不如趁着现在还有选择权的时候,由自己掌握主动。一方面又在幻想着以后跟赵承书在一起的生活情景,势必处处斗嘴,一刻不得安生。她跟赵承书虽然认识的时间不算短,但相处的时间并不长,自己这么仓促决定,以后若是后悔了怎么办?

如此想着,邹书白不禁有些退缩,也就是说,她已经做好了安定的准备,但赵承书却不是一个合适的人选,然而,现在追求她的未婚男性,不管合适不合适,除了赵承书,似乎也没有其他人了。

于是，她转念安慰自己，有时间斗嘴至少不会寂寞，赵承书虽然嘴巴贱了点，但说的都是实话，以后至少不会油腔滑调说些虚头巴脑的话来骗她。

邹书白就这么翻来覆去一晚上，心中无数个想法来回博弈，却始终难分胜负，最后实在累得不行了，才迷迷糊糊睡着了。

这一睡，便睡过头了，闹铃响了都没听见，最后全凭着一股直觉从床上跳了起来，一看时间，已经要迟到了。她来不及细想昨晚的问题，急急忙忙赶着刷牙洗脸，随便从衣柜抓了一件衣服便穿上了。

她一边穿着鞋子，一边开门，一边还在手提包里翻找着手机和钥匙，刚把门打开，便撞上门外站着的一个人，吓得她本能地往后一缩。

来人是赵承书。邹书白连拍了几下胸口，没好气地道："吓我一跳，大清早的，你跑来——"话说到一半，生生止住了，对方来干什么，自然是因为昨天晚上的事，来找她兴师问罪的！她还没想好要怎么做，也没想好要怎么跟他说，不由得一脸愁容。

邹书白卡壳在那里，倒忘了上班的事，赵承书见她不说话，便问她："睡醒了吗？"

邹书白点头，而后又摇头，不知道是应该答是，还是应该答否，苦着脸回了一句："我上班要迟到了，能不能迟点再——"

赵承书原本把手插在大衣口袋，似乎正在掏着什么东西，这会儿听了邹书白的话，不由得停了下来。这细小的动作，自然没逃过邹书白的眼睛，她侧过脑袋，看了一眼赵承书一直藏在身后的另一只手,那手里竟然握着一束鲜花。

邹书白一直处在刚刚起床的混沌之中,此刻不由得大跌眼镜,表情有些哭笑不得地问来人:"你是来向我求婚的吗?"

赵承书原本准备了一套很好的说辞,这会儿被对方突然一打断,不免也有些局促,第一反应便是摇头,花是没必要再藏了,可拿在手里左放不对,右放也不对,不禁有些尴尬。

邹书白看着对方这样子又有些好笑,觉得对方这么厚脸皮的人,竟然也有这么腼腆的时刻!她趁着对方一个不留神,将手伸进了他的大衣口袋,一搜之下,果不其然,找到了一个戒指盒。

赵承书咬了咬牙,一脸的挫败,转过身去悲惨地哀叹一句:"太失败了!"

邹书白突然觉得,这人不贫嘴的时候,其实还是蛮好玩的,她从对方手里把花抢过来,看着那有些残损的白色玫瑰,不由得道:"花都残成这样了,太没诚意了吧?"

"这还是昨天晚上买的,花店都要关门了,能找到这些已经算是不错了。今天早上本打算重新去买一束的,可是花店还没开门,我只好又跑回去把昨天这束拿上了,还好你出门晚,否则——"赵承书说到一半,见邹书白正要笑不笑地看着他,越发觉得难堪不已,竟然在一个习惯了被他奚落的人面前如此手足无措,当真这辈子都没这么寒碜过。

饶是他毒舌赵承书,也不得不承认,求婚这件事,他确实没有经验,纵使来之前已经做好了万全的准备,免不得还是出了意外。

邹书白看着赵承书慌乱无措的模样,心中畅快不已,想着对方一大早过来向她求婚,多少也挽救了她昨晚主动向他提婚事的尴尬，不禁又有些感动，只觉得昨天晚上纠缠无解的难题，这会儿已经有了答案，她抿了抿唇，似是下定了决心。

只见邹书白打开手上一直拿着的戒指盒，掏出了里面的戒指，直接就戴在了自己的无名指上，居然大小合适，让她很是心满意足。

赵承书愣了愣，随即又恢复常态，扬了扬嘴角，微笑着问她："这次确定了，我可不再接受反悔了。"

邹书白将戒指凑近对方跟前，很有展示的意思，随即重重地点头，"嗯，这次不改了！"

赵承书抚摸着邹书白戴着钻戒的无名指，心中无限感慨，一向巧舌如簧的他，这会儿只觉得喉咙酸涩难以言说。他曾对程明静说过，不会使手段逼邹书白就范，他希望邹书白喜欢的是他这个人，而不是因为他做了什么傻得掉渣的事让她感动了，而一时脑热做出以后可能令自己后悔的决定。然而，他多少还是耍了些心眼，有的时候人真的很难保持理智。他将对方拉至自己怀里，与她紧紧拥抱在一起，虽然原本准备的说辞没有用上，但这已经是最好的结果了，得此结果，夫复何求！

邹书白将头埋在对方胸前，闭着眼睛嗅着对方身上的气味，竟然比想象中安心不少。

他们定下来要结婚之后，双方家长很快见了面，一起商量婚期，谁料查了皇历，下月十八便是很好的日子，虽然赶了点，只有1个多月时间准备，但大家并不觉得仓促，相反还觉得择日不如撞日，当场便拍板定了下来，一起朝这个目标做准备。

从决定要嫁给赵承书，到各项婚礼的准备工作，再到正式结婚，邹书白只觉得整个过程都像做梦一般，很是缥缈不真实。

这天，她正跟赵承书一起准备结婚的请帖，她负责核对宾客姓名，赵承书负责书写。她指着请帖上两人的名字啧啧称奇："你也有个书，我也有个书，姓名这东西真是奇妙啊！"

赵承书笑，"你是想说缘分这东西很奇妙吧，笨！"

邹书白皱了皱眉，"你答应过不再损我的！"

赵承书不以为意，"说个笨也算损吗？"

邹书白撇了撇嘴，"笨都不叫损，什么才叫损？"

赵承书一本正经地想了想，认真地答了句："至少是蠢吧！"

邹书白暗自翻了翻白眼，两人的价值观不同，很难达成共识，她干脆转身背对着赵承书，不与他一般见识。

赵承书将请帖拿起来抖了抖，将笔迹晾干，笑着道："这样就生气啦，心理承受能力太差了吧？心里有底气，才不怕诋毁，如果因为这点事情，动不动就赌气，那你可真得想清楚了，受不了的话，现在后悔还来得及。"

邹书白突然回头看着他，蹙着眉问："你总是叫我别后悔，你是不是很想我后悔呀？"

赵承书愣了愣，他经常问这个问题吗，他自己倒真没有注意过。他心里微微一沉，面上却没有表现出来。

心比大脑诚实，邹书白对曹默近二十年的感情，他虽然嘴上说着不在意，但心里难免还是有些疙瘩，他知道自己这么想有点傻，邹书白想问题一向简单，对待感情却一根筋，当初打动他的也正是这一点，无论如何，这都不应该成为他们之间的隔阂。而且，为了一些已经成为过去的事，而影响自己现在的生活，着实不是聪明人的做法。

赵承书心中隐隐有些担心,并不是因为邹书白,而是因为曹默。他跟曹默认识多年,又合作多年,照理说彼此应该是非常了解和信任才对,然而,生意上他信任曹默,生活中,他却越来越看不懂他。

他冲邹书白勾了勾手指,"邹小白,你过来!"

邹书白一千个不愿意,"你别像唤小狗一样的唤我好不好?"

赵承书越发笑了,"这又不是我的错,你起了小狗的名字,还想我像叫公主叫皇后一样的叫你呀?"

邹书白心不甘情不愿地挪步到他跟前,"干吗?"

赵承书拉着她坐在自己腿上,双手圈住她的腰,下巴搁在对方肩上,语气优哉地问:"我们认识多久了?"

邹书白摇头,她也记不清了,仿佛是很久很久了,但算上日期,似乎又没有多久,"快一年了吧?"

赵承书笑着摇摇头,"我查了你的入学日期,准确来说,我们应该认识1年零3个月了,只是那会儿你一直无视我而已。"

邹书白尴尬地笑了笑,掩饰自己的心虚,"有这么久了吗,时间过得好快呀?"

赵承书用鼻子在邹书白的脖子上亲昵地蹭了蹭,闷闷地说了句:"以前我不该欺负你,以后我们好好过日子好不好?有谁敢欺负你,你就报我的名字,我帮你出头!"

邹书白被对方呼出来的热气弄得脖子痒痒的,有些想笑,只听她哼了一声,扬着下巴道:"我才不需要你帮我出头呢!"

4.

转眼,结婚的日子便要到了,这天,邹书白正跟程明静一起去试穿修改后的婚纱。直到披上婚纱的那一刻,邹书白仍旧有些不敢相信,自己真的就要结婚了吗?原来这段时间她一直忙碌着筹备婚礼,一直没有时间去思考,结婚对她来说究竟意味着什么?

程明静拉着邹书白左瞧右看,显得很是兴奋,"怎么腰这里还是有点大,邹书白,你是不是又瘦了?"

邹书白侧身看了看镜子,用手比了比,腰围那里似乎是有些富余,"应该没有吧,但我好久没称过体重了。"

程明静挑眉看向一旁的老板娘,"老板娘,你是不是把尺寸做错了呀?"

老板娘连忙摆手,满脸堆笑道:"不会的,不会的,依我看这尺寸正合适,你们还没吃饭,吃了饭腰围要涨一点,太小就穿不上啦!"

邹书白听出程明静的意思,那是还得再改,她不想再麻烦,再说时间也来不及,连忙道:"是呀,明静,我也觉得尺寸可以,再说时间也来不及了。"

程明静瞪了邹书白一眼,待老板娘走开后,小声对她道:"你当真缺心眼呀,我当然知道时间来不及,之所以这么说只是想趁机再跟她砍砍价!"说着,又去检查其他细节去了。

邹书白撇撇嘴,相比程明静的兴奋劲头,她这个最该兴奋的人,却没有想象中的又兴奋又期待,相反还有些担心。她也被自己此时的状态吓到了,偷偷问程明静:"结婚这么久,你后悔过吗?"

程明静正在帮她整理婚纱上的珠饰，听到这话，不由得扬了扬眉，"怎么，你又想变卦不成？你们吵架啦？"

邹书白摇摇头，她跟赵承书虽然常常斗嘴置气，但真正吵架，却是从来没有过。

程明静见邹书白神情低落，不似平常的彷徨无助，知道事态有些严重，心中隐隐有些担忧，不由得上前抱了抱对方，安慰道："结婚是人生大事，这段时间又太忙了，你心理压力大，有顾虑也是正常的，但我看得出来，赵承书对你用情颇深，跟他在一起，一准错不了。别想那么多了，等后天日子过了再说。"

邹书白点点头，女孩子谁不憧憬结婚？其实她想说的是，这次的婚礼跟她从小到大幻想中的婚礼并不一样，但她又说不出来哪里不对，婚纱、会场、流程样样都是按照她的心意来的，那么唯一不对的就只有人了？

邹书白心中一紧，仿佛被自己的想法狠狠刺痛了一般，她按捺住心中的起伏，不想程明静担心，干脆没有再说下去，而是问程明静："你联系过其他几个人了吗，他们能来吗？"

程明静自然知道邹书白所指何人，"老二、老四都没问题，老三还不一定，上次我结婚他也没来，估计这次也很悬，他现在在东北安家了，过来一趟也不怎么方便，你体谅一下。"

邹书白点点头，声音闷闷的，"那老大呢？"

程明静心里闪过一丝凉意，面上却笑着道："他既然已经回来上班了，想来外婆的事情已经放下了，除了这件事，也没有其他事情可以阻挠他来参加你的婚礼了，放心好了，他肯定会来的。"

邹书白听了这话，似是安心不少，挤出一个笑脸，示意程明静她已经没事了。

程明静笑着拍了她一下,"差不多了,你去换衣服吧,我去找老板娘结账,顺便再叫她送点东西!"

邹书白回到更衣室,正准备换衣服,却听电话响了,她以为是赵承书打来询问进度的,拿出来一看,却是曹默打来的。

邹书白将拉到一半的拉链重新拉上,接通了电话,"老大。"

电话那头的人声音听起来很是遥远,却带着一股浓浓的笑意,"马上就要嫁人了,紧张吗?"

邹书白本能地摇了摇头,而后才意识到对方根本看不见,于是改口道:"不紧张。"

曹默嗯了一声,应和一句:"不紧张就好。"曹默说完这句,便不再说话,电话两头的人,突然就沉默了下来。

曹默打电话来,不会只是为了问她紧不紧张,邹书白隐隐有些不祥的预感,再次确认了一遍:"老大,你会来的吧?"

曹默久久没有回话,邹书白急了,追问道:"老大,你现在在H市吗?"

曹默这才说:"没有,我这几天在外面出差。"

邹书白忙问:"那后天呢,后天周末,你应该会回来吧?"

曹默没有回答她,久久才说了句:"对不起,六儿,老大可能参加不了你的婚礼了!"

邹书白简直不敢相信自己的耳朵,"怎么会呢?我们早就说好的呀!"她不知道该怎么形容自己的心情,只觉得四肢的力量被突然抽空,一下子跌坐在试衣间的圆凳上。她好久没有感觉这么失落过,她仍旧是不敢相信对方的话,"中国只有这么大,不管你在哪里出差,一天肯定也回来了呀!"

曹默的声音听起来越发遥远,不知是遗憾多一些还是内疚多一些,他说:"有点事情比较急,这两天都约了人,一时半会儿还回不去,所以——"说到一半,连他自己都有些说不下去了。

邹书白一手死死拽着身下的婚纱,蕾丝勒进了指甲里都不自知,她不想叫对方为难,但还是忍不住问他:"什么事情这么急,不能换个时间吗?"声音听上去,竟像是带着几分哭腔。

曹默的声音透着些许凄凉,他说:"不管老大身在哪里,能不能参加你的婚礼,老大最大的希望就是你能够幸福,就算不能在你身边,老大也会一直支持你,以前是这样,以后也是这样。"

"可是……可是……"对方话已至此,邹书白也不知道应该再说些什么才能使对方改变主意了。

曹默没有再说话,等待邹书白的,是更加持久的沉默,再一听,电话那头就只剩下嘟嘟声了。

邹书白还未来得及把手机拿下来,尽管她极力忍住,但眼泪还是如破堤潮水一般,瞬间涌了出来。她不明白自己为何如此伤心,只觉得事情不应该是这样的,曹默怎么可以不来参加她的婚礼呢?怎么可以呢?那可是她曾经发了誓,非君不嫁的人呀!就算最后不能嫁他,但大家至少还是一辈子的兄弟,一辈子……

是的,其实邹书白心知肚明自己究竟哪里不对劲,她曾经无数次幻想过自己将来的婚礼,室内也好,室外也罢,湖边也好,海边也罢,各式各样,而其中唯一不变的,那便是新郎永远是曹默。

这么多年，就算机会再渺茫，就算再伤心再绝望，邹书白也依旧认为，只要她一直坚持，只要她永不放弃，这辈子总能等到曹默，总能嫁给曹默，她从没想过，有一天会对曹默之外的人说出爱的誓言。

一直到林淑琴的出现，邹书白知道，这辈子她已经失去了站在曹默身边的可能，然而，他们还有约定，他至少还是她的老大，就算不能做温暖他的那个人，只要能远远地看着他，知道他的身边有人温暖，她仍旧觉得安慰不少。

可是，如今曹默却告诉她，他连她的婚礼都不能来参加了，曾经的梦想，曾经的坚持，瞬间就失去了意义。

不应是这样的，不应该是这样的！失魂落魄的邹书白不知道自己应该去向谁哭诉，她将自己紧紧抱成一团，咬着自己的袖子，不让自己哭出声来。

门外的程明静不知其中内情，许久没有听到动静，不由得敲门询问："好了没，要不要我帮忙？"

5.

邹书白跟程明静本来还计划着要去试妆的，但她实在没有那个心情，便推说太累了不想去，程明静本想说她几句，被赶来与他们会合的赵承书拦住，"算了吧，早就沟通好的，试不试也都无所谓了。"

程明静免不了笑话他，"哟，现在就开始惯着啦！"

赵承书只是笑，倒也没有反驳，一边将东西搬上车，一边问程明静:"先去吃饭吧?"

程明静摇摇头,"我家里还有人等着呢,你们去吃吧。"

"叫上晓峰一起呀!"

"算了,他现在过来起码一个小时,吃个饭又要回去,懒得跑。"说罢,便与赵承书他们作别,临走前嘱咐邹书白:"别想那么多,明天好好休息一天,后天才能生龙活虎!"

邹书白点头,"你晚上开车小心点,到家给我电话。"

程明静走后,赵承书问邹书白:"饿了吗?先去吃东西,还是待会儿再吃?"

邹书白提不起精神,"先回家吧,我累了,想先睡一会儿。"

赵承书点头,心疼地摸了摸对方有些憔悴的脸,将车里的空调开大了一些,将自己的风衣脱下来盖在对方身上,"睡吧,到了叫你。"

邹书白就着他的手蹭了蹭,眉眼低垂的样子,越发显得有些可怜。

赵承书只当她是累了,上前亲了亲对方冻得冰凉的额头,不禁安慰道:"等忙过后天就好了,后天一过,我们就什么事都不管了,只管度我们的蜜月去!"

邹书白点了点头,算是应下了。

到家之后,邹书白连洗漱都懒得再动,只换了件睡衣便睡下了。

赵承书也不难为她,只交代了一句:"你先睡,我去给你买些吃的。"

邹书白忙叫住他:"你自己吃就好了,我不饿。"

赵承书笑着捏了捏她的下巴,"等你睡醒自然就饿了,你看看你,以前脸上还有些肉,如今尖下巴都出来了,等后天你爸妈看见了,该埋怨我亏待你了!"

邹书白笑,撅着嘴道:"我妈一直嫌我胖,巴不得我瘦一点呢!"

邹书白当真是累了,身累心也累,她强迫自己不去想曹默的事情,不去想后天的婚礼,强迫自己闭上眼睛,这么闭上没一会儿,便真的睡着了。迷迷糊糊中,听见有敲门声,她以为是赵承书回来了,心想着:他怎么这么快就回来了呀?出门怎么也不带钥匙!

邹书白一边揉着眼睛一边开门,见到的却不是赵承书,而是林淑琴。

邹书白一脸吃惊,"淑琴姐,你怎么来了?"一边说,一边招呼对方进屋,给对方倒了杯热水。

孩子太小,当妈的一般都舍不得出门,更何况还是晚上。邹书白确实没想过林淑琴这会儿会登门造访,自己还穿着睡衣,又是刚从床上起来,不免有些局促。

林淑琴问她:"就你一个人在家吗?"

邹书白点头,"赵承书出去吃饭了,我有点累,想先睡一会儿再吃。"

两人坐在一起闲聊了几句,林淑琴看了几次时间,想是担心家里的孩子,邹书白自然也看出来了,便问她:"淑琴姐,你找我有事吗?不急的话,我明天去找你,反正我明天也没事,正好可以去看看小丫。"

林淑琴摇摇头,从口袋里掏出一个红包,塞到邹书白手上,"说来都有些不好意思,因为我明天要回娘家住一段时间,后天怕是不能喝你的喜酒了,只好在这里先把祝福送了,祝你们新婚快乐、百年好合!"

邹书白还不习惯接受别人的新婚祝福,红包拿在手里,怎么放都有些不自在,她问林淑琴,"你不等老大回来了再走吗?等他送你?"

林淑琴看了看邹书白,"他已经跟你说过了?"

邹书白抿了抿唇,勉强笑了笑,"嗯,他工作那么忙,赶不回来,我能理解。"曹默连老婆孩子都没时间照顾,哪里还顾得上她?她再不愿意接受,也只能理解。

林淑琴看了她一眼,点了点头,没有再说下去。

林淑琴挂念家中的小宝贝不便久留,邹书白送她到门口,突然才想起点什么,忙问:"对了,这么晚了你开车了吗?我送你吧!"

林淑琴忙将她拦住,"不用了,我坐出租车过来的,他还一直楼下等我。"

邹书白有些懊恼,"你怎么不早说呀,我还一直留你。"

林淑琴笑笑,随即看着邹书白,眼神波动闪烁,几次欲言又止,脸上的表情写满了忧虑,连一向后知后觉的邹书白都看出了不对劲,不由得问:"怎么了?"

林淑琴最终咬了咬牙,似是下定了某种决心,终于开口了,她问邹书白:"曹默告诉你他去哪里了?"

邹书白一头雾水,"他不是去广州出差了吗?"

林淑琴摇摇头,不由得叹了口气,"明天是外婆去世100天的日子,他回老家了。"

邹书白越发糊涂了,"这有什么不能直说的呢,他为什么要骗我呀?"这个理由相比出差,更能叫邹书白接受,她实在不明白,曹默为何要瞒她。

林淑琴紧紧抓着邹书白的手,用的力气极大,捏得邹书白隐隐作痛,她说:"有些话,我一直强忍着没说,但我怕今天不说,以后就再也没机会了,我不想成为日后的罪人,不想你以后怪我,更不想有一天曹默后悔……"

林淑琴的表情凝重,邹书白不禁慌了手脚,会有什么隐情呢,难道曹默出了事?邹书白不由紧张起来,拉着林淑琴问:"到底怎么了?你别吓我!"

林淑琴这会儿似是终于下定决心,语气也变得坚定,她说:"不是他,是我,其实我并不是他的未婚妻,只是帮他演了一场戏而已!"

邹书白不由后退一步,"什么意思?你生了他的孩子呀!"

林淑琴摇摇头,"孩子不是他的。"

邹书白简直不敢相信自己的耳朵,不敢相信此刻听见的话,不禁捂住嘴巴,连连后退了两步,她问林淑琴:"他为什么要这么做?为什么要骗我们呀!"

林淑琴仍是摇头,她说:"他其实只是为了骗你,至于他为什么要这么做,我也不知道。我跟他很早之前确实曾在一起过,但只是维持了很短时间便分手了,后来我认识小丫的爸爸,并且很快有了小丫,我们还未来得及分享为人父母的喜悦,小丫的爸爸便因为一次车祸意外去世了。那个时候我伤心欲绝,连活下去的勇气都没有,是曹默一直照顾我鼓励我,我家里人不同意我把小丫生下来,也只有他一直支持我,可以说,没有他就没有我,也没有小丫。长久以来,是小丫一直在精神上支撑着我我才能走到今天。是曹默一直悉心照顾我,我才不至于放弃。他对我们娘俩的恩情,我这辈子都报答不了,所以他让我做什么,我不问为什么就去做了,只是做着做着,我越来越怀疑,这么做到底对不对,因为我眼看着他不但没有丁点解脱,相反还越来越深陷其中,他并不开心。"

邹书白无法想象背后竟然还有这么一个故事,她仍旧不明白曹默为什么要这么做,这么处心积虑地去骗她,"怎么会这样?怎么会这样!"

邹书白对曹默的感情,林淑琴一直看在眼里,从她第一次参加程明静的婚礼时,就已经看出来了,只是曹默对邹书白的感情,她却一直不曾明白,如果仅仅是为了让邹书白对他死心,应该不至于如此大费周章。曹默说他一直把邹书白当作妹妹看待,但是凭着女人的直觉,她知道事情肯定没有这么简单,她不想他今后后悔,所以才不惜违背承诺,将真相告诉了邹书白。

"可能他有他的苦衷吧。"林淑琴说。

邹书白咬着牙,眼泪夺眶而出,她擦掉眼泪,狠狠地道:"我要去找他,我去找他问清楚!"

林淑琴走后,邹书白却仍旧在回想着她的话,久久不曾缓过劲来,她在屋内来回踱步,然后失魂落魄地换好了衣服,准备出门。

赵承书提着两个外卖袋子,风尘仆仆地赶回来,见到穿戴整齐的邹书白,一脸吃惊,"怎么了,要出去呀?"

邹书白看着他,没有说话,她一心只想找曹默问清楚,竟然将赵承书给忘了,这会儿一看时间,才知已经晚上10点钟了,然而,这并未阻挠她出门的决心。

赵承书并未多想,径直将外卖拿出来,一边道:"知道你没胃口,特地去买了你爱吃的寿司,所以走得远了一点,等急了吧?不过,这么晚了,不能多吃,否则晚上又要睡不着。"说着说着,见邹书白仍旧站在那里一动未动,一脸凝重地看着他,才感觉到事情有些不妥,不由放下手中的东西,问她:"怎么了?"

邹书白看着他,艰难地开口:"我想出去一趟。"

赵承书看着她的表情,心里不由得咯噔一下,仿佛心中一直拧紧的发条,突然一下子就断了。她的表情,不像是出去楼下超市买个牛奶那么简单,她的身上散发着一股凛冽的寒意,全然不似平日里那么温暖醉人,竟比屋外的寒风还要伤人,让人不敢上前。赵承书机械地问了句:"去哪里,我送你?"

邹书白摇摇头,"不用了,我自己去就行了。"

赵承书怔了怔,但还是说:"太晚了,不管去哪,还是我送你吧!"

邹书白知道赵承书不会放心她这么晚一个人出门,但是这一趟她又必须要去,她没办法叫上赵承书同路,只能说:"我叫了明静。"

赵承书点点头,心又往下沉了一点,半响之后,最后问了一句:"明天能回来吗?"

邹书白几次张了张嘴,都未能出声,她无法忽视对方脸上流露出那种伤心与绝望,良久之后才艰难地回了一句:"要回的。"

第九章　错过也是一种美丽

1.

邹书白不知道自己是如何赶到外婆家的小镇的，等她找到曹默的时候，已经是第二天的清晨了。

两人在曹默外婆家路口前相遇，他们曾经无数次在这里碰面，这条路处处都是印记，邹书白闭着眼睛都会走。

初春的早晨，湿润的露水透着刺骨寒意，曾经亲若兄妹彼此承诺珍惜到永久的两人，此时远远相望，恍若隔世，竟然都不敢上前。

而邹书白的表情，竟比此时的寒风还要凛冽。曹默看见她，心下已经了然：这一天终究还是来了。他没想一直瞒下去，只想稍微再瞒久一点，瞒到她嫁人，瞒到她幸福得可以忘了曾经的不幸。

曹默久久没有说话，邹书白先他一步开口了，她说："今天是曹婆婆百天的日子，我来看看她。"

曹默点点头，两人一前一后，朝曹婆婆的墓地走去。

到了目的地，两人平静地祭拜完曹婆婆，又在碑前沉默地坐了一会儿，直至朝阳升起云雾消散，才起身往回走。

快走到曹婆婆屋前时，邹书白停住了，似是不打算再进屋，前面的人听到身后没了动静，亦停了下来，扭头看着身后的人。

她抬头看着曹默，"你为什么要骗我？"声音很小，却足以让彼此听清，想是太久没有说话了，话一出口，声音竟然是嘶哑的。

曹默远远看着邹书白，他多希望对方只是质问他出差的事情，那么他随便找个理由便能搪塞过去，但他看她的表情，知道事情远不止这么简单，他没有立即解释，也没有打算再隐瞒，而是继续往屋里走。

走了几步，见邹书白仍没有跟上来，不由得又停了下来，转身看着邹书白。

邹书白咬咬牙，说："我不想再进去了。"对曹默说不，任何时候对她来说都不是一件容易的事，但她必须得说，屋里有太多关于曹婆婆和关于他们两人的回忆，她不能保证自己见了之后，依旧还能保持理智。她暗暗提醒自己：清醒一点吧，邹书白，你是来寻找真相的。

曹默怔了怔，随即又心知肚明一般点点头，不再强迫她，自己进了屋，不消片刻出来时，手上多了一个文件袋，他将文件袋递给邹书白，再无其他话，脸上的表情又是那样的凝重和决绝，仿佛这个袋子里的东西就已经能说明一切了，不需要他再多做解释。

邹书白接过袋子并打开，里面有一个略显陈旧破烂的记事本，上面密密麻麻写着一些数字，××日，××元；××日，××元……××年合计××元……每次的金额并不大，看上去，倒像是一个日常的记账本。邹书白粗略翻了一遍，从前面到后面，记账的字迹并不一致，所用的笔也不一样，有铅笔写的，也有油性笔写的，但还是能看得出来是同一个人所写，因为所有的字迹都不是突然改变的，而是有着一个的循序渐进提升的过程，似是记了很久的账，记账人的字迹随着时间的推移，亦在慢慢变得工整和个性。

邹书白着重看了一下日期，账单中最早的一笔可以追溯到20年前，最近一笔，则是9年以前，而金额，随着时间的推移，亦在越来越大。

除了记账本，袋子里还另外散落着一些取款的凭条和银行流水打印清单，取款凭条因为时间过去太久，字迹均难以再看清，基本都变成了一张张空白的小纸头，只是背面的银行落款，在证明着这一次次的取款。而那些银行流水打印清单，多少还能看清一些，直觉告诉邹书白这些很重要，她将清单拿近眼前艰难地辨认着，清单中有存款有取款也有转账，当她看见一个名字时，她愣住了。

刘向蕙，那是她母亲的名字。

邹书白很难用言语来形容她此刻的心情，震惊已经远远不足以表达了，她睁大了眼睛，表情竟然有些错愕，似乎是充满着恐惧，她颤抖着指着这些账单，问矗立在面前的人，"这是什么意思？"

曹默看着她，默默道："不光是这次出差的事情是骗局，淑琴的事情是骗局，应该说我们认识这么多年，从头到尾都是骗局。"他问邹书白，"你还记得我们几个第一次见面的时候吗？我把你的名字刻在水塔那一次？"

邹书白点点头，开口想说记得，但是喉咙却被死死扼住了一般，光张嘴，却无法出声。

曹默将目光投向远方，神情缥缈不可捉摸，他继续说："那天摘完枇杷后，我们分开各自回家吃午饭，吃完午饭，我去你外婆家找你，你外婆跟我们说，你正在睡午觉，叫我们待会儿再去。我们几个都没有睡午觉的习惯，不知道你要睡多久，于是一边在你外婆家门口追逐打闹，一边等你睡醒。这个时候你妈出来了，她说你胆子小睡眠浅，怕我们在这里打闹，会把你吵醒，便把我叫了过去，随手拿了5块钱给我，叫我们走远一点，待会儿再来找你玩。"

曹默说："那个时候镇里的小卖部水果糖才卖一毛钱一颗，家长也没有给过我们零花钱，5块钱对我们几个来说可以说是一个天文数字，我有些迟疑但还是好奇接了，带着他们几个跑到镇口的小卖部，花1块钱买了10颗水果糖。我们当时很害怕，不知道这钱是不是真的，能不能用。如果是假的，会不会被店老板戳穿，但我们真的用掉了，不光买到了糖，还找了我们4块钱。"

曹默的唇边闪过一丝笑意，但那笑却是那样的苦涩，"我们一人2颗把糖分了，我吃了一颗，又留了一颗给你，小心翼翼地把剩下的钱揣好，想回去之后还给你妈，可当我们回去的时候，你已经走了，我们只是远远地看了你一眼，朝你挥了挥手。你外婆说你要回城里念书，我把钱还给她，她没有要，叫我自己留着买些笔和本子，就是用那4块钱买的笔和本子，我用了整整一个学期，因为那4块钱，我才有机会读完了我的一年级。"

他回头看了一眼邹书白，声音越发苍白无力，"而那，只是第一次。"

邹书白不知道自己是以一种怎样的心情听完了曹默的叙述，脑子里似梦似幻并不真实，纵使听得断断续续，纵使她拒绝接受这个真相，但她还是知道了事情的真正经过。原来这么多年来，曹默一直都在接受邹母的救济，因此才能顺利完成学业，他一直都是在受命照顾邹书白，这么多年的"兄弟"情谊，原来只是一场交易。

邹书白手里一直攥着一柄3寸长的桃木剑，这是她和曹默两人第一次认识时，曹默送给她防身用的，这么多年她一直带着身边，只因想着他，她便能安心不少。她看着他，声音有些哆嗦打战，"你的意思是，你是受了我的我妈的恩惠，所以才会主动跟我做朋友的？所以这么多年才会一直照顾我？"

曹默昂着头，咬着牙道："是！"他的表情越发冷峻遥远，看上去让人无比心酸，"12年，5万块钱，如今看来并不多，但正是因为这笔钱，我才顺利完成了学业，这既是我人生的幸运，也是我人生最大的梦魇，这么多年这笔账一直压着我，我从来没有真正抬起头来过。但是我又不得不接受。外婆腿有风湿，阴天下雨就钻心地疼，常常不能下地，家里温饱都成问题，要靠乡里乡亲接济，不过他们也不富裕，自家孩子读书都很困难，我想读书，那是唯一的办法。刚开始拿的钱不多，那会儿年纪小也不觉得这是负担，只觉得是上天派了好心人来帮助我们，我们心存感激就好，后来拿着拿着就成习惯了，越来越没有戒掉的勇气，那会儿我刚开始记账，我告诉自己，就当是自己向你们家借的，只要我加倍努力，就一定会有出人头地的一天，到时候再来报答你们……"

邹书白无法相信这个事实，疯狂地摇着头，"我不相信，这么多年，这么多钱，我妈为什么从来没跟我提过？她为什么要给你这么多钱？你也不过是个孩子，刚开始我们在一起的时间并不多，你能照顾我什么？她凭什么给你这么多钱？"

曹默的眉头紧紧皱在一起，看得出来他很痛苦，这段回忆可以说是他这辈子都不想再触及的一段经历，"这么多年，她给我钱的唯一的要求就是替她保密，我也曾经问过她原因，她说她跟我妈是同乡，两人以前是很好的姐妹，她资助我，很大一部分是为了我妈。"他回头看着邹书白，"这么多年，我之所以没有跟你说过这件事，一来是承诺过你妈，二来也是因为我自己的自尊心，毕竟不是什么光彩的事。"

邹书白看着面前表情痛苦、扭曲的曹默，虽近在咫尺，她却感觉到从未有过的陌生和遥远，回想自己这么多年痴心被拒，她不禁要问："这么多年，你一直拒绝我，就是因为你放不下你的自尊心？"

曹默没有回答，但答案已经显而易见了。

邹书白再无法控制自己的情绪，眼泪随着脸颊顺流而下，她痛苦地闭上眼睛，连怒吼的力气都没了，原本的质问变成了泣诉："你这个胆小鬼，你这个懦夫，你明知道我有多喜欢你，你明知道我有多痛苦，你怎么可以因为这个原因，一遍又一遍地拒绝我？这么多年，这么多次，我不断向你祈求，我在你面前毫无尊严，你哪怕有一次，就当是可怜可怜我，告诉我也好！"

邹书白说："你怎么可以这样就替我决定了，你至少该问问我的意见吧？也许我并不在意呢，你怎么可以这么轻易就把我们在一起的机会给抹去了？"

"对不起！"沉默良久之后，曹默回道。

对不起？邹书白心想，这个世界上最不需要的词语就是对不起，怎么有人可以因为自己做错了事，为了使自己不再内疚，便创造了这个看似美好实则没有丁点儿作用的词？

"你后悔吗？"良久之后，邹书白问曹默。

曹默看了看她，"那个时候也不是没有其他选择，哪怕不读书，哪怕暂时吃不饱穿不暖，可能会很辛苦，可能会很曲折，但总有其他办法，可是我却选择了最简单的一条。"

是的，也不是没有其他的路，可他却选择了最简单的那一条，因此带来的后果，他也必须承受，后悔又有何用！

除了这句你后悔吗？邹书白其中还想问一句：我们可以重新开始吗？就当之前的一切都没有发生过。

然而，想到仍旧还在等着她的赵承书，想到自己这么多年的痴心错付、痛不欲生，这句话终究还是没有问出口。

邹书白并不恨曹默，她依旧没办法恨他，但在转身离开的那一刻，她感觉自己心中多年的羁绊已经放下，多年来对曹默无休止的痴心妄想与迷恋，在那一刹那，已经彻底放下。

2.

邹书白马不停蹄回到了H市，虽然比约定的时间晚了一点，但终究还是赶回去了。她在婚宴现场找到了赵承书，后者仍在为第二天的婚礼做准备，他看见她时，脸上明显闪过一丝动容，但下一秒又立即恢复了常态，火急火燎地招呼她过去。

"你快看看,这两个明天喝酒用的杯子,哪一个杯子比较好?"

邹书白还未进入角色,一头雾水,"我们用的,还是宾客用的?"

赵承书眉毛一扬,"当然是客人用的,你难道还想喝酒不成?"他可早就见识过了邹书白的酒品,实在不敢恭维。

邹书白没好气地看他一眼,撇着嘴道:"当然,哪有结婚不喝酒的?"

赵承书自然不会轻易让她如愿,两人你来我往,说的都是明天婚礼的事,耍嘴逗趣的劲头,跟平日里没有两样。赵承书没有问她昨天去了哪里,也没有问她事情的结果。他不问,她也并不主动解释,看上去仿佛昨天那一场动荡压根没有发生过。

这边忙完以后,赵承书送邹书白回家,临分别时,他竟然有些不舍,一想到待会儿得一个人回家一个人睡觉一个人说话,便觉得索然无味,还好今天是最后一天了,明天之后,他们便能名正言顺地腻在一起。

赵承书捧着邹书白的脸,亲了亲她的额头、鼻子和嘴唇,温柔地嘱咐:"好好休息,明天一早我给你电话。"

邹书白仍旧难掩失落,却又庆幸有赵承书陪在身边,拿鼻子在他身上来回蹭了蹭,闷声道:"赵承书,其实你有的时候对我蛮好的!"

赵承书挑了挑眉,"有时候?难道我什么时候对你不好了吗?"

邹书白嘴巴一撇,"当然有!"紧接着,她将赵承书过往的光辉历史一一列了出来,说得有鼻子有眼,听得赵承书汗颜不止。

赵承书赶忙将邹书白重新拉回自己怀里,紧紧圈住不放,一边道:"以前的不算,以前你只是个外人,我对你好也没有用,以后就不一样了,从明天起,你就是我媳妇了。放心好了,我这人胳膊肘往里拐,喜欢护短,就算你什么事情做得不对,只要不是杀人放火、大逆不道,我都会站在你这边的!"

邹书白歪在赵承书怀里,舒服地哼哼一声,"谁稀罕!"

良久以来,邹书白从来没想过有一天自己会嫁给曹默之外的人,曾经那样心心念念的人,曾经恨不得把命都给他的人,曾经愿意折寿去向老天交换的人,终究还是要错过了。

然而,真到了这一天,邹书白才惊觉自己的人生并未黑白颠倒,这一天也并非世界末日,她感觉自己无比地清醒,仿佛过去20多年,从没有这么清醒过。她便是怀揣这样一份清醒,一步一步走向红毯。

而原本不计划参加婚礼的曹默,最后还是到场了,与他一同到场的还有之前并不确定是否有时间的老三。

邹书白看见曹默时,本能地怔了怔,但也不过两秒钟而已,随即又恢复理智,脚步不再踌躇。曹默看着她,四目相对的一瞬间,他冲她微微一笑,平静而坦然地目送着她在父亲的陪伴下,一步一步朝赵承书走去。

邹书白听着赵承书在司仪的指引下,说的那些关于永远的誓言,她也只是听着,并未感动得痛哭流涕。

就像谢晖结婚时邹书白所说的,真正的爱情要经历过风雨,就算没有风雨,至少也要有时间的考验,而她跟赵承书却没有经历这重考验。都说男大当婚女大当嫁,两人的结合应该算是水到渠成,然而,却也只是水到渠成而已。

当司仪操着铿锵感人的语调，格式化地问她："邹书白女士，你愿意嫁给赵承书先生作为你的丈夫，今后无论顺境还是逆境，无论富有还是贫穷，无论健康还是疾病，无论青春还是年老，你都将永远爱着他、珍惜他，对他忠实，直到永远吗？"

邹书白看着面前熟悉中却又带着点陌生的人，不想让台下饥肠辘辘的宾客等得太久，机械地回答了一句："我愿意。"

她应该是爱他的吧，邹书白心想，否则她也不会想要嫁给她，但"永远"这个字眼却深深刺痛了她，因为她曾经以为的永远，她曾经许诺的永远，早就在不知不觉中走到了尽头。

邹书白想，这当真是一个廉价的词呀，以至于谁都可以拿出来说了。

邹书白没想过能见到老三，算是意外的惊喜。6人之中，就属她对过去的约定最为执拗，如今，也总算是有一样东西实现了。

年少的时候，总以为相见有时，事实上却是后会无期，阔别多年的兄弟6人，今日终于再次重聚，一时间颇多感慨。

邹书白还是喝了酒，她酒量不好，醉眼蒙眬中，听着其他5人说起小时候的事情，心中又是欢喜又是忧愁，欢喜的是他们终于再次团聚了，忧愁的是他们马上又要分开，记忆里那些感天动地的美好过往，如今却只能用来珍藏、怀念。

从前只听说过有新郎在自己的婚礼上喝醉的，新娘喝醉的倒真是少之又少，还好宾客都走得差不多了，只剩下他们兄弟6人和一些亲近的朋友，他们见过她太多的糗事，不在乎再多一件了。

有人在邹书白彻底失去意识之前，将她扶住了，她眼皮子正在打架，看不清是何人，迷迷糊糊之中，听见有人一声叹息："我该拿你怎么办？"那声音，既像是曹默，又像是赵承书。

婚后不久，邹书白跟赵承书远渡重洋度了一次蜜月，也算是兑现了之前的承诺，将周遭的忙碌彻底放下，享受了一番纯粹的二人世界。蜜月回来之后又一直忙着新房装修的事情，一晃眼半年就过去了，有赵承书这个毒舌话痨在，邹书白倒是一直不寂寞。

这半年里，虽然同在一个城市，邹书白却再没见过曹默，也没怎么联系，也没必要联系，反正没有消息就是好消息，对方有什么大事，她肯定能知道。后来跟程明静聊起，才知她也没怎么跟他联系。最后辗转从老四郑童的口中，才知曹默将H市的房子卖了，将工作的重心转去了广州。

邹书白听到这个消息时，还是诧异了一下。她跟曹默走到今天这一步，再像以前那样没心没肺地做兄弟是不可能了，但她并不怨恨曹默，两人没必要就此陌路，她还是希望时不时了解一下对方的近况，知道对方过得很好就好了。

她一边剥蒜一边问正在炒菜的赵承书，"你们不是合作伙伴吗？他走了怎么也没听你说过？"

赵承书抽空反手弹了一下她的额头，"你是真不关心你家老公呀？连我做什么你都不知道？"

赵承书教书邹书白是知道的，其他的事情她确实不了解，她一边摸了摸额头，一边吐了吐舌头，"反正我也不懂，想多了头疼。"

赵承书笑，脑子一根筋的邹书白着实是让人又爱又恨，他说："我只帮他处理进口谈判和清关商检的事，总的来说，货物过海关之前归我管，过海关之后就归他管了，后来事情顺了，他又请了专业的团队，这事就用不上我了。"

邹书白皱眉，"那你不是亏了吗？"

赵承书笑，难得她能替他着想，"那有什么亏的，做多少事拿多少钱，该拿的我已经拿了，就不叫亏。"

邹书白哦了一声，想来曹默搬走的事，赵承书也不知道。

如此看来，不是她要跟曹默生分，是曹默要跟她生分，就像那会儿她离开，说是负气出走，其实一直都跟程明静在一起，三年多里任何时候曹默想找她都是能找到的，他只是不来找她而已。

而曹默就不同了，他要离开，便是真的离开，谁都不会通知，虽然一切都在意料之中，但邹书白心里免不了还是有些难受。

赵承书菜都炒好了，见邹书白还蹲在那里，没好气地上前踢了踢她，"别剥了，你剥的蒜够我们吃一个星期了。"

邹书白想事情入了迷，这会儿才反应过来，讪笑了一下，赶紧起身。想是蹲得太久了，起来时一阵头晕，眼前发黑，要不是赵承书扶着，她手里的盘子就要溜出去了。

赵承书又好笑又无奈，"明知道自己身体素质差，就不应该蹲这么久，平时吃东西挑三拣四，活该营养不良。"

邹书白撇撇嘴，"是你做菜水平下降，越来越敷衍，所以我才没胃口！"

赵承书翻了个白眼，"好吧，以后你烧饭我洗碗，大家换一换，我倒要看看你怎么变着花样地讨我欢心！"

他虽嘴上这么说，但到底还是见不得对方失魂落魄，便安慰她，"广州也很近的，只要有心，以后想看他，随时可以去。"

邹书白笑得眉眼弯弯,"你怎么一点都不吃醋呀?"

赵承书笑,得意地道:"我只吃酱油不吃醋,你见我买过醋吗?"

3.

邹书白外公今年79岁了,他们老家时兴提前过寿,79岁相当于80岁,自然得大办一场。

邹书白、赵承书,还有邹书白的父母,全都赶回了小镇,替老人家过寿。

寿宴设在中午,请了全镇的人,办得很热闹,他们这对新婚夫妻还是头一次回小镇,免不了被长辈们问长问短,其中问得最多的便是:什么时候要孩子呀?

邹书白的表情好比吃了一只苍蝇那般尴尬,小姑娘时长辈们断然不会问她这些问题,如今虽然头衔变了,但心理一时半会儿仍旧还没转换过来。

邹书白支支吾吾没说话,赵承书就比她大方多了,"在计划,在计划!"

邹书白脸上一阵白一阵红,暗地里掐了他一下,心想:我什么时候跟你计划过了?

赵承书面不改色,只在桌子底下把邹书白掐他的那只手紧紧攥在掌心里。

邹外公素来好酒,如今虽然一把年纪,酒量却是丁点儿未减,只是平时家里人不让他喝,但今天日子特殊,家里人也就没有拦着。邹书白结婚时,外公因为无法坐长途车没有去参加,这会儿见了外孙女婿，免不了拉着他喝上几杯，邹书白本来也想喝杯红酒祝贺一下外公的，被赵承书拦住了："你那酒量，就别捣乱了。"

赵承书平时喝酒还可以，但碰上白酒就不行了，他是多么精明的人，反正是要醉的，干脆也就不去推脱，就这么敞开了去喝，没一会儿便醉得不省人事了。

外公对他很满意，指着他对邹书白道："好小伙，实在！"

外公是满意了，可苦了邹书白，她不得不一个人把赵承书扶到房间休息。她便是在这时，碰上曹默的。

邹书白没想到竟然能在这里遇见曹默，失声叫了一句："老大？"

曹默是专程来送红包的，送好了红包，本来都计划要走了，这会儿听见叫声又转身往回走了几步。

已经是秋天了，虽然阳光正好，但温度却不算高。曹默只穿着一件长袖衬衫，脸上留着零星的胡楂，看上去比之前黑了也瘦了不少，但却毫不影响他的英俊，反而有着一种成熟男人颓废、神秘的气质，依旧能让人着迷。

邹书白看见门前的枇杷树，突然想起来她第一次见曹默，也是在秋天，他爬到她家树上去偷枇杷，轻而易举便吸引了她的目光，这一吸引，便是将近20年的时光，一见误终生，大概就是这么个意思吧。而如今，却是物是人非。

邹书白一边扶着赵承书，一边问曹默："里面正在吃酒，你怎么不进去呀？"

曹默笑笑，邹书白看起来气色很好，他很放心，"我不知道今天刘阿爷办酒，提前已经吃过了。"

邹书白点点头,"你不是去广州了吗,什么时候回来的?"

曹默点点头,没有否认自己去了广州,但也没有解释自己为何不告而别,"刚好在附近办点事,顺便就回来看看。广州离得远,以后回来的机会怕是越来越少了。我不知道你们也在,早知道就多留几天了。"

邹书白听出了弦外之音,"你又要走了吗?"

"嗯,晚上的飞机,待会儿还要赶到H市。"

邹书白抿了抿唇,想说话,又不知道从何说起。赵承书喝醉了之后,整个身体的重量都倚在她身上,她有些支撑不住了,但她好不容易才跟曹默碰上一面,不舍得就这么轻易告别,下一次,又不知道到什么时候去了。

曹默看出了她的心思,轻声安慰道:"放心好了,以后还有机会的,我的号码没变,有事给我电话。"

邹书白点头,目送他离开。回想起来,她这么多年做得最多的事,应该就是目送曹默离开了。这也是他们一贯来的相处模式,他想转身随时可以转身,他想离开,她只能随他离开。

其实她心里清楚,曹默这话多半是拿来说说的,他离开H市的时候没有招呼,这次从门前经过,也都没打算招呼她,以后再见面的机会只怕会越来越少。

但她却没有其他的办法。如果她知道,这一次的分别便是永别,她一定不会这么轻易让他离开。

曹默前脚刚走,邹书白的舅舅便从屋里出来了,问:"你刚刚跟谁说话,曹家那个小子?"

邹书白点点头。

邹书白舅舅一阵感慨:"这小子现在倒是发达了、懂事了,还专门送了红包过来,数目还不小。小时候穷得连鞋子都没得穿,天天打光脚板,也不念书,到处捣乱,没少干坏事,大家体谅他是个没爸没妈的野孩子,也就睁一只眼闭一只眼了。不过他跟你倒是玩得来,每次寒暑假还没放假呢,就天天来问你什么时候来,什么时候来,有时候一天要问好几次,烦都被他烦死了。"

邹舅舅帮着邹书白把赵承书扶上楼休息,休息的房间正是她小时候住的那间,那也是邹母年轻时候住的,虽然后来房子被重新装修过,但舅舅有心,帮她们母女留了这间房间。

有件事情邹书白一直很想问清楚,这会儿邹母不在,她便问舅舅:"我知道曹默他妈是病死的,他爸呢?我从来没听他提起过。"

邹舅舅一通唏嘘,"谁知道呀,他妈年轻时候可漂亮了,是我们村里的村花,多少人想追追不上。后来她去了外面打工,好几年没回家,再回来时,怀里就抱着曹默了,谁也不知道他爸爸是谁。"

邹书白又问:"她跟我妈是不是关系很好呀?"

邹舅舅笑笑,"是呀,她们俩是同学,曹默他妈漂亮,你妈聪明,两个人刚好是绝配。那时候我还小,只记得她们天天在一起,早上一起上学,晚上一起睡觉,两人好到同穿一条裤子都行。不过后来不知道因为什么原因,两个人闹僵了,曹默他妈死的时候,你妈都没回来。"

闹僵了?邹书白不禁皱眉,既然闹僵了,何必还要资助曹默上学,难不成是因为内疚?

邹舅舅指着书架上的相册,"那里面有你妈年轻时的照片,以前被扔在床底下，上回装修的时候才找出来，你自己看，其中长得最漂亮的那一个就是曹默他妈，跟曹默长得很像，绝对不会认错。"

听邹舅舅这么一说，邹书白不禁来了兴致，安顿好赵承书睡下之后，她将那尘封多年的旧相册从书架顶端拿了出来，擦掉表面的灰尘，一页一页地翻看。

然而，她却并未看到舅舅口中那个一眼便能认出来的大美女，相反有很多照片，都被抠出了一个窟窿，而那窟窿，明显是个身材姣好的女人的脸。邹书白猜想，这个被抠掉的人，大概就是曹默妈妈了。

酒席结束，邹母特别来看看赵承书怎么样了，她见邹书白正在翻看她以前的照片，不禁笑着道："这相册我有好多年没看见了，你是从哪里找出来的？"

然而，当她看见邹书白正盯着照片上的窟窿发呆时，脸色不禁有些难看。

邹书白并未考虑太多，曹默他妈死的时候，才30岁不到，小姑娘之间，能有多大的仇恨，撕了对方的照片，不过也是因为一时的气愤。她指着照片上的窟窿问邹母："这是曹默他妈吗？"

邹母这会儿脸色稍缓，一边走近，一边冲邹书白点了点头。

邹书白不免好奇，"你们是因为什么事情闹僵的呀？"

邹母瞪她一眼，"没什么，你瞎打听这些干什么！"说罢，把相册拿走了。

邹书白暗暗吐舌，"我还没看完呢，怎么也没有我爸的照片呀？"邹母向来严肃，从小对邹书白便是高标准严要求，虽然也不乏疼爱，但相比之下，邹书白更喜欢好说话又经常帮她打马虎眼的邹父。

邹书白终于问了自己一直以来最想问的问题，"妈，这么多年，是你一直在资助曹默上学吗？"

邹母看她一眼，眼神出奇地凌厉，"你是听谁说的？他自己跟你说的？"

邹书白点头，随即深深叹了口气，"你出钱让他照顾我，虽然说起来不太好听，但怎么来说都是好事情呀，你们为什么要瞒着我？"如果她早知道真相，事情不会走到这一步。

"我出钱让他照顾你？"邹母没好气地丢下一句，"我出钱让他远离你还差不多，他那个熊样，能照顾你什么呀？"

邹书白也很意外，"你出钱资助他，不是为了让他照顾我吗？"

"我出钱资助他，是因为……"邹母说到一半，却没有继续往下说，邹书白猜想，这其中多少跟她与曹默妈妈的闹僵有关系。邹书白了解自己的妈妈，她素来好面子，就算做错了事，也绝不会主动认错，只会想另外的办法弥补。

邹母叹口气，继续道："反正他也已经将钱还给我们了，因为什么原因资助也都不重要了，你都已经结婚了，以后还是少跟他来往。"

是呀，邹母只知道她喜欢跟着曹默屁股后面跑，却不知道她这么多年喜欢他有多么痛苦，就是因为他们一个放不下自尊心，一个放不下面子，她的青春再难回头。

邹母一直不知道真相，邹书白忍住不在母亲面前落泪，嘴里默念一句："他都已经还清了吗？"曹默从不肯把所有的事情告诉她，而宁愿自己一个人承受。

邹母冷笑了一声,"是呀,也就是你大学毕业那一年吧,他拿着5万块钱来找我,他说他要把这么多年我接济他的钱全都还给我。我知道他的意思,他想买回自己的自尊,以为这样便能配得上你,可他也不想想,钱能还清,人情能还清吗?就他那样子,怎么都配不上你!"

邹书白愣住了,继而紧紧拽住自己的母亲,"妈,你的意思是,我毕业那年,他来找过你,是你把他打回去了?"

邹母也没想过,邹书白会有这么大的反应,"我哪里打他了?我不过是叫他死了那条心,不要再痴心妄想——"

邹母话还没说完,邹书白已经冲了出去。曹默才刚刚走,一定还没走远,她要去找他,她要把话问清楚!

邹书白心里只有一个声音:他是想着她的,他是想着要跟她在一起的!

邹书白追出去没多久便停了下来,一来,她不知道往哪个方向追;二来,她的理智已经恢复。

她拨曹默的电话,拨到一半又挂掉了,就算找到他又有什么用呢?就算知道了他曾经也是想要跟她在一起的,又能怎么样呢?她都已经结婚了,一切已成定局。

这么多年,曹默一直把她当兄弟看待,她以为这已经够让她难受的了,直到这会儿,她知道了曹默其实也是喜欢她的,但两人却再不可能在一起了,这种难受,比之前的那种难受还要痛苦百倍,痛得她无法站立只能跌坐在地上,痛得她连呼吸都困难。

邹书白一个人在镇子里游荡，走着走着就来到了水厂旁边，水塔底下。小时候他们常在这里玩耍，也不过百来平方米的地方，却是他们几个人的小天地。那时的曹默常会站在坝子上叫她："六儿，快来呀快来呀，我抓了一只麻雀给你！"

其实，她并不喜欢麻雀，但这却是曹默能给她的最好的礼物。

塔顶到底有什么？为什么曹默那么喜欢待在上面？邹书白一直很想知道，如今她再不指望能从曹默那里知道答案，与其问人，不如自己去找。

邹书白去掉了随身的手机和手表，沿着斑驳简陋的铁楼梯，一步一步朝塔顶爬去。她不像曹默，她不是攀爬能手，10层楼高的水塔，她爬了很久才爬到塔顶，到达塔顶时已经气喘吁吁，手脚无力。

上面几乎没有坐的地方，只能坐在长满了杂草有些湿滑的塔沿上，她有些畏高，双手一直不敢离开旁边的扶手。尽管如此，她还是没有退缩，留下来了，她想体验一下曹默的高度，她想知道他到底在看什么，到底在想什么。

到了上面之后，邹书白才发现，这镇子真是小呀，比她平时看到的、比她想象的还要小很多。从前东边的大山，如今已经通了隧道，不时有车子往来穿行；西边的养猪场如今改为了饲料加工厂，建起了大片大片的厂房；南边的小河如今已经被沿河的高楼遮挡，根本看不见了；北面有什么，她不知道，她坐的姿势有些古怪，根本没办法转身。

邹书白依旧没办法知道，曹默坐在这里的时候，到底在想些什么。他看到的景色跟自己看到的一样吗？他坐在上面，能认出塔下自己吗？

邹书白在塔顶坐了很久，也想了很久，直到西边最后一缕夕阳下山，赵承书应该也要醒了，她知道自己必须要回去了。

她沿着楼梯，一步一步往下爬，刚爬没两步，她突然停住了。上来时太紧张了，没有注意四处看，这会儿她才发现刻在塔身上的一串数字，1、2、3、4、5、6，邹书白立马明白过来这是什么，这是他们兄弟几人的代表，是他们拜把子的见证。邹书白刚刚加入他们的时候，曹默也说要把她的名字刻在水塔上，原来是这个意思。

然而，那却并不只是一串数字而已，因为除了数字之外，那6字下面还有一个中文字，虽然结构有些奇怪，但邹书白还是认出来了，那是一个白字。而且除了这个白字，在1的下面，还写着一个默字。

曹默很晚才学会写自己的名字，而且看那痕迹，是最近几年才刻上去的，因为其他字体都已经风化，唯独这个字，还保留着一些痕迹。

邹书白看着这"默""白"两个字，眼泪已经不听使唤地流了出来，虽然她仍然不知道曹默到底在想些什么，但她知道，这么多年，痛苦的不只是她一个人，唯一不同的是，她的痛苦有人安慰有人排解，而曹默的痛苦却只有他一个人知道，他面临的，是大家一致的误解和指责，他却从来没有解释过。

邹书白没有多余的手臂去擦掉脸上的眼泪，只能任由泪水流淌，滑过脸颊，滴落在胸前。

她再没有多余的思考，全凭着一种本能往下爬。而斑驳的铁楼梯经过这么多年的风吹雨打,早已不能坚持完成它的使命,此刻看上去摇摇欲坠,每踩一步都能听见咔嚓咔嚓类似金属断裂的响声。快到塔底的时候,终于有一节楼梯不堪重负断掉了,邹书白全身的力量都踩在这一节楼梯上,一脚踩空,直直跌落了下去。她也曾试图用手拉住栏杆,但那栏杆已经锈得不成样子,不但没有拉住,胳膊反而被凸起的铁柱划伤。

3米?还是5米?邹书白并不知道自己是从多高跌下去的,她也并未感觉到钻心疼痛,失去意识之前,她看见她摆在一旁的手机正在闪烁,是谁打来的?赵承书还是曹默?

4.

曹默是在坐上去H市的车以后,才看见邹书白的未接来电的,离她打过来的时间已经2个多小时了,除此之外没有其他留言。邹书白不会无缘无故给他打电话,曹默回打过去,却没有人接,恰巧这时,车子已经开动。

她跟赵承书在一起呢,跟她的父母在一起,应该不会有什么事,曹默如此想着,把手机收了起来。

然而,当车子驶上高速驶离小镇的那一刻,曹默的心突然刺痛了一下,他又给邹书白连打了两个电话,依旧是无人接听,再打赵承书的电话时,依旧也是这样。一种不好的预感油然而生,他做了自己这辈子最无理最疯狂的事,他让大巴司机在高速路上把他放了下来,然后横穿高速,费力拦截了一辆私家车。

司机下车大骂道:"你小子疯了吧?!高速上拦车,我车子要是性能再差一点,刚刚没刹住,你小子就没命了!"

曹默无心去理会这些叫骂,一边上车,一边低声下气地道:"求求你了,大哥,我有急事要用车,麻烦你送我一程,你已经是我不知道拦的第几辆车了,不管你送不送,反正不到地方我是不会下车了。"

司机最后无奈,才不得不答应送他一程。

期间,曹默一直在给邹书白打电话,一直当他赶到邹书白舅舅家时,电话才终于接通了,他停下脚步,也终于松了口气,心想:只要她没事就好,只要她没事就好。

然而,接电话的却不是邹书白,而是赵承书,"曹默吗?"

对方的声音,好似从18层地下传来,曹默的心,也就跟着跌进了18层地下,他从没有这么紧张过,颤抖着问:"书白呢?"

"我们在市中心医院。"

曹默不知道自己是怎么赶到医院的,只知道下车的时候,脚下没有踩利索,差点就跌在了门口的石阶上。

他找到赵承书,这个一直意气风发,从来笑意盈盈、自信满满,从没有失态过的男人,此刻坐在手术室前,眼泪横流,颓废成了一团。

他说:"如果我没喝醉,她就不会一个人出去,如果我没喝醉……"

他说:"你没看见,她流了那么多血,那么多血……"

他说:"她那么怕疼的人,她那么怕疼……"

曹默不知道该如何安慰赵承书,他甚至不知道该如何安慰自己。如果他没有走,如果他没有漏接那一通电话,这一切是不是都不会发生?

赵承书没有通知邹书白的父母,怕他们担心,就只和曹默两个人坐在手术室前,苦等结果。不时有人从里面走出来,拿着单子让赵承书签字,赵承书看也不看就签了。

又有护士走出来,看见神色颓唐的两人,似乎已经见怪不怪,只问:"谁是病人家属?病人是什么血型?可能会需要用血。"

"O型!"

"AB型!"

护士听见截然不同的两个答案,不由抬头看了两人一眼,"到底是O型还是AB型,这种事情可不能开玩笑!"

"AB型,她跟她爸都是AB型,我确定!"赵承书说,声音却是有气无力。

护士看了他一眼,又看了一旁呆若木鸡、脸如死灰的曹默,摇摇头道:"算了,我看你们俩都有点魔障了,我还是自己去测一下吧!"

经过了一个多小时的手术,手术室前的灯终于灭了,然而对于门外的两个人来说,这一个小时,好似一个世纪那般漫长。

医生出来,看了一眼走在前面的赵承书,料想他是病人丈夫,低声道:"大人已经稳定,孩子没保住!"

听到这个消息,赵承书只是点了点头,虽身体还是忍不住晃了晃,但却没有其他过激动作,似乎早就知道了会是这个结果。

医生见惯了这种场面,拍了拍赵承书的肩,安慰道:"放心好了,病人还年轻,休息好了,不影响以后怀孕。"

赵承书咬着牙，点头道："她没事就好！"

震惊的是曹默，他并不知道邹书白已经怀孕了，原本稍微缓和了一点的心情，此刻又阴沉了几分。

到底都是大男人，除了刚听到消息时有一段时间的崩溃，这会儿两人都还算平静，毕竟邹书白还指望着他们。

两人护送着邹书白进到病房，又办理了入院手续，待一切都安排妥当后，赵承书才对曹默说："你帮我守一会儿，我出去给岳父岳母打个电话，免得他们担心。"

虽然医生也说，邹书白不会这么快醒来，但赵承书免不得还是有些顾忌，不想她醒来之后，旁边没人。

赵承书不敢想象，邹书白从架子上跌落下来，口不能言、手不能动的时候心里是多么的害怕；他也不敢想象，如果不是有人恰巧打那儿经过，刚好发现了躺在那里的邹书白，他要等到何时才能知道她出了意外；他更不敢想象，如果再晚一点发现，邹书白还能不能捡回一条命。

赵承书拿出手机给邹书白的父母打电话，指纹解锁却未成功，仔细一看，才发现拿的是邹书白的手机。之前接曹默电话的时候没注意，这会儿看了才知道了，手机里竟然有100多个曹默的未接电话。

赵承书心里五味杂陈，然而想到此时此刻依旧昏迷未醒的邹书白，这些似乎都不重要了，他硬是把堵到嗓子眼的难受又按回了肚子里。他想起来还未跟曹默嘱咐，孩子的事不能让邹书白父母知道，免得他们伤心。

他回到病房外,却见护士正在给邹书白换点滴,而曹默正小声跟护士说着什么。

"真的是AB型,你确定?"

"这个还能有假,你跟病人什么关系?"

只听曹默说:"我是病人的哥哥!"

曹默一向以邹书白几人的大哥自居,他会这么说,赵承书本不觉意外,但想到之前曹默说起邹书白血型时的激动反应,不知为何,他心里总隐隐觉得有些不妥。赵承书不由得停下了脚步,往后退了一步,把身子藏在墙后。

"哥哥?"护士笑了一声,"不会吧?兄妹俩一个O型一个AB型,概率太小了!"

护士说着便要出门,兴许是面前的人英俊而又颓废的样子勾起了年轻护士的注意,她皱了皱眉,转回去补充了一句:"不对呀,我听病人老公说,她爸爸也是AB型,那你不可能是O型呀?"

曹默停了一会儿没说话,而后才听他小声回了一句:"我们是同父异母。"

护士越发糊涂了,"同父异母也不可能呀,AB型的爸爸不可能生出O型的儿子,你是不是记错了?"

赵承书站在门外,他看不见里面曹默的反应,但他知道自己的反应。想到之前的种种,想到一直以来曹默的古怪行为,一切都有了合理解释,他只觉得自己全身上下一阵冰凉,刚刚压进肚子里面的难受,这会儿直冲脑门,冲得他七荤八素,应接不暇。

他都这个样子了,里面的曹默反应只会比他更甚。

赵承书生平头一次心里没了主意,不知道该如何是好。他没有走进病房,没有去找曹默问个究竟,而是赶在护士出来之前,扭头进了旁边的楼梯间。

赵承书深吸了几口气,平复了一下情绪,才给邹书白的父母打电话。他之前没敢跟他们实话,只说邹书白摔了一跤,这会儿才将真实情况跟他说了,当然,他没提孩子的事。

邹母抹着眼泪道:"你说这孩子,好好的,跑去爬那个脏兮兮的水塔干什么!小的时候那么听话,从来就没让我操心,怎么反而越大越不懂事……"

邹父邹母既着急又伤心,长篇大段数落着,赵承书汇报完情况之后,免不得又安慰了他们一会儿。

而等他回到病房的时候,曹默已经走了,不过这一次,他不再是不告而别,他给赵承书留了一张纸条,上面写着:

承书,兄弟有事先走一步,妹妹书白以后就拜托你了,大恩不言谢!曹默。

这语气,竟是诀别的意思。

赵承书看着手上的纸条,又看着病床上面无血色、眼角含泪的邹书白,心中一阵绞痛。他素来坦荡,他觉得自己从来没有这么卑鄙过。

第十章 世间最美的相遇

1.

邹书白彻底醒来已经是3天以后的事情了,中间虽然也醒过,但都是迷迷糊糊的,说了一些什么,做了一些什么,多数记不清了。

这会儿醒来时邹书白已经感觉清醒多了,本想自己坐起来的,却带动了一旁趴着睡觉的程明静。程明静满眼尽是疲倦,见她正在翻身,赶忙拦住:"姑奶奶,你就别乱动了,要什么跟我说!"

邹书白有气无力地回了一句:"躺着难受,我想坐一会儿。"刚刚只动了一下,她便觉得下腹一阵钻心的疼痛。

程明静一向快人快语,没好气地道:"现在知道难受,早干吗去了!"

她帮邹书白把床头摇得直起来了一些,又重新掖了掖被子,这才满意。她又喂着邹书白喝了些水,一边问:"还难受吗?"

邹书白摇了摇头,头还没停下呢,眼泪便不争气地流了下来,后知后觉如她,也已经知道自己身上发生了什么事。

程明静也不由得红了眼眶,伸手帮对方擦了擦眼泪,一边道:"你还年轻,好好把身体养着,以后有的是机会呢!"

邹书白吸了吸鼻子,看了眼四周,"赵承书呢?他知道吗?"

"你在说笑话吧,这么大的事,他能不知道吗?"程明静叹口气,"我看他真的挺看重这个孩子的,我没见他这么伤心过。他不让我跟你说,你自己心里清楚就好。你说你也是,自己怀孕一个多月了都不知道,还去爬那么高的水塔,那东西是你——"说到一半,实在不忍心再说下去。还有什么好说的?邹书白都已经吃到这么大的教训了。

邹书白刚醒没过一会儿,赵承书便提着几个保温盒进来了。

邹书白见到他,刚刚止住的泪水,不禁又流了出来。赵承书最怕她这种悄无声息的伤心,他也很难受,却不敢表现出来,忙丢下手上的东西,上前抱了抱她,勉强挤出一丝笑意,一边替她吻掉眼角的泪水,一边安慰道:"好了好了,都没事了。"

邹书白说:"对不起,赵承书!"

赵承书本来还能忍着,她这一说,他便再也忍不住,眼圈已经红了,他将怀里的人抱得更紧了一些,"说什么傻话,我们是夫妻,有什么事,我们一起承受。"

邹书白又在医院住了两天,身体和精神都恢复了不少,想是没有什么大碍了,赵承书便计划着将她转回H市休养,顺便去那边的大医院，再检查一下。

这天，两个人正在病房收拾行李，收拾到病历时，赵承书突然问了邹书白一句："你的血型应该是AB型，怎么有的地方写的是O型？"

邹书白当即挠了挠头，有些不好意思，"这只能怪我生物太差！还是上学时的事情了，那个时候我们学校填入学登记，我看曹默和明静写的都是O型，想着我们几个人个性这么相像，我也应该跟他们一样是O型。直到后来我爸带我去献血，我才知道我其实是遗传了他的AB型。"

赵承书点点头，面上不动声色继续收拾行李，刚收拾完毕正要离开，便听外面一声轰隆巨响，震得病房都有些颤抖。

"怎么了？"邹书白被吓了一跳，问一旁的赵承书。

赵承书没说话，迟来一步的程明静抢在他前面回了句："不知道是谁嫌那座水塔太危险，几天前向县里做了反映，县里派了专家，正在爆破呢！"

"啊……"

邹书白的这一声叹息持续了很久，声声都敲在了赵承书的心尖上。

当天下午，几人乘车离开时，邹书白下意识看了一眼水厂的方向。那里已经看不见那座水塔了，只剩下弥漫的灰尘和硝烟。在外人看来，那只是一座丑陋而又危险的建筑，又有多少人知道，又有多少人在乎，那些砖块底下埋藏着的他们六兄弟的承诺？

邹书白忍不住一阵酸楚，心里却又暗暗庆幸，幸亏曹默走得早，否则看见自己受伤，他肯定很难受，他也肯定不忍心看见自己当成神坛来供奉的水塔，就这么被拆除了。

赵承书看着一旁脸色苍白神情落寞的邹书白，心里亦是一阵难受。他没有告诉邹书白，在水塔被爆破之前，他冒险上过一次塔顶。连他自己都有些奇怪，他不是这么不理智的人，但那会儿他只是很想知道，塔顶到底有什么东西，那么吸引着邹书白，以致她冒着生命的危险，都要上去一探究竟。

便是在那里，赵承书看见了邹书白一直带着身边号称有辟邪功能的桃木剑，也看见了刻在塔顶的那一串阿拉伯数字，和那并不工整的默、白二字，他心里便全都明白了。

赵承书能体会到邹书白看到这些字时，心里该有多么的难受，他不过才爱了邹书白一年多，便已经难受得无法呼吸了，而邹书白却爱了曹默十多年。把他的难受乘以10，便是邹书白的。

至于曹默，他却是连想都不敢想。

赵承书被无尽的沮丧和悔恨包围，原来，他不是邹书白的解救者，他只是个丑陋的第三者。

邹书白回到H市后休养了一段时间，身体已经逐渐好转，虽依旧生龙活虎，但性格却沉静了不少。

她重新回去上班，与赵承书过着偶尔拌拌小嘴，但总的来说还算甜蜜和谐的小日子。赵承书爱护她迁就她，她也信任他仰仗他，夫妻生活便该是这样的，以后的生活也都该是这样的，一切没什么不好。

但心里的缺口似乎一直都在，有的时候忍不住会想，如果那个时候曹默可以再勇敢一点？如果那个时候可以多对邹母留一个心眼？如果那个时候没有急着跟赵承书结婚？现在的一切，是不是就会不同？

世上没有后悔药，但正是因为这些如果，生活里多了些挥不去的遗憾，也只是比没什么不好稍微多了一点好而已，从前的义无反顾、疯怨嗔癫，想是再也找不回来了。

然而，最先出现不对劲的人，并不是邹书白，而是赵承书。而最早发现他的不对劲的人，也不是邹书白，而是程明静。只是有一点，程明静怎么也没有料到，那便是赵承书的反应，竟然会这么决绝。

于是有一天，当赵承书将程明静约出来，将一封告别信和一封离婚协议书交给她的时候，程明静着实吓了一跳。

程明静看见面前的东西，脸色一阵煞白，"你这是什么意思？"

赵承书说："我报名了学校的一个交流促进课程，要去国外学习一段时间。"

程明静瞪大了眼睛，就差没有呕出来血来，她一边将信封扔了回去一边骂："你小子没病吧？学习就学习，你这是什么意思？"

赵承书整个人看上去灰头土脸，没有半点平日里春风得意的影子，"这事我考虑很久了，这是唯一的办法。"

知道赵承书这话绝不是随口说说的，程明静也有些慌了，"这是为什么呀？前几天一起吃饭的时候，你们俩还有说有笑不是挺好的吗，这突然就变卦了，你总得给我一个理由吧？"

赵承书只看了她一眼，没有说话。

赵承书的不快程明静心里多少有数，但她没料到事情会有这么严重,"难道你还因为孩子掉了的事情在怪她?"

赵承书摇摇头,"我虽然难受,但那只是意外,我从来没有因为那件事情责怪过她!"

程明静越发不懂了,急得直跺脚,"那你搞出这么多事,到底是为什么呀?"

赵承书叹口气,他们三人之间剪不断理还乱的关系,岂是他三言两语就能说明白的?而且当事人都没站出来说话,他顶多算是个旁观者,只是碰巧知道了那个秘密,又哪里轮得到他在这里说三道四?

赵承书不说话,程明静越发觉得他心虚站不住脚,只见她咬牙切齿,恶狠狠地道:"赵承书,不是我说你,你这么做也太不男人,太不负责任了!婚礼上你信誓旦旦说的那些话,这才过去多久而已,你都忘了吗?亏我一直那么信任你,你有没有想过,你这么做,让邹书白以后还怎么活?"

赵承书很想说,正是为了邹书白好,所以他才必须走。

是的,换做任何其他人,赵承书都不会这么丢下邹书白一走了之,但他相信曹默,相信曹默对邹书白的感情,这个世界上,唯一不会在乎邹书白过去的人,也就只有他曹默了!

在说出这些话之前,赵承书在心里纠结了很久,一切的误解已经真相大白,邹书白跟曹默之间的唯一障碍便只有他了。其实,他也可以卑鄙一点,当作什么都不知情,他也可以耍些手段,把邹书白牢牢掌控在手心,但他做不到,通过这种卑劣的手段得到一个人,这不是他的初衷。

赵承书心里明白,如果他不主动提出分手,邹书白永远不会提出,如果他的意图提前被她知晓,她也肯定不会让他离开,曹默更加不会。越是这些正直的人,越显出他的卑劣,与其留邹书白跟自己在一起,一辈子将就,不如放她自由,让她可以尽情追求自己真正想要的生活。

程明静不知道邹书白跟赵承书之间到底经历了什么,以至于他能绝望成这个样子。她看着赵承书,脑子里蹦出一个词——覆水难收。她问赵承书:"你出去学习的事,书白知道吗?"

赵承书点点头,"她知道我要离开一段时间,只是不知道我要去哪里。"

程明静仍是摇头,表示无法接受,她将那信封重新推回赵承书面前,"你们想冷静、想分开一段时间,我都觉得没问题,但这东西你收回去,要说你自己找她说,我是不会帮你传达的。"她怎么都不会明白,"哪有动不动就说要离婚的,又不是小孩过家家!"

赵承书最终还是没有解释,临走前他留下一句话:"去找曹默吧,他会给你一个满意的答案的。"

2.

赵承书乘上了去往北京的飞机,他将从那里转道去美国。看着人群中不断冲他挥舞着双手,用力告别的邹书白,他的心里不无难受,她的表情是那样的茫然,她看起来是那么的瘦小,他忽然有些后悔:无耻一点又怎么样?卑鄙一点又怎么样?实实在在拥有一个人才是真的!

然而,他可以亵渎自己,但他不忍心亵渎她,她是那样信任他仰仗他,他又怎么忍心辜负她,以后又要怎么面对她?他需要用手紧紧把心脏捂着,才能让自己不再回头。

其实,一直到他离开前的那一刻,他都仍旧在犹豫,他对邹书白说:"我还是不去算了,反正也不是什么重要的课程。"

邹书白长长地啊了一声,似乎很是惋惜,而不是欢欣雀跃地告诉他:真的可以不去吗?太好了,那便不去吧!

她的脸上虽然也有不舍,但更多的是鼓励,她说:"没关系的,你不用担心我,我会照顾好自己的,你尽管去吧!"

她说:"北京那么近,我会经常飞去看你的!"

她说:"半年时间而已,一晃就过去了!"

是的,她仍以为他去的是北京,她仍以为他只是去个半年,一切是那样的无足轻重。而对赵承书来说,这一次分开,便意味着永远地失去她,所以他才会这么不舍,这么痛心。

他说:"邹小白,我们再来玩一次游戏好不好,如果你猜中了我就留下来,猜不中我再走。"仍旧是两人玩过很多次的那个猜手指的游戏,他将右手除小拇指外,其他四个手指头紧紧缩在一起,藏在左手指缝里,叫邹书白猜哪个是中指。

虽然只是四分之一的机会,但这个游戏他们玩了很多次,要猜中其实并不难。手指与手指其实还是有区别的,这个手指粗一点,那个手指细一点,这个手指有点歪,那个手指指甲有点破,只要你用心去找,总能找到其中的破绽,更何况是天天生活在一起的人。

然后,邹书白却再一次猜错了。

赵承书再怎么痴心妄想，这会儿也该知道，邹书白的心思，压根从来就不在他身上。书桌上的课题介绍，随处可见的英文书，钱包里的美元，快递寄回来的签证……任何一样，只要她稍微用点心，总能发现其中的破绽。

　　但她没有，如同她一直以来养成的习惯，她的心思只在她自己身上，她沉醉在自己凄凄惨惨的小世界里，她沉醉在曹默的世界里，而忘了周遭的事。

　　赵承书头也不回地走了，等他下次回来的时候，身后的一切势必已经物是人非，不属于他的，终究还是强求不来。

　　赵承书将那封留给邹书白的信，放在了她的枕头底下，她晚上睡觉的时候应该就能看得见了。

　　书白，有些话当着你的面当真是说不出口，所以只能写下来。

　　请原谅我骗了你，原谅我的不告而别，原谅我没有坚守承诺，原谅我没有尽职尽责保护好你，原谅我自私地将你据为己有，却又中途放弃，也原谅我不够决绝，无法再自私一点。

　　跟你在一起的这段时间我很快乐，在你面前的我很快乐，你是第一个让我想要安定的人，是你让我知道两个人在一起过小日子，竟然可以是这么有趣的一件事，这种感觉真的很美好。

　　有的时候我很后悔，后悔刚开始认识你的时候，没有竭尽全力去追你，后悔不应该欺负你，后悔第一次向你求婚时，不应该那么随便，又后悔第二次求婚时，耍了小心思，让你在没有完全准备好的情况下，就陪我走上了婚姻的道路，更后悔没有提前把孩子的事情告诉你，才会发生那起本来可以避免的意外。

书白，在我心目中，你一直是个勇敢的姑娘，是你让我知道，爱一个人原来可以死心塌地，原来可以义无反顾，原来可以不求回报。现在想想，刚开始认识你时，我将你的执着当成笑话来听，是多么可笑的一件事情。

书白，在我心目中，你一直是个善良的姑娘，就像我们刚开始认识时，我对你那么恶劣，我常常使坏让你难堪，你却从来没有记恨过我。

书白，在我心目中，你一个是个坚强的姑娘，就像那次我们去黄山，你扭伤了脚，明明那么累那么冷那么痛，但是你却一句叫苦、埋怨的话都没有说，相反，为了不让我内疚，你将所有错误抉择，都揽在自己身上。

书白，正是因为以上这些原因，你理应得到真正的幸福，我只希望我的离开，能够放你自由，让你可以丢掉顾忌，勇敢去追求自己应得的幸福。

程明静不想跟赵承书碰面，特地晚了一步才赶到机场，等她到的时候赵承书已经走了，只剩下神情有些落寞的邹书白，依旧呆呆地站立在检票口。

程明静上去拍了拍她，"走吧，我们回去吧。"

回去的路上，邹书白一直无话，程明静特地给了她时间缅怀，未去打扰。

将邹书白送回家之后，程明静说："你收拾收拾东西，搬过去跟我住吧。"

邹书白一边开门一边回头看了她一眼，没好气地道："我搬过去跟你住干什么呀？北京这么近，赵承书好歹一个月要回来一次的。你们俩也太小看我了，我又不是没有一个人住过，怎么都怕我坚持不了呀？"

程明静想说话，却见邹书白嫣然一笑，接着道："赵承书刚刚走之前还在跟我玩他的那些小把戏，他说只要我猜中了他就留下来。其实我早就摸透他的那些伎俩了，他的食指比较白，是长期写粉笔字写出来的，他的无名指又很细，跟中指差了很多，很容易就分辨出来了。但他那人特别小心眼，输不起，我一直让着他而已！再说了，他为了这次课题，准备了这么久，我虽然看不懂，但也知道他很在乎这次的事情，家里到处都被他扔了书，那么厚厚的一本外文书，他都愿意去看，那该是多在乎呀，我又怎么能拦着他？"

邹书白一直说着，程明静默默听着，心中越发不是滋味，心想着：她对赵承书也不是没有感情的，到底还要不要把真相告诉她？明明是这么简单的一个人，为什么要让她面临这么多痛苦的抉择？

然而，程明静却也知道，就算她瞒着不说，也都没有用了，赵承书已经走了，曹默已经在赶来的路上了，待到真相大白，势必会有一番翻天覆地的动荡。这么多年，邹书白爱惨了曹默，这份深情岂是其他人可以比的？孰轻孰重，也都不用再细说了。

程明静只是替赵承书感到惋惜，她真的没想过，他竟然愿意为邹书白，做到这个份上，家庭、事业全都牺牲了！

程明静拦住一直屋里屋外忙着收拾的邹书白，"书白，你坐下来，我有话跟你说！"

邹书白没见过程明静的表情这么凝重过，不免有些忧虑，"怎么了？"

程明静拉着她在沙发上坐下，"六儿，你还记不记得你跟我说过，你妈跟曹默他妈以前是很好的姐妹，后来因为什么事情闹翻了，你妈把所有与曹默他妈合影的照片，全都抠烂了？"

邹书白点点头，"记得呀，我妈那人特别小心眼，做出这些事情，我压根见怪不怪！"

程明静看着她，"那你知道她们是因为什么事情闹翻的吗？那会儿曹默去找她还钱的时候，她为了让曹默死心，都跟他说了些什么？"

邹书白脸色微变，她哪里会考虑这么多，只是程明静看上去似乎知道答案，她连忙说："你这人损不损，到底什么原因呀，你就别卖关子了！"

程明静叹口气，正欲细说，却听口袋里的手机响了，竟然是很久未曾联系的老四郑童打过来的，她不得不先接电话。

"六儿在你旁边吗？"电话那头的人问，声音竟然出奇地沉重。

程明静留了个心眼，换了一个耳朵听电话，一边小声回了句："在呢！"

郑童说："你换个方便一点的地方接电话。"

程明静心里一沉，面上却不动声色，假装信号不好，来到了阳台，心神不宁地问："怎么了，出什么事了？"

电话那头的人声音无比凝重，"是老大，他们的车子出事了！他本来已经定好了机票，打算明天回来的，后来因为想要早一点赶回来，又跑去搭了他们的货车，谁知道就出事了！"

程明静呆呆地伫立在阳台，久久不能动弹。她看着不远处的邹书白，一时间竟忘了如何是好。

待邹书白走近了一些，她好不容易定了定神，这会儿才终于看清邹书白手上拿的是什么，竟然是赵承书留的那一封信，只听邹书白欢快地说了句："哈，这人还不赖嘛，竟然还给我写了信！"

程明静一个激灵，下一秒竟然像发了疯似的，一下子将邹书白手里的信抢了过来。

邹书白被攻个措手不及，本就有些不快，她以为程明静在跟她打闹，跳着叫着便要去夺回自己的信。

程明静脸上的表情越发冷峻，闪着寒光，她未做细想，直接将信甩了出去。

邹书白一脸茫然，眼睁睁看着那信随风越飘越远，最后飘进了江里，瞬间被淹没在了江水里，她气得直跺脚，抓狂着大吼一句："程明静，我跟你没完！"

然而，当她转过头，看向一旁的程明静，却见对方脸上挂着两行清泪，全身正在微微颤抖。

邹书白一下子慌了，痴痴地看着面前流泪的人："你怎么了？"

3.

赵承书顺利到达美国，开始了自己的进修课程。转眼半个月便过去了，一切都在不咸不淡地进行着，虽然刚开始他心中还是有些不忿,但他很会安慰自己,慢慢就好了,慢慢就淡了,谁还没有被情伤到过,不是什么大不了的事!

突然有一天,一个很奇怪的年轻留学生找到了他,手里拿着一张照片,一边比对一边问他:"你姓赵吗?"

赵承书疑惑地点点头。

"赵承书?"

赵承书都有些不敢承认了,心想,哪有这么邪门的事,他都有点想关门送客了!

他这边正在疑惑,那留学生却掏出了一张纸条递给他,"你赶紧联系这个号码吧,对方有急事找你!"

赵承书越发奇怪了,"谁让你来找我的?"

留学生笑笑,"没有谁,我自己在留学生论坛上看到的,我还以为是谁打的小广告呢,但我看上面说得挺急的,心想都是中国人,姑且一试吧,没准是救命的事呢!"

赵承书心里一怔,问他:"联系人姓什么?"

这么大费周折,连论坛都用上了,难不成是邹书白?他放弃了电话、微信、邮箱等一切通信工具,就是不想邹书白找到他,他这人做事向来目的性极强,既然要做就一定要绝,否则半途而废不是白花那些力气了!

留学生说:"姓程,是个女的。"

姓程?是个女的?那便是程明静了,赵承书心里微微有些失落,但都找到这里来了,说不定真有急事,他还是立即给程明静打了一个电话。

程明静接到电话,劈头盖脸将他一通臭骂:"赵承书,你疯了吧,有你这么处事的吗,电话也不接,留言也不回,你知道这段时间我找你找得有多苦吗,我血都吐了几斤了,邹书白都急成什么样子了,你知道吗?!"

女人向来都喜欢小题大做,赵承书将话筒拿远了一些,好声好气地说:"书白脑子一根筋,你帮我劝劝她!"

程明静越听越火:"劝个屁,你知道个屁,你赶紧给我滚回来,邹书白那里,我是一刻都兜不住了!"

赵承书被骂得眼皮直跳,当初他走的时候,程明静也是知道的,照理说不至于这么激动,他担心的是邹书白,"出什么事了吗?书白呢?"

"你还好意思问书白,我——"程明静骂到一半,再也骂不下去了,突然一下子就像泄了气皮球,瘫软在那里,似乎刚刚那一通发火,已经用光了她残余的力气。她叹了口气,有气无力地道,"你赶紧回来吧,你的信我没给她,她一直以为你在北京,这么久不出现,还以为你做了什么犯法的事,被扣起来了!"

赵承书不由得苦笑,"你都知道真相了,干吗不告诉她?事情都这样了,我回去也于事无补。"

程明静跟着一阵冷笑,"把真相告诉她?她已经失去曹默了,你觉得她还能失去你吗?"

赵承书心里涌起一阵寒意,"你这话什么意思?"

想是隔得太远,电话那头的声音听起来极其不真实,她说:"曹默死了,她现在只有你了,你还要放弃她吗?"

赵承书以最快的速度回到了H市，当真是连行李都没来得及收拾。

邹书白听到消息时都快要了崩溃了，赶到机场接他时哭得泪眼婆娑，絮絮叨叨又是诉苦又是抱怨："你去哪啦，怎么这么久都不联系？我到处都找不到你，还以为你出了什么事呢！我又不敢去四处去问，明静说你闭关了，我刚开始还能信，可哪有像你这种那种闭关的呀，你只是教书又不是搞科研……"

赵承书看了一旁的程明静，勉强笑着，好声好气地安慰她："我也到了那边才知道，我们那课题需要保密，不允许跟家里联系，我连跟你报备一声的机会都没有，手机便被没收了。是我没有安排好，对不起，以后绝对不会了！"

邹书白虽然难受虽然气愤，但她心眼少，并未怀疑赵承书的话。

赵承书看着毫不知情的她，心里越发难受，他问她："你开车来的吗？"

邹书白点点头，"就停在外面。"

赵承书笑了笑，他说："书白，我有点累了，你能帮我把车子开到出口这边来吗？"

邹书白撇了撇嘴，"你怎么刚回来就要指使我呀？"虽然有些不愿，但她还是独自一人去了停车场。

邹书白走后，赵承书问程明静，"曹默——"说到一半，嗓子竟然像被扼住了一般，再难开口。

程明静知道他想问什么，只见她缓缓摇了摇头，还未开口，眼圈已经先红了，她说："遇上了山体滑坡，车子直接翻进了山沟里，到现在连尸体都没有找到。"

赵承书闭了闭眼，像听天书一般。他还是不敢想象，一个活生生的人，一个熟悉得不能再熟悉的人，竟然这么说去就去了，他还那么年轻，他还有遗愿没有完成……命运想要给你一拳的时候，完全不会给你任何时间准备！

空气变得极其沉默，再多的哀叹也都于事无补，两人像约好一般，一齐沉默了下来。

过了很久，赵承书又问："书白知道吗？"

程明静摇摇头，"没敢告诉她，能瞒多久算多久吧！"

赵承书点点头，他原本还想着，再回来时，这边势必已经发生了翻天覆地的变化，不承想，是这种变化法。在人命面前，忽然觉得自己之前的那些意气用事，那些伤春悲秋、小肚鸡肠，显得是那么的微不足道。

赵承书走近机场的玻璃窗，看着露天停车场内，正在笨拙地倒车的邹书白，忍不住一阵心疼。如果她知道了曹默拒绝她的真相？如果她知道了曹默出的意外，她会怎么样？赵承书连想都不敢想！

他以前总希望她独立，总希望她快点成熟，少寄希望于一些不切实际的东西，希望她活得更现实，以为这样才能让她更坚强更无畏，才能让她不受伤。然而此时此刻，他只想尽可能地保护她，让她远离那些真相，让她可以永远活在自己一根筋的简单世界里。

赵承书想起了医院里曹默的那则留言，不由得握紧拳头。在命运面前，人力是那样的卑微，他什么也挽回不了，唯有对着天空暗暗起誓：曹默，你放心，我以我此生的性命担保，一定会替你照顾好她！

4.

两年后。

赵承书从卧房出来,一脸的疲倦,上前抱住正窝在沙发上玩手机的邹书白,将头埋在她的脖子里,努力吸取一些正能量,闷闷地问:"他回你了吗?"

邹书白痴痴笑了一声,冲他亮了亮手机,欢快地道:"回了,说恭喜我们呢!"她虽这么说,但脸上免不得还是有些不快,"不接电话也就算了,回个短信也这么慢!"

赵承书笑笑,"他比较忙吧!"

邹书白说:"下次你去广州的时候把我也带上吧,我都好久好久没有见过他了!"

赵承书在她身后嗯了一声,回了一句:"好!"

邹书白似乎想起点什么,她说:"对了,他说他不会取名字,叫我们自己取呢!"

赵承书想了想,突然说:"不如就叫默白吧!"

番外之曹默

书白,书白,我怎么可能不爱她?她说话时眼睛亮得像宝石,她笑起来连空气都是暖的,是她的到来,点缀了我苍白的童年,温暖了我无望的青春。

小的时候,我很爱爬镇里的水塔,因为那是当地最高的建筑,站在上面可以看清整个小镇,可以看得很远很远。当时的我没有机会走出小镇,这是我探索外面世界的唯一途径。而且,同龄的孩子一般都不敢爬这个水塔,只有我一个人敢爬,这让当时的我,很有优越感。

我第一次见到邹书白,便是在水塔上。我还记得她当时穿着一件红格子的裙子,扎着两条光滑的马尾辫,走起路来一甩一甩的,很是活泼漂亮。但这些都不及那条裙子显眼,那裙子是那种鲜艳的、崭新的红,在我们那个小镇里,小孩子只有在过年的时候才有机会穿新衣服，平时这种红是不常见到的。便是这一抹鲜艳的红色，远远地便吸引了我的注意。

我看着她走进了李奶奶家，便带着另外几个小伙伴，一起跑过去围观。可她进去院子之后，院门便关上了。邹书白的外公刘爷爷是个很严肃的老头，我们都有点怕他，不敢轻易叫门。她总是要出来玩的吧？我们如此想着，在门外等了很久，可是直到太阳下山，她都没有再出来。

隐隐听见屋里传出呜咽的哭声："我要回家……我要我妈妈……"

接着便听见一个年轻男人的笑声："你爸妈已经不要你，你以后都要听我的话，不要哭了，再哭就把你拉去喂猪！"

此话一出，原本伤心的哭声变成了抽泣声，不时打着嗝，显得很是可怜。

很快，李奶奶的声音便响起了，只听她喝了句："做你的作业去，吓她干什么呢！"接着便是哄孩子的声音："我们书白不哭，我们书白乖……"

只是，李奶奶的安慰似乎没有起到任何作用，原本压抑的哭泣竟然演变成了撕心裂肺的哭喊，这哭声穿墙而出，一字不落地传到了门外几个捣蛋鬼的耳朵里。

老二最爱欺负女孩子，在外面听了高兴得直鼓掌，"哈哈，好呀好呀，是个爱哭鬼！"

第二天，我们几个仍旧去李奶奶家附近玩，等了一天，邹书白依旧没有出来。小孩子耐心少，久而久之，我们也就不再想着找她玩了。

直到那一天，我去李奶奶家树上偷枇杷，才第一次跟她说上了话。我记得我一股脑问了她很多问题，但具体是哪些却忘了，只记得，她长得可真白呀，像画里走出来的一样，看起来是那么的干净美好，不比我们这些野孩子！

当时的我们，很是渴望外面的世界，而她，则是外面世界的代表。

总有一些人，是你生来的克星，是你第一眼见到便想讨好和呵护的，而我的克星便是邹书白。我想把我最好的东西都给她，虽然那很可能只是一柄桃木剑，一只蝈蝈，一颗石榴，抑或是一块晶莹剔透的石头，但对于当时的我来说，那已经是最能拿得出手的东西了。

书白待在小镇的时间并不多，唯有在长假的时候她才来，这也是一年之中，我最开心幸福的时光，以至于每次她走后，我都要伤心很久。我每天都坐在水塔顶上守望，这样只要她一来，我总能第一个发现，只不过这种希望往往都是以失望收场。

她虽然娇贵，但却并不娇气，我们爬树，她也爬树，我们下河，她也下河，虽然她的节奏总是我们慢一拍，但我们总是心甘情愿等她。

外婆一把年纪，身体又不好，所以我小的时候家里真的很穷，穷得连饭都吃不饱。但那个时候大家都很穷，所以哪怕自己不能跟其他孩子一样照常上学，也并不觉得突兀，也不知道人与人之间还有贵贱之分，直到邹书白的出现，打破了这种平衡。

看着她穿着得体，再看自己衣不遮体，才知什么叫羞耻。看着她能歌善舞，再看自己连名字都不会写，才知什么叫自卑。看她有父母疼爱，再看自己只有外婆相依为命，才知什么叫羡慕……

渐渐地，在邹书白面前，总觉得自己矮了一截，莫名有种说不出、道不明的难受。

心态便是在那时发生改变的吧，以至于后来邹书白母亲向自己伸出援手，虽然朦朦胧胧中也知道白拿别人的东西有些不妥，但内心对于读书、对于平等的渴望，还是迫使自己接受了。

想是在那时起，今后的一切已成定局。

是的，兄弟几人之中，我跟书白最为亲近，可正是这种亲近，无时无刻不让我抓狂。因为亲近，我心知肚明她的心意，我知道她的痛苦她的伤心，可我却什么也不能做。我多希望自己可以晚20年才遇见她，在我有能力配得上她的时候。

青春叛逆期，我通过不停地换女朋友，来掩饰自己的自卑；我通过疏远她，来掩饰内心对她的渴望；我通过伤害她，来迫使她主动放弃我。虽然最后证明了，自己这么做，是有多么的幼稚，但那时的自己，心里便只有这些卑微可笑的想法。

大学的时候，我终于不再认命，我发愤图强，发了疯地赚钱，该做的，不该做的，只要能赚到钱，我什么都愿意去干。我想把她母亲资助我的钱全都还清，以为这样就能跟她平等，就能拥有正大光明追求她的权利。

然而，我却没有料到，当我终于存够钱可以把之前的欠账连本带利全都还清的时候，竟然有更大的噩梦在等着我——书白竟然是我同父异母的妹妹！

我当时听到这个消息，只觉得太扯淡了，只当是她妈妈为了让我远离邹书白，故意诌了这些话来骗我，压根没有放在心上。然而，当我回去旁敲侧击询问外婆，得到的竟然是同样的答案时，我绝望了。外婆不可能骗我！当时的我，只觉得整个脑子都是空的，所有的努力和妥协全都失去了意义。

外婆说，我母亲跟邹书白母亲从前是很好的朋友，邹书白的母亲敢想敢做，年纪轻轻便独自一人去到城里打工，继而认识了邹书白的父亲，当时两人已经到了谈婚论嫁的程度。我母亲是在后来才去城里投靠她的，这一去便是2年杳无音信，2年之后，她竟然抱着一个婴儿跟邹书白的父亲一起回来了，她告诉外婆他们俩在一起了。而那个婴儿，便是后来的我。

外婆很生气，她觉得乡里乡亲的，她们不能干这种挖人墙脚的事，奈何一个是自己亲女儿，一个是自己的亲外孙，她最终还是妥协了。

然而，事情到此却并没有结束，邹书白的父亲最终还是跟邹书白的母亲走到了一起，并有了邹书白，而我母亲最终却郁郁而终。外婆怨恨邹书白父亲的始乱终弃，但她是淳朴惯了的人，毕竟自己的女儿有错在先，就算说理也说不通，唯有打落了牙齿往肚里吞。

邹书白的父亲，也曾几次要接济我们祖孙，都被外婆拒绝了，但她知道我想读书，苦于自己没有能力，所以那么多年，邹书白的母亲因为内疚而资助我读书的事，她其实是知道的，只是一直睁一只眼闭一只眼罢了。

那时的我，也曾自暴自弃，但我还是没有把事情告诉邹书白，我宁愿她恨我，也不希望她因为这段畸形的爱恋，而扭曲了自己的人格，而怨恨自己的父母。

我希望她永远简简单单，快快乐乐。我的人生本已无望，不在乎再当个罪人。

我要去一个不远也不近的地方，可以一直看着她，却又不会打扰到她。

后来我知道了事情的真相，知道母亲是因为未婚先孕不敢告诉家里，才去城里投靠邹书白母亲，并渐渐与邹书白的父亲产生了情愫，两人本已下定决心要冲破世俗的目光在一起，但最后还是败给了邹书白的到来。

但我知道真相的时候已经太晚了，书白已经有了赵承书，赵承书能给她最纯粹的生活，这才是她需要也是最适合她的生活，而我的人生早已经颓败不堪。一直以来，书白都过得太苦了，她理应得到一个安定的生活，一个简简单单对她好、疼她的人。

一切都是命，如果邹书白母亲不是因为怨恨而说了那么一个谎，如果母亲不是因为畏惧外婆，而没有告诉她孩子父亲的真相，我的人生也许就会截然不同。但人生哪有那么多如果，一切都是命数，怨不了任何人。

我没想过赵承书会知道真相，并决定一走了之，做得那么决绝。

虽然心里的渴望一直未曾磨灭，但也只是渴望而已，如同一个遥不可及的梦，再美好却不会报以过多的期望。我早已不再奢望这辈子还能拥有邹书白，我只希望她能幸福，而自己则尽可能地远离她，这样才不会成为她的绊脚石。为了让她彻底告别过去，我甚至请求有关部门炸掉代表我们兄弟几人拜把子的标志——水塔。

我一心只想赶在赵承书离开之前,向他解释清楚,想方设法将他留下来,所以当飞机时间不合适时,我毫不犹豫选择了随行的货车。

我并不想死,可惜这种事情从来不是自己可以选择的。这货车每年要在这条路上来来回回跑几百次,偏偏我坐的这一次就出事了。一切都是宿命,该来的逃不掉。只希望我的彻底离开,可以换取她真正的自由。

意识弥留之际,我似乎又回到了第一次见邹书白的时候:扎着马尾的小姑娘,走起路来一蹦一跳,笑起来眉眼弯弯,那一抹红裙,瞬间就鲜艳了我的整个人生。

从来没有什么值得不值得,总有一些东西,让人至死不渝。